ATHENA
아테나
전쟁의 여신2

아테나 : *전쟁의 여신 2*
ⓒ 채우도 2010

초판 1쇄 발행일 2010년 12월 23일
초판 2쇄 발행일 2010년 12월 30일

지은이 채우도
펴낸이 이정원
대표 배문성
펴낸곳 도서출판 들녘
등록일자 1987년 12월 12일
등록번호 10-156
주소 경기도 파주시 교하읍 문발리 파주출판도시 513-9
전화 (마케팅) 031-955-7374 (편집) 031-955-7381
팩시밀리 031-955-7393
홈페이지 www.ddd21.co.kr
블로그 http://blog.naver.com/buchheim

ISBN 978-89-7527-959-1(04810)
      978-89-7527-957-7(세트)
값은 뒤표지에 있습니다. 잘못된 책은 구입하신 곳에서 바꿔드립니다.

퍼플북스 는 들녘의 디비전입니다.

채우도 장편소설

최첨단 첩보액션 스릴러

ATHENA 아테나

전쟁의 여신 2

퍼플북스

차례

수요일의 아이

이탈리아 벨루노

적막한 산악마을을 요란하게 볶아대던 총소리가 한순간에 뚝 그쳤다. 엄청난 굉음이 자잘한 소음들을 단숨에 삼켜 버리고는 성당 둘레를 휘감아 돌았다. 한 무리의 사람들이 일어선 채, 또는 엎드린 채, 눈앞에 펼쳐지는 광경을 놀랜 눈으로 바라보고 있었다.

민혁도 그것을 보고 있었다. 부하들의 엄폐물 노릇을 하던 주차 차량들이 공중으로 붕 떠올랐다. 한 대의 차가 찢어지면서 그 파편에 다른 차들도 연쇄적으로 터져나가고 있었다. 비명다운 비명 한 번 제대로 내지르지 못한 채, 부하들의 몸이 바람 맞은 봄날의 벚꽃처럼 공중을 날아다녔다.

가열한 전투가 느닷없이 종식되자, 현장에는 허망한 여운이 짙게 깔렸다. 살아남은 사람들은 얼이 빠진 채로, 누군가 지금의 상황을 이해시켜줄 사람이 있을까 서로의 얼굴을 쳐다보았다.

7

민혁은 부리나케 눈을 굴렸다. 이 찰나의 순간은 그에게 마지막 남은 기회인지도 몰랐다. 사방을 휘 돌아보니, 자신의 뒤에서 총을 겨누고 있는 여자도, 자신의 눈앞에서 수영을 보호하고 있는 남자도, 정체 모를 폭발의 후진(後塵)에 얼떨떨해진 모습이다.

남들처럼 넋 놓고 구경할 시간이 없었다. 민혁은 땅바닥의 총을 집는 동시에 몸을 굴려 수영을 향했다. 그의 동작을 보고 수영이 비명을 지르기도 전에 이미 그녀의 관자놀이는 민혁의 총으로 짓눌려졌다.

재희와 정우가 반사적으로 총을 겨누었다. 그것을 본 민혁은 수영의 목을 감은 채로 뒷걸음치기 시작했다.

"허튼 짓 하지 마! 이년 죽는 꼴 보고 싶지 않으면!"

재희는 총을 쥔 손에 더욱 힘을 주며 앞으로 뻗었다. 하지만 방아쇠를 당길 수가 없었다. 민혁을 쏜다 해도, 그의 손가락에 조금이라도 힘이 들어가는 순간 수영의 머리가 으깨어지고 말 터였다. 재희는 그를 따라 한 걸음 한 걸음 따라가기만 할 뿐, 아무 행동도 취하지 못했다.

민혁은 수영을 질질 끌다시피 하면서 빠른 걸음으로 뒤로 물러나고 있었다.

정우는 그를 따라가는 한편으로, 이 난관을 어떻게 헤쳐 나가야 할지 열심히 궁리했다. 말로 구슬린다면 어떤 말로, 행동을 한다면 어떤 동작을 취해야 저 테러범을 제압할 수 있을까. 훈련시절에 배웠던 온갖 텍스트들이 그의 머릿속을 쾌마(快馬)처럼 스쳐갔다.

"그 자리에 서! 그리고 총 버려! 아니면 이년 머리통을 날리겠어!" 민혁이 으르렁댔다.

정우는 조금이라도 빈틈이 나길 간절히 바라면서 조금씩 앞으로 움직였다.

"총 버리시오!"

그때 재희의 등 뒤에서 냉랭한 남자의 목소리가 들려왔다. 손혁이었다. 손혁은 민혁에게 총을 겨눈 채로, 정우와 재희를 향해 명령했다.

"당신들은 규칙을 위반했어. 내 허락 없이 개별 행동 하지 말라고 했는데. 당신들 때문에 일이 이 지경으로 된 거, 나중에 책임을 물을 거요. 어쨌든 지금은 총을 버려요!"

재희는 손혁을 노려보았다. 분하긴 했지만 지금은 할 수 있는 일이 없었다. 재희가 손을 풀자 총이 바닥으로 떨어졌다.

"서민혁 씨," 손혁은 민혁에게로 고개를 돌리며 말했다. "상황은 끝났소. 당신이 노리던 것은 이미 물 건너갔어요. 한국에선 김명국이를 보내지 않았소. 그를 애타게 기다리던 사하라의 당신 동료들은 이미 우리 손에 불귀의 객이 되었고."

손혁의 말을 듣는 순간 정우는 가슴이 철렁했다. 지금 뭐하자는 건가? 이건 아슬아슬 타들어가는 도화선에 휘발유를 붓는 격이 아닌가? 정우는 손혁과 서민혁을 번갈아 보며 마른침을 삼켰다.

민혁의 눈이 가늘어졌다. 그는 이를 갈 듯 말했다. "그래? 차라리 잘됐어. 내 선택지를 줄여줘서 말야. 그렇다면 할 일은 하나밖에 없군. 이년하고 같이 저승동무나 하는 수밖에."

민혁은 금방이라도 방아쇠를 당길 듯한 포즈를 취했다. 정우가 소리쳤다.

"잠깐!"

막장이었다. 더 이상 나아갈 갱도가 없다. 머릿속에서 빠르게 돌아가던 시뮬레이션이 올 스톱했다. 정우는 퓨즈가 나간 것처럼 머릿속이 까매지는 것을 느꼈다. 상황 판단이고 뭐고, 일체의 생각이 작동을 멈추었다. 그의 눈에는 오직 수영의 커다란 눈망울만 들어왔다. 그녀의 창백한 얼굴에 체념이 너울대고 있었다.

모든 전투교범이 먼지로 화해버렸다. 이제 취할 방법은 하나밖에 없다. 성공할 수 있을지 장담은 못 하지만, 이것 아니면 그녀를 구할 방법이 없다. 아주 짧은 순간일지라도 놈의 총이 그녀의 머리에서 떨어지게 하자. 그 찰나에 재희나 다른 누군가가 놈을 쏘면 된다. 정우는 자신이 표적이 되기로 작심했다. 가슴이 쿵쿵거렸다.

정우는 총을 들어 정면을 겨누었다. 그리고 민혁을 향해 천천히 다가갔다.

"이봐, 뭐하자는 거야?" 손혁이 소리쳤다.

뱀 같은 놈! 정우가 손혁을 돌아보며 이를 악물었다. "현장지휘자고 뭐고 당신은 찌그러져 있어!" 이어서 민혁에게로 고개를 돌렸다. "네 놈이 수영 씨를 쏜다면 나도 죽는다. 이런 상황, 내 미련함 때문에 생긴 거다. 난 살 자격이 없는 놈이야. 그러니 나부터 쏴라."

그리고 정우는 수영을 쳐다보았다. "미안해요, 수영 씨. 정말 미안합니다, 수영 씨를 노리는 걸 미리 눈치 챘어야 하는 건데……."

수영의 멍한 눈 속에 정우의 얼굴이 들어왔다. 언뜻 그의 눈에 물기가 어려 있는 것처럼 느껴졌다.

민혁은 당황했다. 이 여자를 인질로 삼아 조건이 오고가다 보면 실낱같을지라도 구멍을 발견할 수 있을 거라고 기대를 품었는데, 엉뚱한 인간이 엉뚱한 시나리오로 사건을 전개시키고 있다. 그가 한 발 한 발 다가왔다. 그의 얼굴을 보니 뭐라고 해석할 수 없는 표정이다. 비장함이나 분노는 아니었다. 이 긴급한 상황에 전혀 어울리지 않는, 차라리 슬퍼 보인다고나 해야 할 표정을 그가 짓고 있었다. 민혁은 질색을 했다. 저 이상한 놈부터 죽여야 했다.

수영의 머리에서 총을 뗐다. 민혁은 놈을 향하여 방아쇠에 힘을 주었다.

피융! 타앙!

두 발의 총성이 간발의 차이로 울렸다.

머리통에 구멍이 뚫린 민혁이 스르르 엎어졌다. 45도 각도로 상향된 그의 총이 발사의 반동을 이기지 못하고 힘을 잃은 주인의 손에서 튕겨나갔다.

3초쯤 지나 가까스로 정신을 추스른 정우가 가장 먼저 발견한 것은 핏방울로 얼룩진 수영의 얼굴이었다. 수영이 무릎을 풀썩 꺾었다.

재희가 달려가 그녀의 몸을 안았다.

정우는 멍한 눈으로 민혁이 서 있던 자리의 30미터 후방을 보았다. 한 여자가 총을 내리고 있었다.

'혜인!'

그녀가 천천히 앞으로 걸어 나오고 있었다.

풍경화에 먹선을 찍 그어버린 듯한 장면이다.

배경은 그지없이 아름다운 산악의 정경인데, 그 중간에 시커먼 연기가 뭉클뭉클 피어오르고 있다. 경음(硬音) 많은 이태리어가 귓가에서 윙윙댄다. 자동차를 잃어버린 산골 사람들이 연신 항의를 해대고 있는 중이었다. 정우는 정신을 놓고 멍하니 서 있었다.

누군가 걸어와 어깨를 두드렸다.

"아깐 네가 미친 줄 알았지 뭐야. 옛날 그때처럼 말야."

재희가 웃으며 말했다. 하지만 그녀의 얼굴은 조금도 밝지 않다. 조마조마했던 순간의 초조함이 아직도 잔뜩 묻어 있다.

무거운 발자국 소리가 들렸다. 여전히 바주카포를 어깨에서 내리지 못한 기수가 터벅터벅 걸어온다. 기수는 재희를 보며 말했다.

"재희 씨, 남은 파스 없어요? 반동 때문에 어깨가 아작 났나 봐. 으씨, 아무리 고철 값이 나간대도 이건 재수가 없어."

기수는 바주카포를 옆으로 털썩 내던졌다.

정우는 그들의 너머로 시선을 던졌다.

힐끗 이쪽을 쳐다보는 얼굴이 눈에 들어왔다. 혜인이다. 무표정을 가장하고 있는 그녀의 얼굴이 무언의 말을 던지고 있었다.

'괜찮아요?'

정우는 고개를 끄덕였다. 뜻이 통했는지 혜인이 눈을 끔벅했다. 표정을 담지 않아도 그녀의 눈은 아름다웠다. 당장이라도 달려가고 싶었지만, 정우는 꾹 참았다.

삐이뽀! 삐이뽀!

유럽의 앰뷸런스가 호들갑스런 경보음을 내며 달려왔다. 그와 동시에 군용트럭들이 멈추고 이탈리아 군인과 경찰들이 쏟아져 내렸다.

정우는 수영을 바라보았다. 여전히 창백한 그녀가 앰뷸런스에 오르기 전 정우에게 절박한 시선을 던졌다. 정우는 눈짓으로 인사를 대신했다. 수영이 고개를 끄덕였다.

　앰뷸런스가 출발했다.

　손혁은 의자 등에 뒷머리를 기댄 채 캔 맥주를 한 모금 들이켰다. 그리고 회전의자를 빙빙 돌렸다. 취기 때문인지, 돌아가는 의자 때문인지 머리가 어질했다.

　어디서부터 어그러졌을까.

　문득 아야치의 말이 떠올랐다. 그는, 모든 일에는 우연이라는 게 있다고 했다. 그 우연이란 놈이 자신을 방해한 거라고 했다.

　지금은 그의 말에 충분히 수긍이 갔다.

　그 우연 때문에 제3의 계획도 빗나갔다. 서민혁은 죽었으되 대한민국에 치명적인 타격은 주지 못했다.

　아, 그 염병할 놈! 그놈이 망쳤다. 그렇게나 무모한 대시를 하다니. 전혀 계산에 들어 있지 않던 일이었다. 그놈은 정말로 죽을 생각을 했던 걸까? 아까 보았던 정우의 얼굴을 떠올려보았다. 어처구니없게도 그는 슬픈 표정을 짓고 있었다. 손혁은 이해할 수가 없었다. 그 긴박한 순간에 어떻게 그런 얼굴을 할 수 있을까? 그리고 자신을 향해 독설처럼 내뱉던 말이 귓가를 맴돌았다.

　울컥했다. 손혁은 주먹으로 책상을 쾅 치고 벌떡 일어섰다.

　"뭐, 나더러 찌그러져 있으라고?"

　난생 들어본 적이 없는 모욕이었다.

　손혁은 손에 든 맥주 캔을 꽉 쥐었다. 다 비우지 못한 맥주 거품을 내뿜으며 알루미늄 캔이 으스러졌다.

건방진 놈! 그놈은 죽었어야 했다.

그런데 애니는 왜 그랬을까? 구체적인 지시가 없었더라도, 애니는 자신의 의중을 알고 있을 터였다. 지금까지는 늘 그랬다. 마치 자신의 복심(腹心)인 것처럼 애니는 손혁이 생각하고 있던 것들을 알아서 척 척 해주었다. 아까의 상황에선 민혁이 그놈과 수영을 쏘도록 놔두어야 했다. 그런 다음에, 그를 처치했어야 마땅했다.

그놈이 동료라서 그랬을까? 알량한 동료애 때문에? 그런 생각을 하자 헛웃음이 피식 새어나왔다.

손혁은 웃다 말고 이마를 찌푸렸다. 실패가 반복되고 있다. 알카이드로부터 추궁이 있을 것이다. 그러자 수치심이 가슴속에서 뭉글뭉글 피어올랐다. 변명이라면 질색인 자신이, 그것도 알카이드 앞에서 궁색한 설명을 해야 한다는 게 죽기보다 싫었다.

손혁은 전화를 돌렸다. 그와의 마무리는 확실히 해둘 필요가 있다. 수화기에서 권용관의 나직한 목소리가 흘러나왔다.

— 우리 요원들 몇이 경솔한 행동을 한 모양이오. 이해해주세요.

권용관이 그의 목소리를 확인하자마자 내뱉은 말이다.

실소가 그치지 않는다. 음흉한 인간, 결코 만만하게 볼 수 없는 사람이다.

"날 멋지게 속이셨더군요. 암튼 일이 그렇게 됐으니, 국장한테 두 번째로 울고 갑니다."

— 잠깐, 내가 시켜서 그렇게 됐다고 생각지 마시오.

"아니, 그런 건 아무래도 상관없습니다. 국장한테 따지려고 이런 전화 하는 거 아닙니다."

— 암튼 손 부장이 수고하셨소. 일이 잘 끝나서 다행입니다.

"글쎄, 일이 끝나기나 한 건지는 나도 잘 모르겠소."

— 그 말은 무슨 뜻이오?

"우리 쪽에 사상자가 있으니, 조만간 미국 정부에서 청구서가 날아갈 겁니다."

권용관은 대답이 없었다. 손혁은 수화기 너머로 그가 어떤 표정을 짓고 있을지 상상해보았다. 피식, 소리 없는 웃음이 새어나온다.

"뭐, 그건 나중 일이고, 어쨌든 우리 먼저 돌아가기로 하겠습니다. 수고했고, 다음번에 만나면 제대로 정리 한 번 합시다."

— 그러시든지.

전화가 끊겼다. 손혁은 한참동안 전화기를 노려보았다.

다음날에도 현장지휘소는 뒤처리를 위해 모인 사람들로 북적였다. 정우는 계속 혜인을 찾았지만, 그녀의 모습은 도무지 보이지가 않았다. 이제 귀국할 시간도 얼마 남지 않았다. NTS 요원들은 장비와 짐을 꾸리느라 여념이 없다.

정우는 지휘본부 건물에서 나와 운전석에 올랐다. 함께 문을 나선 재희는 계단 위에서 현지 요원들과 인사를 나누고 있었다. 차창 밖으로 재희가 웃으며 대화하는 모습이 보였다. 아는 사람을 만난 모양이다. 재희는 5년 전 유럽으로 파견 근무를 나갔다. 그때 이후로 연락이 끊겼다가 몇 달 전에 다시 만난 것이다.

정우는 손목시계를 쳐다보았다. 벌써 3분씩이나 저렇게 수다를 떨고 있다. 휴! 정우는 한숨을 쉬었다. 하여간 여자들이란.

정우는 무료해진 시선을 이리저리 돌리다가 룸미러를 쳐다보았다. 그때 정우의 눈을 확 잡아끄는 사람이 나타났다. 혜인이다! 그녀가 막 소형 스포츠카에 올라타고 있었다.

스포츠카가 정우의 차 옆을 지나갔다. 정우는 그녀 혼자만 타고 있는 것을 확인하고 시동을 걸었다. 그리고 조수석 창문을 내리고 재희에게 소리쳤다.

"한재희! 나 먼저 공항으로 간다! 실컷 떠들다 와!"

"야, 그럼 난 어떡하라고?"

"바지 걷어 올려! 너, 히치하이킹 잘하잖아!"

"이게 정말!"

정우는 액셀러레이터를 밟았다. 재희는 발을 동동 구르며 주먹을 휘둘러댔다. 그녀의 모습이 점점 작아졌다.

500미터 전방에 스포츠카가 제법 빠른 속도로 달려가고 있었다.

노점들이 늘어선 에르베 광장을 지나, 고풍스런 저택이 바라보이는 곳에 차를 세웠다. 한 귀퉁이에 혜인의 소형 스포츠카가 얌전하게 주차돼 있었다. 저택은 꽤 많은 관광객들로 붐볐다. 입구에 'CASA DI GIULIETTA'라는 간판이 붙어 있었다. '까사 디 쥴리에따'. '쥴리엣의 집'이라는 뜻이다.

정우는 혜인을 찾아 두리번거리다가 입장료를 내고 저택 안으로 들어갔다. 발코니에 낯익은 뒷모습이 서 있었다. 혜인은 그곳에서 아래를 내려다보는 중이었다.

"험험!"

정우는 헛기침으로 신호를 보냈다. 혜인이 뒤돌아보았다. 그러나 놀라는 기색이 조금도 없다.

"뭡니까? 애타게 찾아온 사람을 보면 조금쯤은 깜짝 표정 지어줘야 하는 거 아녜요?" 정우가 말했다.

혜인은 대답 대신 미소를 지었다.

"그렇게 쫓아오면 누가 모를까 봐요?"

"내가 티를 냈나요? 바람피우는 여자를 몰래 뒤쫓는 심정으로 조심조심 따라온 건데."

"바람을 피워요?" 혜인이 눈을 동그랗게 뜨고 물었다.

"아니, 뭐, 비유하자면 그렇다는 거지요. 고급스런 표현이 생각 안 나서요." 정우가 뒤통수를 긁적였다. 그러면서, 이 여자 앞에 서 있다간 뒷머리가 하나도 남지 않겠다고 생각했다.

혜인이 웃으며 손짓을 했다.

"이리 와 보세요."

정우는 발코니로 나가 혜인이 가리키는 쪽을 내려다보았다. 건물 안으로 들어오는 통로 벽에는 낙서와 종이들이 다닥다닥 붙어 있고, 마당 한쪽에는 청동 여인상이 있다.

"와서 보라! 몬테끼와 카뻴레띠를, 모날디와 필리뻬스끼를. 무심한 인간! 이미 슬픔에 빠진 저들! 의심과 불안으로 가득한 그들을!"

혜인이 시를 읊듯 말했다.

"뭔 소리예요, 그게?" 정우가 물었다.

"단테 신곡 연옥편 6곡 108줄에 나오는 말이에요. 단테가 모날디와 필리뻬스끼라는 두 가문의 불화를,『로미오와 줄리엣』의 몬테끼

가문과 카뻴레띠 가문의 비극에 비유한 거죠."

"신곡에 그런 말이 있어요? 혜인 씨는 어떻게 그런 걸 다 기억하고 있데요?"

혜인은 빙긋 웃었다. "사실은 어제 인터넷 뒤져보고 안 거예요"

"아항! 그럼 다행이네."

"다행이라니 무슨 뜻이에요?"

"너무 유식한 여자를 만나면 일단 기가 질리거든요. 내 무식이 금방 탄로 나니깐요."

혜인은 다시 웃었다. 그러고는 손가락으로 청동상을 가리켰다. 남자 관광객이 여인상의 가슴을 만지고 있었다.

"야, 저 남자 되게 용감하네요. 아무리 동상이라지만, 백주 대낮에 여자 가슴을 주무르다니 말예요."

"주무르는 게 아니라 만지는 거죠." 혜인은 눈을 흘기며 말했다. "줄리엣 동상을 만지면 사랑하는 사람이 생긴대요."

"근데 왜 하필 가슴이래요?"

"내가 그걸 어떻게 알아요?" 혜인이 쏘아붙였다.

"헤, 장난 친 거예요." 정우는 다시 머리를 긁었다. "그럼 나는 만질 필요가 없겠네, 뭐."

"정우 씨는 사랑하는 사람이 있나 보죠?"

"있는 것 같기도 하고 없는 것 같기도 하고, 아니지, 있는 건 맞는데 상대도 그렇게 생각하는지는 모르겠고, 하여튼 저거 안 만질래요."

"짝사랑이에요?"

"아뇨. 짝사랑은 끊은 지 오래죠."

"끊는다구요? 담배 끊듯이?"

"예." 정우가 고개를 끄덕이며 말했다.

"와! 끊을 정도면 아주 많이 했나 보네요?"

"딱 한 번. 고등학교 3학년 때요."

"피이! 고작 한 번 해놓고 끊는다 만다 한 거예요?" 혜인이 핀잔하는 투로 눈을 흘겼다.

"그때 이후로 결심했죠. 짝사랑이란 게 내 자신을 무섭게 만들더라고요."

"자신이 무서워요?"

"예. 잘못하면 사고 치겠더라니까요?"

"예컨대 여자 집에 찾아가서, 너, 나 안 만나주면 죽고 말 테다, 뭐 그런 사고 말인가요?"

"대충이요."

"한 번 사고 쳐보지 그랬어요? 그럼 짝사랑이 양쪽사랑이 됐을지도 모르는데."

"앞으로 그럴 생각이에요. 놓치고 싶지 않으면 쳐들어가라! 새로 만든 내 좌우명이죠."

"그 말을 들으니 예전에 본 영화 장면이 생각나네요." 혜인은 잠시 기억을 더듬다가 말을 이었다. "If what you felt then was true love, then, It's never too late. If it was true then, why wouldn't it be true now? You need only the courage to follow your heart. 그때 당신이 느꼈던 감정이 정말 사랑이었다면, 너무 늦은 것이란 없다. 그때도 진짜였다면, 지금은 왜 아니겠는

가? 그저 당신의 마음을 따라갈 용기만이 필요할 뿐."

"무슨 영화였죠?"

"〈레터스 투 줄리엣〉이란 영화예요. 줄거리는 단순하지만, 예쁜 영화였죠."

정우는 말없이 혜인을 바라보았다. 그녀의 시선은 마당을 향해 있었다. 아치 모양의 마당 입구에서, 젊은 연인이 종이쪽지를 벽에 붙이고 있었다. 그들은 쪽지를 붙인 다음 키스를 했다.

둘은 침묵을 지킨 채로 한동안 그 모습을 내려다보았다.

잠시 후, 정우가 입을 열었다.

"배가 무슨 말 안 해요?"

혜인이 눈을 크게 뜨고 정우에게로 고개를 돌렸다.

"때 됐다, 밥 줘라, 그런 말이요."

혜인이 생긋 웃었다. "밥은 됐고 술이나 한 잔 줘라, 그러는데요?"

"오우! 뷰리풀! 정말 훌륭한 배를 가지셨네요." 정우가 말했다.

둘은 허름한 카페에 들어갔다. 혜인이 원해서였다. 그녀는 근사한 레스토랑보다 이런 데가 훨씬 편하다고 했다. 홀 안은 겉보기와 달리 깔끔하고 널찍했다.

혜인이 안쪽 비상구 가까이로 가서 앉자 정우도 따라 앉았다.

"출입구가 보이고 비상구에 가까운 자리에 앉아라," 정우가 의자에 엉덩이를 실으며 말했다. "첩보술에서 배운 대로 하는 건가요?"

"나도 모르게 습관이 됐네요." 혜인이 멋쩍게 웃었다.

"식당 앞에 오른쪽부터 검정색 세단 두 대, 빨간색 SUV 한 대, 그 옆에 은색 세단 두 대, 또 그 옆에 승합차 한 대, 모두 여섯 대가 주차해 있더군요. 번호판은 D로 시작하는 게 두 대, I가 세 대, B가 한 대였고요. 그러니까 독일 차가 두 대, 이탈리아 차가 세 대, 벨기에 차가 한 대라는 거지요. 어때요?"

"길 건너에 배달 트럭하고 모터사이클은 봤어요? 시동을 걸고 있던데?" 혜인이 맞장구를 쳤다.

정우가 씩 웃자, 혜인도 따라 웃었다.

"데이트 하면서 이런 대화 하는 사람들이 우리 말고 또 있을까요?" 정우가 말했다.

"우리 지금 데이트하는 거예요?" 혜인이 물었다.

"아니, 뭐." 정우는 한 손으로는 뒷머리를, 다른 한 손으로는 책상 모서리를 만지작거렸다. "꼭 데이트라고는 못 해도, 말하자면 그 비스무리한 거라고……."

"그냥 데이트라고 해두죠." 혜인은 연신 생글거렸다.

웨이터가 왔다. 정우는 혜인에게 말했다.

"드시고 싶은 거 맘대로 시키세요. 오늘은 내가 팍팍 쏠 테니까."

"정말요? 그럼 어디보자," 혜인은 메뉴판을 쳐다보다가, 웨이터를 향해 말했다. "와인은 샤토 깔롱 세귀르, 치즈는 그라노파다노로 주세요."

와인이 나왔다. 둘은 가볍게 잔을 부딪친 후, 한 모금 마셨다. 흘러간 칸초네와 샹송, 팝음악이 실내를 감미롭게 돌아다니고 있었다. 정말로 한참 된 노래들이다. 에디트 삐아프, 밀바, 이브 몽땅, 그리고 프랭크 시나트라 등등 기억에도 가물가물한 가수들이 목소리를 들려주고 있다. 와인을 몇 잔 들이키자, 혜인의 두 볼에 살짝 홍조가 떠올랐다.

정우는 그녀의 얼굴을 뚫어져라 쳐다보다가 말했다.

"혜인 씨, 궁금한 게 있는데요."

혜인은 고개를 들어 정우를 보았다.

"저번에 대답해주지 않은 거……."

"우리 데이트 하는 거 아니었어요?" 혜인이 정우의 말을 끊었다. "그런 이야기는 괜히 분위기만 딱딱하게 할 텐데."

"좋아요, 그 이야긴 관둡시다." 정우는 손을 저었다. "그런데 윤혜인이라는 이름은 맞는 겁니까?"

"부르고 싶은 대로 부르세요. 내가 알아들으면 되니까."

"아무래도 퀴즈를 내야겠네요." 정우는 주변을 돌아보며 그리 크지 않은 소리로 말했다. "자, 여기, 이 사람이 누군지 알아맞힐 사람, 손들어보세요."

혜인이 한 손을 들었다.

"저요!" 혜인은 자신의 가슴을 가리키며 말했다. "이 사람은 윤혜인입니다. 쌀쌀맞고 성질 못된 윤혜인입니다."

정우는 말없이 그녀를 쳐다보았다.

"딩동댕. 네, 정답이군요." 혜인은 테이블을 툭툭 두드리며 말했다. 장난스럽게 말하고 있었지만, 얼굴에는 씁쓸한 미소가 걸렸다. "내가 혜인이 아니면 누가 혜인이겠어요?"

정우는 괜한 말을 했나 싶어 후회했다. 분위기가 약간 어색해졌다.

그때 귀에 익은 음악이 흘러나왔다. 매트 몬로의 'Wednesday's

Child'였다. 정우는 마침 잘됐다 싶어 얼른 화제를 바꾸기로 했다.

"저 노래 알아요?"

혜인이 고개를 저었다. "잘은 모르지만 멜로디가 귀에 익긴 하네요."

"영화 OST에 가사를 붙인 거예요. 내가 첩보영화를 좀 좋아해서 그쪽 장르다 싶으면 이것저것 구해 보는 편이거든요. 1966년에 나온 거니까, 할아버지 때 영화죠. 〈킬러 비망록〉이 원제인데, 우리나라에선 〈비를린의 등불〉이라는 제목으로 개봉되었대요. 서베를린에서 신나치주의자들을 쫓는 미국 스파이의 얘기죠. 지금 보면 하품이 날지도 모르지만, 당시 냉전시대의 관객들이 보기엔 꽤 스릴이 있었나 봐요."

혜인의 눈이 동그래졌다. 정우에게 이런 면도 있었나, 하는 표정이었다.

"음악은 첩보영화에 좀 안 어울리긴 하지만, 나름대로 분위기가 있어요. 가사를 한번 들어보세요."

정우가 말하자, 혜인은 고개를 끄덕였다.

Wednesday's child is a child of woe

Wednesday's child cries alone, I know

When you smiled, just for me you smiled

For a while I forgot I was Wednesday's child

수요일의 아이는 슬픔을 안고 태어나지요

수요일의 아이는 홀로 운답니다

그대가 나에게 웃음 지을 때, 오직 날 위해 미소 지을 때

잠시 나는 잊었어요. 내가 수요일의 아이라는 걸.

Friday's child wins at love, they say

In your arms, Friday was my day

금요일의 아이는 사랑을 얻는다고 하더군요.

그대의 품에 있을 때, 금요일은 나의 날이었어요.

Now you're gone, well I should have known

I am Wednesday's child, born to be alone

이제 당신이 떠나고 나니, 다시 알겠군요.

난 혼자일 수밖에 없는 수요일의 아이라는 걸.

"가사가 쓸쓸하네요. 근데 수요일의 아이니 금요일의 아이니 하는 건 뭐예요?"

노래가 끝나자 혜인이 물었다.

"영국의 전래동요 중에 '마더 구스의 노래'라는 게 있는데 거기서 따온 거래요." 정우가 설명했다. "힘들게 외운 건데 한번 들어볼래요?"

"그래요, 해보세요." 혜인이 웃으며 말했다.

"영어로 할까요, 한국말로 할까요?"

"지식 자랑 그만하시고, 얼른 알아듣게 한국말로 하세요."

"그러죠, 흠흠." 정우는 목을 가다듬고 나름대로 운율을 갖추어

읊었다. "월요일의 아이는 얼굴이 예쁘고요, 화요일의 아이는 기품이 있고요, 수요일의 아이는 수심이 가득해요, 목요일의 아이는 먼 길을 떠나고요, 금요일의 아이는 다정하고 베풀 줄 알아요, 토요일의 아이는 살기 위해 고생하고요, 일요일의 아이는 귀엽고 명랑하고 싹싹해요. ……이상입니다."

"와, 정우 씨한테 이런 면도 있다니, 놀라운데요?"

"이거 왜 이러세요? 내 이름이 뭡니까? '정서'의 둘도 없는 형제, 정우 아닙니까?"

혜인이 깔깔깔, 웃었다.

"여자가 웃음소리가 그게 뭡니까?" 예전에 안보전시관 앞에서 했던 타박을 정우가 다시 한 번 반복했다.

한참을 웃다가 혜인이 말했다. "정우 씨는 무슨 요일에 태어났어요?"

"척 보면 몰라요? 역마살이 끼었으니까 목요일에 태어난 거다……라고 생각하려고 했죠? 근데 알아보니까 금요일이더라고요."

혜인은 고개를 끄덕였다. "충분히 금요일일 수 있겠네요. 정우 씨는 다정한 사람이니까요."

"역시 안목이 있으시군요." 정우는 감격의 눈초리를 하며 불쑥 손을 뻗어 혜인의 손을 잡았다. "뭐, '정'자 들어가는 건 다 나하고 관계 있다고 보시면 됩니다."

혜인은 손을 빼내지 않고 슬며시 웃었다.

"근데 어제는 그렇게 우악스럽더니, 손이 엄청 곱네요?" 정우가 혜인의 손을 자신의 얼굴 앞으로 들어 올리며 말했다.

"뭐예요?" 혜인은 손을 확 뿌리치며 말했다. "우악스럽다고요?"

"아니, 우악스러운 건 아니고, 그냥 악 소리 나게 빨랐다……."

"됐어요." 혜인이 정우의 말을 끊었다. "어제 일 같은 건 더 이상 말하지 않기로 해요."

정우는 고개를 끄덕이며 혜인의 눈을 바라보았다. 방금 전까지 웃던 눈에 어두움이 깔렸다.

혜인은 손으로 턱을 괴고 정우에게 물었다.

"난 어떤 요일에 태어난 거 같아요?"

"척 보면 알지요. 월요일이란 걸. 하지만 가끔은 수요일 아이 같은 느낌을 풍길 때도 있어요. 지금 같은 때요."

혜인은 소리 없이 웃었다. 정우는 그녀가 왠지 쓸쓸해 보인다는 느낌을 지울 수가 없었다.

"안보전시관에 가면 다시 만날 수 있을까요?" 정우가 물었다.

"글쎄요." 혜인이 한숨을 쉬듯 말했다. "나도 잘 모르겠어요, 내가 어떻게 될지. 이번 일이 없었다면 계속 거기에 있을 텐데."

"어디에 있든 연락할 거죠?"

혜인은 대답하지 않았다.

그녀의 얼굴을 한참동안 바라보던 정우가 이내 고개를 끄덕였다.

"뭐, 연락 안 해도 됩니다. 내가 찾아가면 되니까요. 어느 날 누군가 찾아와서 현관문을 다섯 번, 세 번, 십 초 간격으로 두 차례 두드리거든 그게 난 줄 아십시오." 정우는 재희에게 들었던 말을 떠올리며 그렇게 말했다.

정우를 보는 혜인의 눈은 약간 충혈돼 있었다.

*

다섯 시간 전.

기수는 현장지휘소 상황실에 들어섰다. 정우가 뭔 일이래, 하는 얼굴로 자신을 쳐다본다.

이제는 상황이 종료된 만큼 서울로 돌아갈 수 있다. 기수는 수영의 마지막 모습을 보지는 못했지만, 그녀가 다친 데 없이 후송됐다는 소리를 듣고 마음이 놓였다. 그동안 정우 저 녀석이 인상을 잔뜩 구기고 나한테 허술하게 굴었던 이유는 거기에 있었던 거다. 기수는 이해했고, 정우를 용서하기로 마음먹었다.

그러나 계산은 계산이다. 기수가 정우에게 물었다.

"국장은 뭐라든? 내가 큰일 했는데 걍 넘어간대?"

정우는 대답이 없다. 그 대신 뒤에서 굵직한 목소리가 들렸다.

"김기수 씨, 수고했어요. 덕분에 일을 잘 마무리할 수 있었어요."

뒤돌아보니, 50대 남자가 서 있다. 기수는 그가 말로만 듣던 권용관 국장이란 걸 단박에 알아보았다.

"제가 뭐 한 게 있습니까?"

기수는 계면쩍은 표정을 지어 보였다. 스스로 생각해도 자신과는 영 어울리지 않는 표정이다.

"그냥 넘어갈 생각은 없습니다. 뭐, 특별히 원하는 거라도?" 용관이 묻는다.

기수는 한 손으로 뒷머리를 쓸어내리며 우물쭈물 대답했다.

"저도 곧바로 귀국해야 하는 게 아니라면 잠시 다녀올 데가……"

"아, 꼭 그럴 필욘 없어요. 이왕 이탈리아에 왔으니, 관광여행이라도 해야죠. 여비를 좀 챙겨드리지요. 이봐요, 김재민 씨."

권용관은 상황실 한쪽에 있는 남자를 손으로 불렀다. 물자 담당 요원인 듯하다.

"돈은 됐는데……." 기수는 남들이 거의 알아들을 수 없게 작은 소리로 중얼거렸다.

김재민이라는 사람에게 뭔가를 지시한 다음, 권용관이 다시 기수에게 말했다.

"혼자서는 적적할 테니, 한 이삼 일간 정우랑 같이……."

"아뇨!"

벼락같이 큰 소리가 두 사람의 입에서 동시에 터져 나왔다. 기수도, 정우도 열심히 손사래를 쳤다. 의아한 표정으로 둘의 얼굴을 번갈아 보던 권용관이 씩 웃었다.

"하긴 저 멋대가리 없는 총각하고 무슨 재미로 여행을 하겠어요? 그럼 기수 씨 편한 대로 하고, 서울에 오거든 박성철 팀장한테 연락이나 주세요."

권용관은 그 말을 끝으로 뒤돌아섰다.

기수는 정우를 향해 헤벌쭉 웃었다. 정우는 오만 인상을 다 긁으며, 권용관의 뒷모습을 째려보고 있다.

오후 7시.

기수는 밀라노 첸트랄레(중앙역)에서 내렸다. 사람들로 붐비는 역사(驛舍)를 빠져 나와 거리를 두리번거린다. 마침 세 칸짜리 오렌지색 트램(노면전차)이 다가오고 있다. 기수는 역사 앞의 담배 가게에서 티

켓을 구입한 다음, 트램의 두 번째 칸에 올라탔다.

퇴근시간이 두 시간 가까이 지나서인지, 트램 안에는 승객이 많지 않았다. 이탈리아 신문을 펼쳐든 중년 남자 하나와 부부로 보이는 노인 두 사람, 그리고 단체여행을 온 듯한 동남아시아 계통의 젊은 관광객들 여남은 명이 전부다. 기수는 반질반질 닦여 있는 나무 의자에 엉덩이를 실었다. 맞은편 차창 밖으로 도시의 저녁 풍경이 느릿느릿 흘러가고 있었다.

30분쯤 지나 트램에서 내렸다. 기수는 역 이름을 확인한 후, 건물들의 모양새를 보면서 좁은 골목길로 접어들었다. 좌로, 우로, 또 다시 좌로, 우로, 그렇게 골목을 돌자 목표로 하는 건물이 나왔다. 4층짜리 작은 아파트 건물이다. 이 건물은 5일 전에도 왔던 곳이라 헤매지 않고 바로 찾아올 수 있었다.

골목길을 둘러보았지만, 오가는 사람은 없었다. 기수는 건물 안으로 들어가, 세 번째 방 앞에 서서 벨을 누른다. 그러나 10초가 지나도록 아무 기척이 나지 않았다. 기수는 고개를 갸웃하고는 한 번 더 벨을 눌렀다. 또 다시 10초가 지나갔다.

손목시계를 보았다. 늦지도 빠르지도 않다. 비첸차에서 출발할 때 미리 기별해둔 시간이었다. 자신이 올 것을 알면서도 이 방의 주인 두 명이 함께 외출할 리는 만무하다. 둘 다이거나, 아니면 그중 한 명은 자신을 기다리고 있어야 정상이다.

'이것들, 뭐하는 거야?'

기수는 슬며시 짜증이 났다. 복도에 아무도 없는 것을 확인하고는 문에 귀를 댄 채 세 번째로 벨을 누른다. 벨 소리가 밖에까지 희미하게 들렸지만, 여전히 문손잡이가 돌아갈 기미는 보이지 않았다.

잠시 망설이다, 호주머니를 뒤져 열쇠꾸러미를 꺼냈다. 예닐곱 개의 열쇠들이 찰랑거린다. 기수는 그중 하나를 열쇠구멍에 집어넣고 돌렸다. 문이 잠시 저항하는 듯하다가 스르르 열렸다.

안에 들어서자마자, 곧바로 현관문부터 닫았다. 삐리릭, 하는 소리와 함께 문이 자동으로 잠긴다. 거실을 쓱 훑어보니 맨 먼저 TV가 눈에 들어왔다. TV에서는 쇼프로그램이 방영되고 있었다. 남자와 여자가 뭐라고 수다를 떨자, 방청객들이 박수를 치며 웃는다. 그러나 거실에 TV를 보는 사람은 없었다.

'이 자식들, TV를 켜놓고 뭔 짓들 하고 있는 거야? 유럽 빠다(버터) 좀 먹었다고 군기까지 빠다칠 했구만.'

방 주인 중 한 명은 김책공업종합대학 1년 후배, 또 한 명은 3년 후배다. 둘 다 고위층 출신으로 기수와 마찬가지로 유럽에서 유학생활을 마친 후 해외정보부에서 일해 왔다. 그리고 둘 다 지금은 북조선 귀국을 이런저런 핑계로 마다하고 있는 중이었다.

기수는 그들의 이름을 불렀다.

"만복아!"

대답이 없다.

"이세훈!"

역시 대답이 없었다.

거실을 포함하여 방이 네 개밖에 되지 않는 아파트 안에서 이름을 소리쳐 부르자니 입이 민망했다. 기수는 이름 부르기를 그만두고, 화장실 문부터 두드렸다. 반응이 없다. 이어서 그들이 자료실 겸 작업실로 쓰는 방 문을 열었다.

'어? 이거 뭐야!'

방 안을 들여다본 기수는 깜짝 놀랐다. 책꽂이에 꽂혀 있어야 할 책이며 자료철들이 방바닥에 엉망으로 나뒹굴고 있다. 책상 위의 컴퓨터는 꺼져 있었다. 화면보호 프로그램이 작동 중인 모니터에서 관상어들이 느릿느릿 유영했다.

그 옆방도 마찬가지로 어질러져 있었다. 기수는 트윈 베드가 있는 침실로 달려갔다. 그 방은 문손잡이가 잠겼다.

기수는 문을 거칠게 두드렸다.

"이봐! 안에 있으면 문 열어!"

예닐곱 번 두드려도 반응이 없자, 기수는 뒤로 두 걸음 물러선 뒤 온 힘을 다해 문을 걷어찼다. 문은 덜컹하고 반동을 했지만, 열리지는 않는다. 두 번, 세 번 연속으로 걷어차자 손잡이 부위의 나무가 쪼개지며 틈이 벌어졌다. 기수는 안으로 손을 집어넣어 손잡이를 돌리고 문을 열었다.

비릿한 냄새가 확 풍겨왔다. 침대 위에 1년 후배 김만복이 드러누워 있었다. 그의 가슴에서는 지금도 피가 뿜어져 나오고 있었고, 그 피로 침대가 시뻘겋게 물들어가고 있었다.

"만복아!"

달려가 그의 머리를 들어보았지만, 하얗게 변해버린 그의 얼굴은 이미 이 세상 사람의 것이 아니었다. 기수는 미친 사람처럼 고개를 들어 방 안을 휘휘 둘러본다.

"이세훈!"

기수는 침실에서 달려 나와, 아까 노크만 했던 화장실 문을 벌컥 열어젖혔다. 거울에서 타일 벽까지 한 인간에게서 나온 것이라고 생각할 수 없을 만큼 엄청나게 많은 핏방울이 뿌려져 있고, 그 아래 바닥에 세훈이 주저앉아 있었다. 그의 관자놀이에 10원짜리 동전만한 구멍이 뚫려 있었다.

기수는 자신의 입을 틀어막았다. 비명이 터져 나올 것 같아서다. 기수는 화장실 앞에 털썩 주저앉았다. 쇠망치로 뒤통수를 얻어맞은 듯 머리가 빙빙 돌았다.

한참 동안을 그렇게 멍하니 앉아 있기만 했다. 믿었던 연들이 툭 하고 줄이 끊어지면서 허공으로 날아가 버린 기분이었다. 연들은 잡으려고 해도 이미 손에 잡히지 않을 만큼 높이 떠난 뒤였다. 갑자기 눈시울이 뜨거워지더니, 액체가 볼을 타고 주르륵 흘러내렸다. 그들은 자신과 흉금을 툭 터놓을 수 있는, '놀쇠족' 출신이면서도 돌쇠와 같았던, 의리에 관한 한 둘째가라면 서러워할 후배들이었다. 북조선을 떠나기로 결심한 날부터, 그들과 자신은 부모형제와의 만남을 포기했다. 말하자면 스스로 고아의 신세를 선택한 거였다. 대한민국과 유럽이라는 머나먼 땅에서 살고 있고, 그래서 쉽게 만날 수도 없고 만나서도 안 되는 처지였기에 안타까움이 더한 사람들이었다. 또한 그들은 이메일이나 전화를 통해 기수에게 수시로 첩보를 알려주는 귀중한 정보원이기도 했다.

얼추 10여 분이 지난 것 같다. 문득 이 자리에 있어서는 안 된다는 사실을 깨닫고, 기수는 비칠비칠 일어섰다. 피 비린내가 더 퍼지기 전에 이곳을 떠야 한다.

32

그러나 한때 첩보요원이었을 때의 버릇이 기수의 발목을 붙잡았다. 앞으로 5분간만 더 있도록 하자. 그 시간 안에 온 감각을 동원하여 살펴볼 수 있는 데까지 다 살펴보자.

기수는 먼저 컴퓨터로 갔다. 엔터키를 누르자 비밀번호를 입력하라는 표시가 뜬다. 기수는 잠시 생각한 끝에, 행운을 바라며 '39235'를 쳐보았다. 이탈리아 국가번호 39와 밀라노의 2, 그리고 자신이 소속돼 있던 35호실을 묶은 숫자다. 그러나 'PASSWORD ERROR'라는 글이 떴다. 기수는 그 한 번의 패스워드가 먹히지 않자, 바로 하드를 뜯어내는 작업을 시작했다. 여기서 암호 놀이할 시간이 없다.

뜯어닌 하드를 셔츠 안에 집어넣은 다음, 방 안을 둘러보았다. 그러나 바닥에 뒹굴고 있는 서류철하며 종잇조각들은 아예 뒤져볼 엄두조차 나지 않았다.

기수는 침실로 갔다. 가장 사적인 장소인 만큼 혹시나 참고할 것이 있을까 해서다. 그러나 슈퍼싱글침대 두 채와 붙박이장 외에 눈에 띄는 물건이라고는 없다. 침대 위에 있는 송만복을 보니 그의 가슴에서 뿜어져 나오던 피가 멈추어 있었다. 시간이 지나 응고된 것인지, 아니면 더 빠져나올 피가 없어서 그런 것인지는 모르지만, 아무튼 만복의 사체는 딱딱하게 굳은 정물로 바뀌어 있었다.

그것을 보자, 기수의 뇌리에 퍼뜩 떠오르는 생각이 있었다. 아까 자신이 이 안에 들어왔을 때는 범인이 빠져나간 지 얼마 안 된 시간이다! 만복이 아스피린 같은 약물을 복용했다는 소리는 들은 적 없고, 그렇다면 10분 내외로, 넉넉하게 잡아도 20분이면 피가 응고될 것이다. 처음 만복을 보았을 때 그의 가슴에서는 피가 뿜어져 나오고 있었다. 즉, 범인이 일을 치른 지 길어야 20분 전이라는 얘기가 된다.

기수는 자신이 들어오던 순간을 곰곰이 되짚어보았다. 하지만 누구 하나 마주친 사람도 없고, 본 사람도 없다. 타이밍이 약간 어긋난 것인지도 모르지만, 어쨌든 기수의 의심을 자극할 만한 일은 없었다.

기수는 고개를 흔들었다. 추리할 시간이 없거니와, 더더구나 여기서는 안 된다.

'미안하다.'

안타까운 눈으로 만복을 쳐다본 다음 부서진 문을 열었다. 아마 자신이 빠져나간 뒤, 나중에 이탈리아 경찰에 의해 이곳은 다시 한 번 난도질당할 것이다.

'미안하다, 만복아! 세훈아!'

기수는 뿌예진 눈으로 만복을 쳐다보다가 뒤돌아섰다.

그때 부스럭부스럭 하는 소리가 기수의 발을 돌려세웠다.

기수는 눈살을 꼿꼿이 세우며 돌아섰다. 소리는 붙박이장에서 들려오고 있었다. 기수는 주변을 두리번거리다가 떨어져 나간 문짝에서 판자 하나를 발견하고는 그것을 집어 들었다. 끝이 날카롭게 쪼개져 있다. 그것을 앞으로 꼬나들고, 몸을 옆으로 비껴선 채 붙박이장 문을 확 열었다.

몸뚱이 하나가 사시나무처럼 부들부들 떨고 있었다. 기수는 한눈에 그것이 여자임을 알아보았다. 긴 머리에 거의 가려버린 눈이 이쪽을 향했다가 빛에 쏘인 굼벵이처럼 다시 몸을 감았다. 여자는 좀처럼 웅크린 몸을 풀 생각이 없는 듯했다.

"당신 뭐야?"

기수가 그 말을 내뱉고 한참의 시간이 흘렀어도 여자에게선 반응이 없다. 바이브레이터처럼 진동만 계속하고 있었다. 기수가 그녀의 몸을 툭 건드렸다. 하지만 두 팔로 머리를 감싼 채 그녀는 더욱 오그라들고 있었다.

기수는 그녀의 팔을 확 잡아채어 몸을 일으켜 세웠다. 들린 얼굴은 거의 넋이 빠져 있었다.

"너, 뭐냐니까!"

여자가 횡설수설 뭐라고 지껄였다. 중국말이다.

기수는 여자의 뺨을 적당한 강도로 후려쳤다. 여자가 "악!" 하는 소리를 질렀다.

잠시 후, 여자가 기수의 얼굴을 쳐다보았다. 기수는 조금은 가라앉은 목소리로 물었다.

"너, 뭐야?"

여자가 떠듬떠듬한 한국말로 대답했다.

"살, 려, 주세요. 제발 살려 줘요."

순간, 기수의 머릿속에 자신의 상식으로는 도저히 이해가 안 되는, 영화에서나 보았음직한 이야기가 그려졌다. 그 이야기의 실마리를 이 여자가 갖고 있을 거라는 생각이 퍼뜩 들었다.

기수는 마른입을 침으로 축이고는 그녀에게 물었다.

"당신 언제부터 여기 있었던 거야?"

"나, 도, 몰라요."

띄엄띄엄 한국말이 이어졌다. 기수는 생각했다. 이 여자는 한국 여자가 아니다. 기수는 중국말로 물었다.

"당신이 왜 여기에 있는 거지?"

"나도 몰라요. 도망쳐 왔어요. 그러다가," 여자가 침대에 있는 만복의 시신을 가리키며 말을 이었다. "저 사람을 따라 여길 오게 된 거예요."

여자의 목소리는 몹시 떨렸다.

기수는 불현 듯, 여기서 지체할 시간이 없다는 사실을 떠올렸다. 여자의 손을 꽉 잡았다.

"당신, 이야기는 나중에 듣도록 하고 무조건 여길 나가자. 아무 소리 말고 따라오기만 해요."

기수는 여자의 손목을 잡고 아파트를 나섰다. 그리고 골목길을 빠져나오자마자 노란색 택시를 잡아탔다.

일단은 피 웅덩이로 변한 이곳을 떠나는 게 급선무였다.

밤 9시.

한 시간 이상을 뱅뱅 돌았다. 왠지 그래야만 될 것 같아서 기수는 택시를 세 번 갈아타고, 마침내 이곳에 도착했다.

밀라노 말펜사국제공항의 펍 레스토랑에 여자를 앉혀놓고, 기수는 밖으로 나와 전화를 걸었다. 신호가 가고, 잠시 후 깨나른한 기계음이 흘러나왔다.

— 대한민국의 대표 브랜드 박성철입니다. 무엇을 도와드릴까요?

"형님, 기숩니다. 만약 전화 받을 위치라면 바로 받으세요. 일부러 안 받는 거라면, 형님 다시 볼 일 없을 겁니다."

5초가량 뜸을 들인 후, 기대했던 목소리가 새어 나왔다.

— 동생, 어디야?

"밀라노입니다."

— 여기가 몇 신데 그래?

성철의 목소리에는 졸음이 담겨 있다. 하지만 그 사정을 봐줄 여유가 지금 기수에게는 없었다.

"내 시계가 맞는다면 새벽 다섯 시겠죠?"

— 잘 아네? 이 시간이면 나 딥 슬럼버(deep slumber, 깊은 잠)인 줄 알잖아?

하긴 그는 근무시간을 잘 지키는 편이다. 날짜가 막 바뀌었을 때, 그러니까 새벽 1시가 넘어 전화를 걸어오는 일은 없었다.

"그걸 알면서도 전화하는 겁니다."

성철은 아무 대답이 없다가 간신히 정신을 추슬렀는지, 갠 목소리로 물었다.

— 너, 무슨 일 있구나?

그의 목소리에 자신에 대한 걱정이 묻어 있다고 느껴졌다.

"예, 형님," 갑자기 울음이 삐져나오려고 했다. 기수는 마음을 가라앉히려고 잠시 숨을 고르다가 말을 이었다. "어렵겠지만 부탁 한번 합시다."

— 야, 인마, 이너내셔널 김기수가 왜 이래? 무슨 말이든 해봐. 내가 할 수 있는 거면 뭐든 할 테니.

"형," 이 순간, '님'자를 빼는 자신이 의아하면서도 기수는 말을 계속했다. "나중에 다 설명할 테니, 일단 여권 하나 끊어주세요. 앞으로 두 시간 안에 비행기를 탈 텐데, 여자 하나 데리고 갈 겁니다. 이

름은 우바이즈, 한자로 오백지, 성씨를 쓸 때의 오(吳)자에, '동백꽃'
할 때 백(栢)자, 그리고 '김지미' 할 때 지(芝)자입니다. 중국 여자예
요. 급하니까 이유는 묻지 마시고 영사관 당직한테 공항으로 지금 당
장 달려오라고 조치 좀 해주세요."

성철한테는 아무 말이 없었다. 그러다가 지지직 하는 잡음과 함께
목소리가 흘러나왔다.

— 너, 그 말 딴 데 한 건 아니지?

"형이 첨이에요."

— 알았다. 직원한테는 내가 안 움직이면 죽인다고 협박 좀 하마.
그 대신 너 오는 대로 나한테 전화해라.

"예, 알겠어요."

이 여자를 왜 데려왔는지, 스스로 생각해봐도 의문이다. 북조선을
빠져나온 후, 기수는 되도록 남의 일에 개입하지 않는 것을 생활신조
로 삼아왔다. 남을 위한 배려나 선의로 했던 일이 나중에 뒤통수를
치는 경우를 여러 번 보아왔기 때문이다. 특히나 훗날 오해와 불이익
이 올 것 같은 경우라면 무조건 발을 빼는 것이 상책이었다. 탈북자
라는 멍에를 안고 살아야 하는 기수로서는 무슨 일이든 일단 몸부터
사리고 보는 것이 습관처럼 배었다. 박성철과 진득하게 관계를 유지
해온 것도, 물론 그가 남조선에선 보기 드물게 선한 사람이라는 걸
알았던 탓도 있지만, 자신의 안전을 보장 받는 일종의 보험이기에 선
택했다고 보아야 옳다.

골똘히 생각에 잠겨 있던 기수는 오랫동안 부정해왔던 단어를 조

심스레 떠올렸다. '동정심'. 그렇다. 공항의 펍 레스토랑에서 이 여자의 사연을 듣고 성철에게 절박한 요구를 하게 만든 건 바로 그 동정심이었다. 아마도 이국의 땅에서 참혹하게 죽어간 후배들의 시신을 보고는 정상적인 사고 기능이 고장 나서 그랬을 것이다. 그 틈을 타, 이 동정심이라는, 현재의 기수에겐 아무 도움이 되지 않는 감정이 슬며시 고개를 내밀었던 것이다. 아무리 불쌍하고 오갈 데 없는 처지라도, 무턱대고 한국으로 데려갈 생각을 한다는 것은 몇 시간 전의 기수라면 생각도 할 수 없는 일이었다.

창가 좌석에 앉은 우바이즈는 아무것도 보일 리 없는 밤하늘에 멍한 시선을 던지고 있다. 처음 보았을 때는 흐트러진 옷매무새에 비 맞은 새처럼 오들오들 떨기만 하더니, 공항 화장실에서 매무새를 만지고 나온 뒤로는 젊은 여자의 생기를 은연중에 뿜어낸다. 긴 머리를 틀어서 올리고, 면세점에서 산 연두색 카디건을 둘렀다.

그녀는 소지품을 하나도 가지고 있지 않았다. 아이보리색 셔츠와 청바지, 밤색 스니커즈, 머리를 틀어 올린 검은 핀 그리고 기수가 사 준 연두색 카디건이 전부였다.

기수는 곁눈으로 그녀를 훔쳐보았다. 크지 않으면서도 오뚝 솟은 콧날, 야무져 보이는 입매가 옆얼굴의 선을 근사하게 만들어주고 있다. 키는 큰 편이고, 청바지로 드러나는 다리 모양새도 늘씬했다. 기수는 고개를 약간 돌려 그녀를 좀 더 자세히 보려다가, 검은 창에 비치는 자신의 모습을 보고는 깜짝 놀라 얼른 머리를 되돌렸다.

왠지 입술이 바짝 마르는 느낌이 든다. 혀로 입술을 축이고 있는데, 마침 카트를 밀며 스튜어디스가 지나갔다. 기수는 스튜어디스를 불렀다.

"뭐 필요하신 게 있습니까?" 스튜어디스가 환한 미소를 지으며 물었다.

"오렌지 주스 하나 주세요." 기수는 우바이즈를 돌아보았다. "바이즈, 뭐 좀 마시지 않을래요?"

"저도 같은 걸로 주세요." 그녀가 대답했다.

창밖으로 돌려져 있던 우바이즈의 얼굴이 처음엔 스튜어디스를, 이어서 기수를 향한다. 기수는 비로소 그녀의 얼굴을 꼼꼼히 들여다볼 수 있었다. 비행기를 타기 전까지는 그럴 경황이 아니었다. 새삼 보니, 그녀의 얼굴 윤곽은 동그랗고 볼도 통통하고 턱도 부드러운 곡선을 이루고 있어 부드러운 느낌을 준다. 그에 비해 눈매는 양 옆으로 치켜 올라가 있고, 입술도 가느다래서 단호한 인상을 풍긴다. 기수는 묘한 부조화라고 생각했다. 하지만 그것이 오히려 그녀를 다른 사람보다 돋보이게 하는지도 모른다.

기수는 펍 레스토랑에서 들었던 이야기를 생각해보았다. 그녀는 다롄에서 왔다고 했다.

"다롄에서는 뭘 했다고 했죠?" 기수가 중국어로 물었다. 우바이즈는 한국어를 하긴 하지만, 그보다는 중국어 쪽이 훨씬 소통이 원활했다.

우바이즈는 오렌지 주스를 한 모금 마시고는 입술에 묻은 주스방울을 혀로 핥았다. 고양이처럼 작은 혀. 그러고 보니 전체적인 이미지가 고양이 같다고 기수는 생각했다. 그녀는 외까풀 눈을 내리깔았다.

"관광 가이드를 했어요."

자신 없는 목소리다. 아직 충격에서 벗어나지 못해서 목소리에 힘이 없는 것이리라.

"이탈리아에 온 걸 보면 아웃바운드였겠네요?"

우바이즈가 고개를 저었다. "아뇨. 인바운드였어요."

아웃바운드는 자국 관광객을 외국에서 가이드 하는 것, 인바운드는 외국 관광객을 자국에서 안내하는 것을 말한다. 유럽 곳곳을 누비던 중에 가이드들과 대화하다가 알게 된 것이다.

"그런데 어떻게?" 기수가 어정쩡한 말투로 물었다.

"아웃바운드를 할 생각은 늘 가지고 있었죠. 수입이 그쪽이 낫거든요. 하지만 좀처럼 기회가 없었죠. 그런데 이번에 아웃바운드 가이드 중에 한 명이 어떤 사정 때문에 가지 못할 일이 생겼어요. 그래서 내가 대신하게 된 거죠."

"그렇다면 아웃바운드가 이번이 처음이었단 말이에요?"

"네." 우바이즈가 고개를 끄덕였다.

기수는 그녀를 보다가 한숨을 쉬듯이 말했다. "처음인데, 아주 욕봤네요. 보통사람이라면 평생 구경할까 말까 한 꼴을 봤으니."

우바이즈는 눈을 내리깔고 아무 말도 하지 않았다.

기수는 그녀에게서 눈을 떼고, 정면의 비디오를 쳐다보았다. 자신이 떠나온 베로나를 배경으로 한 로맨스 영화가 상영되고 있다. 작은 키에 통통하게 생긴, 파란 눈의 여배우가 화면을 가득 메우고 있다. 그녀를 보자, 영화 포스터를 본 기억이 났다. 하지만 제목은 생각나지 않았다. 그런 영화에 관심이 없어서일 것이다. 기수는 앞좌석 뒤의 주머니에 꽂힌 팸플릿을 펼쳐 제목을 찾아보았다. 〈레터스 투 줄리엣〉이란 영화가 11시부터 상영된다는 활자가 박혀 있다. 하지만 리시버를 꽂지는 않았다. 대부분의 영화가 러닝타임이 90분이니까 끝날 때쯤이면 새벽 1시 반경이 될 것이다. 문득 영화가 상영되는 동안 날짜가 바뀌고 있다는 데 생각이 미쳤다. 아마도 잠 못 이루는 올빼미들을 위한 배려일 테고, 이탈리아 항공이니까 굳이 자기네를 배경으로 한 영화를 틀어주고 있을 것이다. 내용은 안 봐도 비디오다. 호강에 젖은 부르주아들이 그렇고 그런 사랑놀이를 하는 영화다.

침묵이 흘렀다. 기수는 더 물어볼까 말까 잠시 고민했다. 하지만 확인해두지 않으면 안 된다. 아무리 기억에 떠올리고 싶지 않은 일이라도, 기수가 제대로 알고 있어야 성철에게 그녀를 데려온 이유를 설명해줄 수 있을 테니까.

"왜 중국영사관에 가기를 거부했어요? 영사관이 할 일이란 게 자국 국민을 보호하는 것인데." 기수가 물었다.

"난 아웃바운드 자격이 없었어요. 원래 내 순서가 아니었는데, 욕심이 나서 거래를 한 거죠. 여권도 가짜로 만들었구요. 국가여유국(國家旅游局)의 승인을 받기가 어려웠거든요."

기수는 일단 고개를 끄덕이고는 물었다. "가이드 승인이라는 게 그렇게 어려운가요?"

"난 한족이 아니에요."

"예?" 예상 밖의 소리에 기수는 얼떨떨해 하다가 그녀에게 물었다. "그럼 어디?"

"쫭족이죠. 다롄에는 취업 땜에 가 있는 거고, 고향은 광시성 쫭족자치구예요. 부모님도 거기에 계시구요."

"그래서 받기가 어려웠다?"

"그 점도 작용을 한 거죠."

"겉으로는 소수민족 우대정책이니 뭐니 하면서, 실제로는 그 반대라는 얘기네요?"

우바이즈는 대답을 하지 않았다.

기수는 잠시 침묵을 지키다가 입을 열었다.

"당신이 데리고 온 사람들은 어떻게 됐어요?"

"지금은 어떻게 됐는지 나도 몰라요. 어쩌면 죽었을 거예요." 우바이즈는 앞을 향해 있던 시선을 기수에게로 돌리며 말을 이었다. 그녀의 목소리가 가늘게 떨렸다. "처음부터 분위기가 이상한 사람들이었어요. 밀라노 의류 사업체와 계약을 맺으러 간다고 했는데, 정작 그들이 내민 주소지는 그런 데와 상관이 없는 곳이었죠. 뒷골목의 허름한 빌딩이었는데."

우바이즈는 주스를 한 모금 마셨다. 그리고 다시금 혀로 입술을 핥았다. 버릇인 모양이라고 기수는 생각했다.

"그들이 들어간 곳은 지하실 방이었어요. 나한테는 잠시 밖에서 기다리라고 하더군요. 10분쯤 지났죠. 원래 상담(商談)이란 게 길어질 수도 있는 거니까, 난 얌전히 서서 계단 난간이며 벽타일 같은 것을 쳐다보고 있었어요. 보고 또 보고, 아마 수십 번은 봤을 거예요. 그런데 30분이 지나도 나올 기미가 없었어요. 짜증도 나고, 다리도 아프고, 배도 고프고. 그래서 앉을 곳이 있을까 찾아보다가 1층과 지하 사이의 중간 층계참에 앉아야겠다고 생각하고 올라갔죠. 그런데 내가 층계참에 닿기 전에 이상한 소리가 지하 방에서 들리는 거예요. 왠지 기분이 좋지 않은 소리였죠. 그땐 뭔지 몰랐는데, 나중에 생각해보니까 그게 소음권총 소리였나봐요."

기수는 자신들의 말을 누가 알아듣는 건 아닌지 주변을 둘러보았다. 그러나 승객의 수도 많지 않은 데다 대부분 자고 있었다. 더구나 자신들과 같은 동양인은 단 한 명도 없었다. 기수는 고개를 우바이즈에게로 돌리며 속삭이듯이 물었다.

"그래서 바로 도망갔어요?"

역시 속삭이는 목소리로 우바이즈가 대답했다.

"아뇨. 그랬으면 그 처참한 일도 일어나지 않았을 거예요. 내가 왜 그랬는지 모르겠어요. 무슨 일이 있는지 궁금하기도 했고, 고객들에게 어서 숙소로 가서 쉬자는 눈치를 보낼 생각도 있었겠죠. 암튼 지하실 방 앞으로 다가갔어요. 그런데 안에서 시끄러운 소리가 들리더군요. 누군가 큰 소리를 치고, 비명 같은 것도 섞여 있었어요. 난 노크를 했죠. 그러자 큰 소리가 딱 그치고……비명소리는 여전히 흐르고 있었지만요."

기수는 자기도 모르게 주먹을 꽉 쥐었다. 모니터에서 흐르는 영화보다 더 흥미로운 이야기가 바로 옆자리의 여자에게서 흘러나오고 있는 중이었다. 기수는 후배들의 참혹한 시신과 옆에 앉은 여자의 입술을 오버랩 시키면서 이야기를 재촉했다.

"그래서요?"

"문이 열렸죠. 노크를 했을 뿐인데, 아주 힘없이요. 닫혀 있는 줄 알았는데 스르르 열리니까 좀 어이가 없더라고요."

여자의 표정은 마치 그때의 장면을 관객에게 들려주고 있는 배우처럼 생생했다. 기수는 여자의 얼굴을 보며, 아까와는 전혀 다른 사람을 만난 듯한 느낌이 들었다. 초조해한다든가, 떤다든가 하는 느낌이 전혀 나지 않았다. 대신, 재미있는 이야기를 들려주려는 동화 구연 선생처럼 그녀의 눈은 반짝이고 있었다.

"문이 빠끔 열렸어요." 우바이즈는 한숨을 내쉬었다. "그리고 본 거예요. 내 고객들이 넘어져 있는 걸요. 그 뒤로 험악한 눈초리가 날 쏘아보고 있었죠. 그를 보자 머릿속에 빨간 경보등이 확 켜지더군요. 나는 문을 닫고 얼른 계단을 뛰어올랐어요. 빨리 내빼야 한다는 생각밖에 없었죠."

우바이즈는 다리를 앞뒤로 까닥거렸다. 기수는 그녀의 다리로 시선을 내렸다. 작은 밤색 스니커즈를 빨간색 끈이 단단히 동여매고 있었다.

"현관을 나와 골목길을 보니 눈앞이 캄캄하더군요. 지나다니는 사람이 하나도 없었거든요. 날 도와줄 사람이 없는 거였죠." 우바이즈는 까닥거리던 다리를 멈추었다.

그녀의 이야기가 긴 모놀로그처럼 흐르고 있다. 기수는 그녀의 이야기를 들으며 머릿속으로 그림을 그렸다.

우바이즈는 골목길을 몇 차례나 돌아 무조건 달렸다. 그때 한쪽 골목에서 동양 남자가 튀어 나왔다. 우바이즈는 이젠 끝이라고 생각했다. 이곳 지리에 훤한 악당들이 지름길을 가로지른 것이라 여겼던 것이다. 하지만 그 동양 남자는 우바이즈를 보자마자 우선 자신의 뒤에 숨겼다. 놀랍게도 그 동양 남자 또한 소음총을 빼들고 있었다.

남자는 뒤를 향해 총질을 하면서, 우바이즈의 손을 잡고 뛰다가 어느 한 건물로 들어갔다. 그리고 그 방에 있게 된 것이다.

"아가씨, 가만히 이대로 있어요." 남자가 한국어로 말했다.

방에는 자신을 데리고 온 남자 말고도 또 한 남자가 있었다. 검정색 반팔 티셔츠 차림으로 컴퓨터 앞에 앉아 있던 남자가 일어서며 물었다.

"형, 무슨 일이야?"

"쉿!" 우바이즈의 손을 끌고 온, 흰색 긴팔 티셔츠의 남자가 손으로 입을 가렸다. 그는 잔뜩 긴장한 표정으로 창문 밖을 내다보았다. 검정색 티셔츠도 서랍에서 권총을 꺼내들고, 창가로 다가갔다. 그러나 골목은 조용하기만 했다. 그로부터 20분가량이 지나자, 흰색 티셔츠가 비로소 총을 내려놓았다.

"무슨 일인데 그래?" 검정색 티셔츠가 여전히 긴장을 풀지 않은 얼굴로 물었다.

흰색 티셔츠가 대답했다. "잘은 모르겠다. 짱꼴라 양아치 새끼들이 설치는 게 하루 이틀 아니다만, 이건 도를 좀 넘어선 거 같다."

"이 여자는 왜 데려왔어?"

우바이즈도 자신이 왜 이곳에 이런 꼴로 있어야 하는지 영문을 모르고 있던 참이었다. 흰색 티셔츠가 그녀를 쳐다보며 무언의 질문을 던졌지만, 우바이즈로서는 할 말이 없었다.

잠시 침묵이 흐르고, 흰색 티셔츠가 입을 열었다.

"삼합회 놈들이 뭔 일을 꾸미고 있는 건 분명해. 그놈들 아지트를 체크하고 있다가, 이 여자가 도망쳐 나오는 걸 발견한 거야."

"아가씨, 어떻게 된 거예요?" 검정색 티셔츠가 물었다.

우바이즈는 대답을 하지 않았다. 검정색 티셔츠가 이번에는 중국어로 물었다.

"어떻게 된 일이냐니까?"

그녀는 고개를 가로저었다.

"나도 몰라요."

그러고는 그들에게 자신이 이곳에 오게 된 경위를 설명했다. 물론 그 내용은 지금 기수에게 들려준 이야기와 동일했다.

그녀의 이야기가 끝나자, 검정색 티셔츠가 일어섰다.

"슈퍼마켓 좀 갔다 올게. 먹을거리를 좀 사와야겠어. 형은 필요한 거 없어?"

"하이네켄 몇 병 사와라. 한잔 마셔야겠어." 흰색 티셔츠가 우바이즈를 돌아보며 중국어로 물었다. "아가씨는 뭐 먹고 싶은 거 없어요?"

우바이즈는 고개를 저었다. 검정색 티셔츠는 그녀를 보며 알았다는 듯 눈을 끔벅하고는 침실을 나갔다.

현관문이 가볍게 열리는 소리가 났다. 그러나 다음 순간, 문이 벌컥 열리며 여러 명의 구두 소리가 거실 안으로 쏟아져 들어왔다.

"뭐야?"

흰색 티셔츠가 침대 위에 놓아둔 총을 집어 들며 벌떡 일어섰다. 그의 모습이 침실 밖으로 사라지자마자, 쿠당탕하는 요란한 소리가 났다. 몸싸움이 벌어진 듯했다. 또 다시 우바이즈의 머릿속에 경고등이 번쩍이기 시작했다. 그녀는 침대 밑을 보았다. 하지만 그곳은 너무 좁았다. 우바이즈는 붙박이장을 열었다. 남자들의 옷이 가지런히 걸려 있었다. 그녀는 그 안으로 들어가서는 문고리를 꽉 잡았다.

15초 후, 침실 문이 열리며 사내들의 음성이 들렸다.

"빨리 말해! 그년 어디다 숨겼어?"

우바이즈는 몸이 벌벌 떨려, 얼른 문고리를 놓았다. 혹시라도 그녀의 떨림 때문에 붙박이장 문이 흔들릴까 봐서였다.

"이 새끼, 빨리 안 불어?"

뭔가로 몸을 타격하는 소리와 흰색 티셔츠의 "윽!" 하는 소리가 동시에 들렸다.

"좆같은 깡패 새끼들……," 흰색 티셔츠의 목소리였다. 그는 아픔을 참는지, 이를 악문 소리로 말하고 있었다. "니들이 지금 누굴 상대하는 건지나 알아?"

다시 퍽퍽, 하고 구타 소리가 났다.

"이 자식 완전히 돌았구만? 좋아, 니 잘난 뼈다귀가 어디서 굴러왔는지 말해봐라."

"간나 새끼들, 좋은 말할 때 두 발로 얌전히 나가라. 으……." 흰색 티셔츠가 신음을 길게 내지르다가, 말을 이었다. "니들 삼합회 아지트는 이미 찍혔어. 괜히 일 벌렸다가 나중에 쑥대밭이 되고 싶지 않거든 이 정도로 해두고 사라져줘라."

허허, 어이없어 하는 웃음소리가 났다.

"그래? 누가 쑥대밭이 되는지 어디 볼까? 그전에 니 놈 숨부터 끊어주지."

소음총이 울리고 뭔가가 터지는 소리가 났다. 우바이즈는 비명이 터져나올까봐 얼른 자신의 입을 틀어막았다.

"빨리 처리해!"

사내의 목소리가 들리는 동시에 침실 밖에서도 푸슝, 하는 소리가 들려왔다.

"그년 찾아봐!"

방들을 뒤지는 요란한 소음이 3분가량 이어졌다. 침실에 있던 사내가 붙박이장으로 다가왔다. 그가 문을 와락 잡아당겼다. 사내의 입에서 구릿한 담배냄새가 확 풍겨왔다.

사내는 옷장에 걸린 옷들을 하나하나 젖히기 시작했다. 우바이즈는 거의 기절할 지경이었다. 몇 개의 옷만 젖히면 그녀가 드러날 판이었다.

그때 창밖으로 경계하고 있던 사내가 말했다.

"따거. 골목에 누가 오는데요?"

따거(大哥)로 불린 사내는 붙박이장 문을 쾅 닫았다.

"그년이 딴 데로 샜나 보다! 얼른 나가자!"

그들은 왔을 때처럼 요란한 구두 소리를 내며 우르르 빠져나갔다.

우바이즈는 온몸에서 힘이 쑥 빠져나가는 걸 느끼며 스르르 무너졌다.

그로부터 20분 후, 그녀는 기수에게 발견되었다.

"이제 어떡하죠?" 우바이즈가 물었다.

"어떻게 했으면 좋겠어요?" 기수가 되물었다.

우바이즈는 모르겠다는 듯 고개를 저었다. 잠자코 그녀를 지켜보던 기수가 입을 열었다.

"내가 아는 형한테 부탁해볼게요. 한국에 관광 온 것처럼 꾸미고 귀국하도록 해요."

"당장은 곤란해요." 우바이즈가 젖은 눈으로 기수를 보며 말했다.

기수는 그녀의 눈을 외면했다. 저런 눈을 보면 거부감부터 든다. 뒷날 오해나 불이익을 불러오는 경우가 꼭 저런 눈을 하고 있다.

"내가 데려간 고객들에게 사달이 났으니까, 지금 가면 날 가만두지 않을 거예요. 게다가 불법으로 간 거잖아요. 구속될지도 몰라요." 여자가 떨리는 소리로 말했다.

기수는 힐끗 우바이즈의 얼굴을 보았다. 그렁그렁한 눈이 곧 눈물을 쏟아낼 것처럼 보였다. 빌어먹을! 기수는 속으로 이를 깨물었다. 또 다시 아무 도움 안 되는 동정심이 고개를 치켜들려 하고 있었다.

"이젠 관광 가이드도 못하겠지요." 어느새 음성마저도 울먹임으로 바뀌었다.

기수는 자신의 머리칼을 쥐어짜듯 만지고는, 두 세 차례 고개를 흔들었다.

"좋수다. 일단 내가 있는 곳으로 가 있어요. 그리고 한 달 정도 있다가 당신 고향으로 돌아가는 거요."

"고마워요!"

우바이즈가 밝은 목소리로 말했다. 언제 그랬냐는 듯, 옆으로 치켜 올라간 눈이 환하게 웃고 있었다. 여자는 혀로 살짝 입술을 핥았다.

불길 속에서 그녀가 잃어버린 것들

25년 전, 미국 로스앤젤레스

소녀는 발길을 떼지 못한다. 수백 개의 미녀들이 갖가지 포즈와 표정을 지으며 소녀를 부르고 있다. 하지만 아까부터 소녀의 눈은 그중 하나에게 고정되어 있다. 짙은 갈색 머리, 역시 짙은 갈색 눈. 그녀는 진남색 셔츠 위로 남색 계열의 체크무늬 조끼를 껴입고 있다. 그녀가 입은 청바지는 무릎이 터져 있고, 발에는 아무것도 신겨 있지 않다. 그녀는 다른 미녀들과 달리 웃고 있지 않다. 작은 코에 도톰하게 솟은 작은 입술이 뭔가를 말하려는 듯하다.

소녀는 그녀에게 다가갔다. 그리고 가만히 손으로 그녀의 얼굴을 만진다. 그녀의 발밑에 라벨이 붙어 있다. 'ANNIE'. 그녀의 이름이다. 애니의 손을 잡고 위로 올린다. 그러자 애니가 인사를 한다.

'안녕?'

"애니, 안녕?"

소녀도 인사를 한다.

'방학인데 어디 안 간 거야?' 애니가 묻는다.

"응. 여행은 다음 주에 갈 거야. 집에 있다가 엄마 아빠와 쇼핑 나왔어."

'어디로 가실 거래?'

"멀리는 못 가. 산타모니카 비치에 가는데, 날 위해 특별히 유니버설 스튜디오에도 가주신댔어."

'햐, 좋겠다. 나도 같이 가면 안 될까?'

소녀는 애니의 라벨에 붙어 있는 숫자를 본다. '$ 115'. 소녀는 얼굴을 찌푸린다.

"난 그러고 싶지만 아무래도 어려울 것 같아. 엄마가 허락하지 않으실 거야."

'엄마가 날 싫어하셔서?'

"그렇진 않을 거야. 하지만 요즘 아빠 사정이 좀 그렇거든. 집에 와도 별로 웃지 않으셔. 장사가 잘 안 되는 것 같아."

'안됐다.' 애니가 표정 변화 없이 말한다.

애니의 말을 듣자 소녀는 시무룩했던 얼굴을 편다.

"걱정 마, 애니. 엄마가 그러시는데 곧 좋아질 거래." 소녀는 애니의 머리를 쓰다듬는다. "근데 여행 가 있는 동안 널 못 봐서 어쩌지? 많이 허전할 거야."

'나도 보고 싶을 거야. 며칠 있다 올 건데?'

"오래는 안 있을 거야. 삼 일 정도?"

'그동안에 다른 사람이 날 데려가면 어쩌지?'

소녀는 이맛살을 좁혔다. 그 생각은 미처 못 했다. 115달러만 있으면 애니는 어느 누구든 가져갈 수 있다. 소녀는 고개를 돌려 엄마 아빠가 있는 곳을 쳐다본다. 가공식품 진열대 앞에서 두 사람은 물건들을 집었다가 다시 꽂아 넣기를 반복하고 있다. 소녀는 엄마가 고민하고 있다는 것을 안다. 뭔가를 맘 놓고 카트에 집어넣기엔 주머니 사정이 녹록치 않은 탓이다.

소녀는 다시 애니에게로 시선을 돌리며 생각에 잠긴다. 그녀를 데리고 집에 갈 수 없다는 것은 명백하다. 하지만 소녀가 없는 사이에 애니가 사라지고 없다면? 소녀는 고개를 세차게 젓는다. 그런 건 생각하기도 싫다.

그때 옆에 있는 미녀가 눈에 띄었다. 환하게 웃고 있는 금발 머리의 백인이다. 전체적으로 짙은 보라색 바탕에, 가슴부터 치마 중간까지 연한 보라색의 중세유럽풍 무늬가 들어간 드레스를 입고 있다. 라벨에는 '잠자는 숲속의 공주 루시아나'라고 적혀 있다. 숫자는 '$ 20'으로 인쇄되어 있다. 애니에 비하면 훨씬 낮은 숫자다. 진열대에 서 있는 루시아나는 얼룩이 많이 묻어 있다. 많은 사람들이 만진 흔적이다. 안 그래도 마음에 안 드는데, 저런 얼룩마저 묻어 있다면 정말로 사고 싶지 않을 것이다.

루시아나를 한참 쳐다보다가, 소녀가 말했다.

"애니, 미안한데 잠깐 참아줄 수 있겠어?"

'뭔데?' 애니가 역시 표정 변화 없이 묻는다.

"너도 나랑 같이 있고 싶지?"

애니는 말이 없다. 그러나 소녀는 애니가 동의한다고 생각했다.

"나중에 아빠가 돈을 벌면 내가 데려가서 널 깨끗이 씻어줄게. 아
파도 조금만 참아줘, 알았지?"

애니가 고개를 끄덕인다. 희미하지만 웃음도 머금고 있다. 애니는
소녀가 말하는 뜻을 알고 있다.

'너무 심하게는 하지 마.' 애니가 말한다.

소녀는 애니를 손에 집어 들었다. 그리고 바닥에 조심스럽게 내려
놓는다. 사방을 둘러보았다. 다행히 아무도 쳐다보는 이가 없다. 소
녀는 흙 묻은 발로 애니의 얼굴을 살짝 밟는다. 아니, 밟는다기보다
는 문지른다. 애니의 얼굴이 더럽혀졌다. 소녀는 애니를 다시 집어 올
린다. 그리고 애니가 입은 조끼를 비틀었다. 조끼가 벌려지고, 옷매
무새가 흐트러진다.

"미안해, 애니." 소녀가 말했다.

"꼬마, 너 지금 뭐 하는 거야?"

톤이 높은 남자의 목소리가 뒤에서 들렸다. 소녀는 소스라치게 놀
라며 뒤를 돌아보았다. 높은 목소리와 달리 엄청난 거구가 서 있다.
옆의 진열대에서 소녀를 지켜보고 있었던 모양이다. '굿모닝 마트'라
는 상호의 멜빵바지가 곧 터질 것처럼 뱃살이 튀어 나와 있다. 천장
의 형광등 빛을 받아 대머리에서 번쩍번쩍 빛이 튀고 있다. 노란 콧
수염으로 뒤덮인 그의 입술이 푸르르 떨렸다.

소녀는 그 남자의 투명할 만큼 파란 눈을 겁에 질린 눈으로 쳐다보
았다. 남자가 한 걸음 다가오자, 소녀는 뒤로 주춤주춤 물러섰다. 엄
마가 있는 쪽을 쳐다보았다. 하지만 엄마도, 아빠도 보이지 않는다.
아마도 식료품 매장에 가 있을 것이다. 소녀는 다시 남자에게로 시선

을 돌렸다.

남자의 뒤에서 한 동양인 청년이 이쪽을 향해 뚜벅뚜벅 걸어오고 있었다.

소녀가 알고 있는 청년이다. 두 블록 건너, 근사한 저택에 살고 있는 고등학생 오빠다. 그의 키는 백인 못지않게 크고, 체격도 단단하다. 거리에서 그와 마주친 적이 있다. 소녀는 그가 자신을 바라보고 있는 것을 몇 번 알아본 적이 있다. 저녁식사를 할 때 소녀가 그 오빠에 대한 이야기를 했고, 그 자리에서 엄마 아빠로부터 그가 전자제품을 취급하는 꽤 잘 나가는 판매점의 외동아들이라는 소리를 들은 적이 있다. 그러나 별로 좋은 품평은 아니었다. 손 모라는 이름의 그 청년 아버지는 교포사회에 대해 아무 관심이 없고, 오로지 돈 버는 일에만 신경을 쓰는 '재수 없는 인간'이라고 했다. 지금 그녀가 있는 곳으로 다가오고 있는 청년은 바로 그 집 아들이다.

대머리 남자가 인상을 잔뜩 구기며 당장 그녀를 잡아 올리려는 찰나, 동양인 고등학생이 그의 어깨를 툭툭 쳤다.

"아저씨, 저 인형 얼마죠?"

엉뚱한 간섭자가 나타나자 대머리가 더욱 인상을 구긴다.

"왜, 니가 사게?" 대머리는 집게손가락으로 애니의 머리를 툭툭 치며 고등학생의 위아래를 쓱 훑어본다.

고등학생이 눈을 가늘게 뜨며 말했다.

"사든 말든 얼마냐고 묻잖아."

냉랭한 고등학생의 목소리에 대머리가 정색을 했다. 대머리는 라벨을 보더니 말한다. "115달런데 너 그 돈 있어?"

고등학생은 피식 웃었다. 그리고 턱짓으로 소녀를 가리키더니 대머리에게 말했다.

"내 동생이야. 살 물건에 흙을 묻히든 침을 뱉든 당신이 상관할 일 아니잖아?"

대머리가 당황한 표정을 짓는다.

"그건 그렇지만."

"그럼 됐어." 고등학생이 대머리를 쏘아보며 말했다. "계산대에서 정상적으로 신용카드 긁을 거니까, 당신은 멀리 떨어져 있어줘."

대머리는 지금 벌어지고 있는 일을 이해 못 하겠다는 멀뚱멀뚱 서 있다. 고등학생은 소녀의 얼굴을 힐끗 쳐다보고는, 이번엔 좀 더 큰 소리로 말했다.

"당신이 바로 가줬으면 하잖아, 내 동생이!"

대머리가 씩씩거리며 등을 보였다. 뒤돌아서는 그의 입에서 작은 소리가 새어나온다.

"씨발, 재수 없어. 원숭이들이 돈 있다고 설쳐대는 꼴이란."

소녀도 그 소리를 들었다. 하지만 그보다 고등학생은 더 크게 들었을 것이다.

"이봐, 아저씨, 잠깐 서봐."

그의 큰 소리에 대머리가 발을 멈추고 뒤를 보았다. 고등학생이 그를 향해 손을 까닥까닥했다.

"이리 와봐. 와서 방금 뭐라고 했는지 내가 들을 수 있게 똑똑히 말해." 고등학생의 얼굴은 자못 심각했다.

우뚝 서서 뒤를 돌아보는 대머리의 얼굴이 붉으락푸르락했다. 그는 비대한 몸을 돌려, 둘에게로 천천히 다가왔다. 그리고 고등학생 앞에 서자 이를 깨물며 말했다.

"대가리에 피도 안 마른 새끼가 싸가지 없이. 계산 필요 없으니까, 니 노란 동생 보듬고 당장 사라져주라, 응?"

대머리는 소녀의 손에 쥐어져 있던 애니를 와락 뺏어 들더니 진열대에 쑤셔 넣었다. 북슬북슬한 그의 팔에 애니의 목이 푹 꺾였다. 그것을 본 소녀의 눈이 크게 뜨이고, 이내 눈물이 그렁그렁 고였다.

"아저씨, 제발 애니를 그렇게 함부로 다루지 마세요."

대머리가 어이없다는 듯 천장을 올려다보더니, 곧 소녀에게로 시선을 내렸다. 그의 눈에 각이 져 있었다.

"꼬마야, 내가 이러든 저러든 이건 니 물건이 아니야. 니 애비 신용카드가 골드 아니라 뭐래도 이건 니 물건이 절대로 될 수 없다. 그러니, 헛소리 말고 당장 여기서 나가도록 해라. 니들 냄새 역겨워 못 참겠구나. 알았니, 꼬마 아가씨?" 대머리는 손가락으로 소녀의 눈을 가리키며 으르렁댔다.

"개 같은 나치 새끼."

남자의 뒤에서 고등학생이 조용히 말했다.

남자가 휙 돌아보았다. "너 방금 뭐라고 했어?"

"개 같은 나치 새끼. 더러운 인종주의자. 저열한……."

남자는 고등학생의 말이 채 끝나기도 전에 주먹을 날렸다. 그러나 고등학생은 가볍게 피하며 계속 주절거렸다.

"비곗덩어리. 인간 말종."

남자의 눈이 튀어나올 듯이 커졌다. 그는 미친 듯이 주먹과 발을

날렸다. 그러나 날렵한 고등학생의 몸 움직임에 허공만 가로지를 뿐
이었다. 약이 오를 대로 오른 그의 얼굴이 시뻘겋다 못해 선짓국처럼
거무스름해졌다. 그는 옆 진열대에 있는 커피 병을 집어 고등학생을
향해 던졌다. 병이 와장창 깨졌다.

그것과 동시에 귀청을 찢는 소리가 마트 안을 쩡쩡 울렸다.

탕! 탕! 탕!

남자와 고등학생은 그들만의 활극을 멈추고 소리가 난 곳을 쳐다
보았다. 소녀도 그쪽을 보았다. 계산대에서 차단 바를 훌쩍 넘어선
대여섯 명의 복면들이 매장 안으로 달려오고 있었다.

"다들 엎드려!"

그중 하나가 악을 바락 쓰며 공중을 향해 총을 쏘아댔다. 형광등
이 몇 개 퍽퍽 터져나갔다. 그것을 본 대머리가 먼저 넙죽 엎드리고,
멍하니 서 있는 소녀의 몸을 고등학생이 덮쳤다.

큰 소리로 외쳐대는 복면 옆의 또 다른 복면이 천장을 향해 기관
단총을 연발로 발사하고 있었다. 비명소리가 터지고, 일순간 쇼핑하
던 사람들의 모습이 시야에서 사라졌다. 300평 남짓한 마트 안의 진
열대 사이를 복면들이 우르르 뛰어다녔다. 그들은 뛰었다가 멈추며
엎드린 사람들을 발로 툭툭 건드려 얼굴을 확인했다. 누군가를 찾고
있는 듯했다.

소녀는 자신을 덮고 있는 고등학생의 팔을 떼어내고 엄마 아빠가
있는 식품 매장 쪽으로 고개를 들어 올렸다. 그때 오른편 세 번째 진
열대 뒤에서 세 명의 사내가 벌떡 일어나 출입구를 향해 맹렬하게 뛰
어갔다.

"저깄다!"

그들의 모습을 발견한 복면 하나가 소리쳤고, 이어서 총소리가 요란하게 울려 퍼졌다. 도망가던 사내들이 권총으로 응사하다가 하나둘씩 쓰러졌다. 그 사내들의 뒤에서 스파크가 일어나고 폭음이 마트 안을 뒤흔들었다. 가스용품과 자동차용품 진열대에 총알이 박힌 것이다.

폭풍이 마트를 뒤흔들었다. 진열대들이 연달아 무너지고, 흘러나온 기름을 타고 무시무시한 불길이 순식간에 매장을 휩쓸었다. 소녀의 바로 옆으로 진열대가 와락 무너져 내리고, 열기가 확 끼쳐왔다.

엎드려 있던 고등학생이 일어섰다. 그는 주변을 두리번거리다가 소녀에게 손을 뻗쳤다. 앞을 보니 대머리의 머리통이 진열대에 깔려 박살 나 있다.

"엄마 아빠가 저기에 계세요." 소녀가 식품매장 쪽을 향해 손을 뻗으며 말했다.

그러나 그곳은 이미 거센 화염에 휩싸여 있었다. 천장의 스프링클러에서 굴이 쏟아져 나왔지만 불길을 잡기에는 역부족이었다. 고등학생은 소녀를 옆구리에 껴안은 채 무조건 출입구를 향해 내달렸다. 매캐한 냄새가 코를 찔러 숨이 막혔다.

소녀는 고등학생의 옆구리에 끼인 채로 눈을 돌렸다.

"엄마, 엄마."

소녀의 입에서 들릴 듯 말 듯, 안타까운 소리가 새어나왔다.

"불쌍한 것."

욕탕에서 소녀의 몸을 씻기던 50대 부인이 말했다. 부인은 막 욕탕 밖으로 나온 소녀의 몸에 대형 타월을 둘러주었다. 갈색기가 섞인 소녀의 검은 머리가 물기를 머금어 반짝반짝 빛났다. 부인은 작은 타월로 소녀의 머리를 부빈 다음, 헤어드라이기를 꺼내 콘센트에 꽂았다. 고가의 헤어드라이기는 소녀의 집에 있던 것과는 다르게 소음이 작았다. 기계를 이리저리 돌리며 머리 모양을 만져주다가 부인이 말했다.

"너, 이름은 뭐니? 나이는 몇 살이야?"

소녀는 자신을 쳐다보는 애처로운 눈길이 싫었지만 대답하지 않을 수 없었다. 이럴 때 애니가 있으면 얼마나 좋을까? 그녀에게 대신 말하라고 부탁할 수도 있을 텐데.

"윤혜인예요. 여덟 살이구요." 그러면서 물어올 질문에 미리 대답을 했다. "로스앤젤레스 주립 초등학교에 다니고 있어요. 2학년이요."

부인은 잠자코 혜인의 얼굴을 쳐다보았다. 묻지도 않은 질문에 대답하는 이유를 해석하려는 듯 부인은 눈을 가늘게 떴다.

"그렇구나." 부인은 최대한 기품을 유지하며 말했다. "아는 사람이나 친척은 있니?"

혜인은 고개를 저었다.

"하나도 없어?"

"예. 아빠 사업 땜에 이곳에 온 거예요. 제가 다섯 살 때요."

아빠라는 단어를 떠올리자 혜인의 눈에 금세 눈물이 고였다. 혜인은 혹시 부인이 볼까 봐 눈을 몇 번 떴다가 감았다. 다행히 물기가 볼로 번지지는 않는다. 불쌍한 아빠! 아빠가 환한 웃음을 보이던 게 언제였을까? 아마 석 달도 더 됐을 것이다. 날이 갈수록 어두워지던 아빠의 얼굴. 그에 맞추어 엄마의 말수도 줄어들었다. 나중에 알게 된 사실이지만, 보험까지도 다 해약한 걸 보면 아빠의 상황이 최악이었던 것 같다. 그런데도 방학을 맞은 딸을 위해 산타모니카 비치 여행을 계획했던 거다. 그날은 휴가에 쓸 물건을 사기 위해 쇼핑하던 중이었다.

사건이 있은 지 사흘이 지났다. TV에서는 아직도 '굿모닝 마트'가 전소되었다는 소식을 알리고 있다. 히스패닉 계열의 마피아 간에 영역 싸움이 벌어졌고, 그 와중에 일어난 총격전으로 마트가 불탔다는 내용이다. 무고한 시민들이 열한 명이나 총격에, 또는 불길을 빠져나오지 못해 사망했다. 혜인은 아동보호소에 있는 동안, 엄마도 아빠도 다신 볼 수 없게 되었다는 사실을 알게 되었다.

사흘 후, 자신을 구해준 고등학생과 그 어머니가 보호소에 나타났다. 그 어머니의 손을 쥐고 혜인은 지금 이 집에 오게 된 것이다.

부인은 혜인의 머리카락을 꼬았다. 혜인은 머리를 옆으로 살짝 누였다. 거울 속에 비치는 여자아이의 표정이 몹시 어색하다. 자신의 머리를 매만지는 손이 너무 낯설어서다. 아직껏 엄마 외에 자신의 머리를 만지는 사람은 없었다.

혜인은 새삼스런 눈길로 욕실 한쪽을 쳐다보았다. 욕실은 자신이 살던 집의 안방만큼이나 넓다. 널찍한 타일의 중간 중간에 그림책에서나 보았음직한 근사한 그림들이 그려져 있다. 그리고 욕조를 가리는 천도 고급스럽다. 모슬린 같은 부드러운 느낌의 천에 아라베스크 문양이 새겨져 있다.

머리 모양이 다 갖추어지자, 부인은 혜인의 어깨를 잡고 한 걸음 떨어져서 그녀를 유심히 살폈다. 그러더니 다시 어깨를 끌어당기며, 귓가에 대고 속삭이듯 말했다.

"너, 참 예쁘구나."

부인의 표정은 진지했다. 혜인은 아무 말도 하지 않았다. 혜인은 거울에 비친 자신의 모습에 시선을 던졌다. 양 갈래로 딴 머리가 어깨 위로 앙증맞게 늘어져 있다. 가늘게 쌍꺼풀진 눈, 물기에 어린 함초롬한 볼, 작지만 도톰한 입술. 거울 속의 얼굴은 애니이기도 했다. 그런데 애니는 어떻게 되었을까?

혜인은 까만 재로 변해 있을 애니의 모습을 상상했다. 지옥 같은 마트 안의 풍경이 선명하게 되살아났다. 그러자 몸이 부들부들 떨리기 시작했다. 시뻘건 불길에 터져나가는 애니의 볼, 짙은 갈색 머리카락, 가느다란 팔과 다리가 쪼그라든다. 그리고 애니와 똑같은 모습으로 변해 가고 있는 엄마. 불에 삼켜지고 있는 아빠. 애니와 달리 엄마 아빠는 몸을 뒤틀고 있다. 엄마의 목소리가 들려왔다.

혜인아! 어디 있니? ……아악!

자신을 부르는 엄마의 외침이 비명으로 끝을 맺는다.

엄청난 열기가 혜인을 에워쌌다. 그런데도 몹시 춥다.

혜인은 삭풍을 맞은 사시나무처럼 걷잡을 수 없이 떨었다.

부인이 놀란 눈으로 혜인을 보았다. 초점을 잃은 눈동자가 크게 벌어져 있고, 얼굴색에 핏기가 하나도 없다.

"아가! 너 왜 이러니?"

이까지 부딪치며 떤다. 부인은 얼른 큰 타월을 한 장 더 꺼내 혜인을 감싸고는 꽉 껴안았다. 그리고 등등 토닥토닥 두드렸다.

"괜찮다, 아가야. 괜찮아."

그러나 막 엄마 품에서 떨어진 강아지처럼 혜인의 떨림은 좀처럼 가시지가 않았다. 한참을 그렇게 안겨 있었다. 10분가량이 지나서야 혜인의 입에서 가느다란 한숨 소리가 새어나왔다. 막혔던 숨을 토해 내는 듯한 소리다. 그리고 떨림이 진정되었다.

트라우마. 말로만 듣던 외상후 스트레스장애였다. 부인은 혜인이 겪어야 했던 고통을 생각하자 자신도 모르게 눈시울이 뜨거워졌다. 남편에게 부탁해야겠다. 타인에게 냉정한 남편이지만, 이 애를 보면 생각이 좀 달라질 것이다. 부인은 예쁜 소녀의 손을 잡고 정신건강 클리닉을 다니는 자신의 모습을 상상했다. 그러자 기분이 한결 나아 졌다. 자신에게 또 하나 할 일이 생긴 것이다.

25년 후.

끝없이 펼쳐진 모래언덕.

이글이글 타오르는 태양이 무자비한 열기를 쏘아댄다. 한 언덕을 오르면 또 다른 모래언덕이 기다리고 있다.

매애앵! 매애앵!

어디선가 요란한 소음이 들려온다.

저 소리는 무엇일까? 둥그런 톱니 모양의 절단기가 돌아가는 소리 같기도 하고, 월드컵 경기장을 달구던 부부젤라 소리 같기도 하다.

어디서 나는 소리일까? 그녀는 귀에 손을 대고, 소리의 진원지가 어느 쪽인지 방향을 탐색해본다. 그러나 감을 잡을 수가 없다. 이쪽인가 하면 다시 저쪽에서 소리가 난다.

매애앵! 매애앵!

그녀는 정신없이 사방을 둘레둘레 본다. 하지만 텅 빈 사막이 살풍경스레 펼쳐져 있을 뿐이다.

숨이 찰 만큼 뜨겁고 몹시 건조하다. 입술은 마르다 못해, 갈라 터진 것 같다. 그녀는 자신의 입술을 만져본다. 다행히 손에 피는 묻어나지 않는다.

그런데 왜 이렇게 땀이 나는 거지? 물기라곤 하나도 없는 건조한 사막에서는 땀이 나왔다가도 소금기만 남기고 금방 말라버려야 정상이다. 축축한 옷이 무겁게 느껴진다. 그녀는 마치 빗속을 걸어온 사람처럼 후줄근해진 자신의 옷을 내려다본다.

자세히 보니 빛깔이 불그스레하다. 땀이 아니다!

그녀는 서둘러 바지 벨트를 풀고, 상의를 들어 올려 맨살을 확인한다. 뱃가죽이 온통 피로 젖어 있다!

비명을 지르려 하지만 목이 졸린 것처럼 소리가 나오지 않는다.

그녀는 미친 듯이 뛴다.

발이 모래 속에 푹 파묻힌다. 한 발을 빼면 다른 발이 빠진다. 그녀는 계속 한자리에서 발을 빼내려 용을 쓰고 있다.

모래에 파묻힌 발에 무엇인가 감긴다.

그녀는 힘들게 그 발을 빼낸다.

무엇인가 딸려 나오고 있다.

손이다!

자신의 발목을 붙잡은 손이 모래 밖으로 드러나고, 이어서 팔이,

그리고 머리가 드러난다.

피투성이 얼굴! 뒤집어진 눈!

언젠가 보았던 얼굴이다. 하지만 그가 누군지 알고 싶지 않다.

저리 가! 저리 가! 그녀는 손을 떼어내기 위해 안간힘을 쓴다.

매애앵! 매애앵!

톱니 절단기, 부부젤라. 그것들은 여전히 소음을 뿜어대고 있다.

그녀는 귀를 막은 채, 앞을 보고 뒤를 보고 왼쪽과 오른쪽을 둘러본다.

소음은 파도처럼 밀려오고, 사방에서 모래를 뚫고 손들이 올라오고 있다!

피 묻은 얼굴들이 솟구치고 있다!

"허억."

혜인은 용수철처럼 상체를 들어 올리며 잠에서 깼다.

침대 말의 주황색 침실 등이 노르스름한 조명을 드리우고 있다.

한동안 멍한 상태로 있다가 가까스로 정신을 추슬렀다. 시트까지 축축해질 정도로 땀을 흘렸다. 피곤한 나머지 에어컨이고 뭐고 틀 생각을 못 하고 잠이 들었던 모양이다. 8월도 내일이면 끝인데, 수은주는 30도 밑으로 내려갈 생각을 하지 않는다.

혜인은 축 늘어진 몸을 간신히 일으켜 세우고, 침대에서 나와 창가로 갔다. 커튼이 쳐 있다. 아무리 날씨가 더워도 혜인은 늘 커튼을 치고 지낸다.

커튼을 열어젖히자 소음이 확 밀려온다. 밤을 잊은 매미들이 목청

이 터져라 울어대고 있다. 좀 잠잠해졌다가도, 한 놈이 울면 다른 놈들도 일제히 따라 운다. 소음은 빽빽이 들어선 아파트 건물에 갇혀, 에코사운드처럼 더욱 증폭되고 있다.

혜인은 벽에 걸린 시계를 보았다. 9시가 조금 넘은 시간이다. 헤아려보니, 거의 10시간 가까이를 잤다.

시선을 밖으로 돌린다. 교통 정체가 풀린 올림픽대로를 차들이 쏜살같이 달려가고 있다. 바람 한 점 없는 한강의 강물 위에, 동호대교의 황금빛 조명이 미동도 않고 박혀 있다. 강 건너로 기다란 전동차의 불빛이 플랫폼 안으로 숨어들었다가 2분쯤 지나 다시 모습을 드러낸다.

저 전동차는 무게를 줄였을까, 늘렸을까? 아마도 줄였을 것이다. 이 시간이면 어딘가로 떠나는 사람보다 낯익은 지붕 아래로 스며드는 사람이 더 많을 테니까. 순간, 그들이 부럽다는 생각이 든다. 누군가가 기다리는 지붕으로 들어갈 수 있다는 것이.

혜인은 전동차의 긴 꼬리가 시야에서 사라질 때까지 그대로 서 있었다.

문득 목이 마르다는 데 신경이 미쳤다. 땀으로 범벅된 몸도 씻어야 한다. 혜인은 욕조에 뜨거운 물을 틀어놓고 냉장고 문을 열었다. 다행히 이탈리아에 가기 전 사다놓은 버드와이저가 몇 캔 있다. 혜인은 캔 고리를 따고 맥주를 몇 모금 마신다. 목구멍을 시원하게 씻어 내려가던 알코올이 위에 닿자 짜릿한 통증이 왔다.

통증? 혜인은 피식 웃었다. 캔을 들지 않은 손을 눈높이로 들어 올려 꼼꼼히 살핀다. 하얗고 기다란 손가락이다. 하지만 그 손가락은 아무리 봐도 징글맞다. 매끈한 손가락이 사라지고 꿈에서 보았던 피 묻은 손가락이 디졸브 된다. 그 피 묻은 손가락들은 내 것인지도 모른다. 괴물의 손. 혜인은 천천히 손을 내린다.

다시 몇 모금 마셨다. 캔을 꽉 쥐자 비었다는 신호처럼 와작 찌그러지는 소리가 난다. 혜인은 새 캔을 하나 낚아채고 꼭지를 딴다. 욕조에서 쏟아지는 물소리가 수위가 어느 정도 되었는지 알려주고 있다. 혜인은 캔을 식탁에 올려놓고 옷을 벗었다. 살에 달라붙은 천을 떼어내니 해방감마저 든다.

캔을 들고 욕실 안으로 들어간다. 어느 새 물이 욕조를 절반 이상 채웠다. 물에 발을 담그자 피부가 소스라치게 놀란다. 하지만 이를 악물고 욕조 안에 몸을 눕혔다. 10초가량 지났을까? 뜨거움이 오히려 편안하게 느껴지기 시작한다.

수증기가 모락모락 피어오르고 있다. 혜인은 버드와이저 캔에 인쇄된 깨알 같은 글씨를 읽으려고 미간을 좁혔다. 그러나 수증기에 가려 글씨가 눈에 잘 들어오지 않는다. 그녀는 읽기를 포기하고, 목을 뒤로 젖히며 캔을 입에 댔다. 차가운 액체가 몸 안에 들어가더니, 뜨거워진 바깥 피부와 맹렬히 투쟁을 벌이고 있다.

몸이 나른해지면서 꿈에서 느꼈던 진저리 같은 전율이 조금씩 발끝으로 빠져나가는 기분이 든다. 혜인은 다른 것들을 생각하기로 했다. 밝음이나 즐거움을 연상시켜 줄 사물들을.

맨 먼저 화단에 핀 꽃들을 떠올린다. 그 옆에 무성한 잎들을 받쳐 든 여름 나무, 그 나무들을 넉넉히 품고 있는 산, 아침 햇살을 받고 있는 싱그러운 산, 그 산 아래의 아름다운 도시 비첸차, 그 옆의 아기

자기한 벨루노, 줄리엣이 살았다는 가공(架空)의 집, 그 집의 발코니에 있는 여자, 그 뒤로 다가오던 남자……

생각이 이탈리아로 날아가자 그의 얼굴이 떠올랐다. 자기도 모르게 작은 미소가 번졌다. 정말로 단순한 남자다. 얼굴만 척 봐도 속을 다 알 것 같은 사람이다. 숨기는 방법을 모르는 사람. 그의 옆에선 왠지 자유롭다. 그가 있으면 자신을 꽁꽁 옭아매고 있는 음습한 밧줄이 잠시나마 풀어지는 것 같다. 그러고 보니 누군가로부터 그런 자유로움을 느껴본 적이 없었다.

"혜인 씨." 조용하면서도 단호한 목소리가 혜인의 귀를 감돈다. "뭐, 연락 안 해도 됩니다. 내가 찾아가면 되니까요. 어느 날 누군가 찾아와서 현관문을 다섯 번, 세 번, 십 초 간격으로 두 차례 두드리거든 그게 난 줄 아십시오."

그 말을 떠올리자 혜인의 얼굴에 다시 짙은 그늘이 드리워진다.

날 찾아온다고? 내가 누군 줄 알고? 혜인은 도리질을 한다. 그래서 나더러 어쩌라고? 하지만 그의 얼굴이, 그의 목소리가 자꾸만 비집고 들어와 머리를 헤집는다.

가벼운 마음으로 대했던 것인데 그의 존재감이 시간이 갈수록 무거워지고 있다.

그의 얼굴에 또 한 사람의 얼굴이 겹쳐진다. 나를 살아 있게 한 사람, 오늘의 나를 있게 한 사람이다. 오늘의 나? 혜인은 손가락을 들어 올린다. 떨어지는 물방울이 어떤 장면을 떠올리게 한다. 영문도 모르고 죽어가던 눈. 그 남자 또는 그 여자의 얼굴에 주르륵 흘러내리던 피. 그 피는 턱에 걸렸다가 지금 이 물방울처럼 똑똑 떨어져 내렸다.

혜인은 눈을 질끈 감는다. 그러자 눈까풀 안으로 또 다른 광경이 펼쳐지기 시작한다. 두 남자가 뒤엉켜 있다. 하나가 위로 올랐다가 다시 뒤집히기를 반복한다. 누가 누구인지 모르겠다. 하지만 위에 올라탄 남자의 얼굴이 수없이 바뀌어가고 있다. 치는 남자와 맞는 남자의 얼굴이 뒤섞이다가 마침내 두 얼굴이 하나가 된다. 두 남자는 피범벅이 되어 가고 있다. 혜인은 머리를 감쌌다.

"그만해!"

아무도 없는 욕실 안에서 자기도 모르게 내지른 소리에 혜인은 퍼뜩 정신이 든다.

무더운 날씨와 뜨거운 목욕물과 뱃속에서 데워진 알코올이 경쟁하듯이 망상을 불러내는 중이다.

차라리 아무 생각도 할 수 없는 기계라면 얼마나 좋을까. 시키는 대로 일을 끝내기만 하면 되는 살인기계. 그 뒤엔 아무 죄책감도 남아 있지 않는 무미건조한 쇳덩어리.

혜인은 샤워기를 들어 정수리 위에 가져다 댄다. 제발 이 뜨거운 물이 질척질척한 망상들을 말끔히 씻어내려 줬으면.

그러나 한번 무거워진 머리는 절대로 쉬 가벼워지지 않는다. 혜인은 그것을 경험으로 알고 있다. 몇 달에 한 번, 요즘에는 그보다 더 자주, 이런 고통에 시달리고 있다.

언제부터였을까? 언제부터 이런 악몽에 발을 집어넣게 된 것일까?

여덟 살 나던 그해 초가을, 그러니까 김명숙의 손을 잡고 정신과 클리닉을 다닌 지 두 달이 넘도록 혜인은 수시로 경기를 일으켰다.

일단 환청과 환시에 사로잡히면 거의 10분가량 말도 못 하게 몸을 떨었다. 그것을 보면 남편은 헛기침을 하며 자기 방으로 들어가 버리고, 아무 대안이 없는 명숙은 그저 혜인을 품에 안고 등을 두드릴 따름이었다.

의사는 약물요법이다, 심리요법이다, 놀이요법이다, 여러 가지 시도를 했지만, 마지막으로 내린 결론은 한 가지였다.

"결국 이 아이는 제 스스로 벗어나지 않으면 안 됩니다, 부인. 우리에게 필요한 건 시간뿐입니다."

"그 시간이라는 게 얼마나 걸릴까요?" 명숙이 안타까운 눈으로 물었다.

"글쎄요. 그건 저도 장담 못 합니다. 그저 진득하니 기다릴 밖에요. 아, 그리고……."

의사가 뜸을 들이자, 명숙은 그의 다음 말을 재촉했다.

"그리고 무슨……."

"아이가 발작을 일으킬 때의 상황을 꼼꼼히 체크해두셨다가 저에게 말씀해주세요. 발작 중에는 의식이 현재가 아니라 과거로 들어가 있는 거니까, 뭔가 아이에게 도움 될 만한 걸 발견할지도 모르니까요. 물론 그런 사례는 아주 드물긴 하지만."

"예. 그러지요." 명숙은 풀이 죽은 목소리로 대답했다.

병원 문을 나선 명숙은 낙담한 얼굴로 혜인의 손을 꼭 잡고 걸었다. 옆을 걷는 예쁜 아이가 제발 정상으로 돌아와, 지나가는 사람들의 부러움을 사는 모녀의 모습이고 싶었는데, 그런 희망이 조금씩 무너져가고 있었다. 역시 자신은 한 아들의 엄마로서만 살아갈 팔자인가 보다고 생각했다.

대학에서 첫 시즌을 보내고 있는 아들은 기숙사 생활을 위해 집을 떠나 있었다. 팔로앨토(Palo Alto)에 있는 스탠퍼드 대학이다. 같은 캘리포니아 주에 있기는 하지만, 자동차로 6시간 가까이 달려야 닿을 수 있는 거리다.

명숙은 내심 아들이 동부의 아이비리그에 가기를 바랐다. 입학 승인은 떼놓은 당상이었다. 전 과목 A에 만능 스포츠맨, 게다가 과외 활동에서도 충분한 경력을 가지고 있는 아들을, 그 어떤 대학도 거부할 이유가 없었던 것이다. 하지만 남편 손장대는 극구 스탠퍼드를 추천했다. 권위 있는 보수파 싱크탱크인 '전쟁과 혁명, 평화에 관한 후버연구소'가 있다는 이유였다. 열렬한 공화당 지지자로서, 콘돌리사 라이사(전 백악관 안보담당보좌관), 조지 슐츠(전 국무장관), 뉴트 깅그리치(전 하원의장)와 같은 공화당의 거물들이 나온 학교라는 점도 그의 입맛을 당겼을 것이다. 또한 컴퓨터과학에 관한 한 MIT와 쌍벽을 이룬다는 주장도 빼놓지 않았다.

물론 입학은 당사자가 선택할 문제였다. 명숙은 아들이 제발 하버드나 예일을 선택하기를 빌었다. 그가 아버지와는 다른 삶을 살았으면 해서였다. 사실 그녀는 집안에서 내색을 안 했지만 선거에서는 반드시 민주당을 찍었다. 명숙에게 비밀선거란 남다른 의미가 있었다. 가부장적 권위주의로 똘똘 뭉친 남편을 유일하게 거역할 수 있는 기회가 선거였으니까.

그러나 아들은 아버지를 쏙 빼닮았다. 엄청난 승부욕과 의지, 냉철함이 지나쳐 때론 무자비하기까지 한 점도 아버지에 못지않았다. 물론 자신과 비슷한 면이 하나도 없는 것은 아니다. 가끔은 뜻밖의 자선을 베풀 때도 있었다. 하지만 동정심이 우러나와 조건 없이 그런 행동을 하는 자신과는 달리, 아들에겐 반드시 계산이 있었다. 그것을 알면서도, 명숙은 아들이 남을 도와주거나 할 때는 몹시 기뻐했다.

두 달 전, 이 아이를 구해낸 일도 그랬다. 그날, 저녁식사를 마치고 거실 소파에 앉아 있을 때 TV에서 놀라운 뉴스가 보도되고 있었다. 바로 자신이 살고 있는 동네에서 참혹한 총격전과 화재사건이 벌어졌다는 뉴스였다. 시커먼 연기와 함께 치솟는 불길을 보며, 명숙이 눈을 크게 떴다.

"어머, 어머! 저게 무슨 일이래?"

굿모닝 마트는 명숙이 자주 다니는 곳이 아니었다. 중산층 이하가 주로 이용하는 할인매장이다. 하지만 마치 그곳이 자신이 애용하는 곳이고 방금 그 매장에서 빠져나온 사람이기라도 한 양, 명숙은 얼굴이 새하얗게 질리고 손까지 부들부들 떨었다.

"저게 다 치안이 물러서 그래. 범죄와의 전쟁이라도 벌이든지 해서 저런 깡패 놈들은 깡그리 쓸어버려야 하는데 말이야." 장대가 강 건너 불구경이라도 하듯 투덜거렸다.

"사람이 열한 명이나 죽었다니, 불쌍해서 어떻게 해!" 명숙이 떨리는 목소리로 말했다.

세 사람은 아무 말 없이 TV 뉴스만 지켜보고 있었다. 사건 보도가 끝나고 뉴스가 다른 화제로 넘어가자, 잠자코 있던 아들 손혁이 입을 열었다.

"엄마, 글피에 시간 있으세요?"

아직도 뉴스의 충격에서 벗어나지 못한 명숙이 아들에게로 힘없이 고가를 돌렸다.

"뭐, 내가 해줄 일이 있니?"

손혁은 가만히 고개를 끄덕였다.

"뭔데? 학교 일이야?"

"저랑 아동보호소에 좀 가주세요."

"아동보호소?" 옆에 있던 장대가 눈살을 찌푸리며 물었다. 아동보호소니 복지시설이니 하는 단어들은 그가 결코 좋아하는 것들이 아니다.

"사실, 저 오늘 굿모닝 마트에 갔었어요."

"뭐?" 명숙이 놀란 눈으로 물었다.

"그런 데를 무슨 일로?" 장대가 버럭 소리쳤다.

"뭐 좀 필요한 도구가 있어서요." 손혁은 아버지를 정면으로 쳐다보며 말했다.

아버지에게 전혀 기가 눌리지 않을 정도로 손혁은 성장했다. 장대는 그게 뭐냐는 질문은 던지지 않았다. 아들이 하는 일은 다 계산과 이유가 있기 때문이라는 것을 잘 알기 때문이다.

"제가 거기에 갔을 때 마침 그 사건이 터졌어요. 건방진 점원 놈을 패주려는데, 쾅, 터진 거죠. 그런데," 손혁은 잠시 주저하다가 말을 이었다. "아이를 하나 구해냈어요. 한국아이예요."

명숙과 장대는 아들의 입에 시선을 고정한 채, 다음 말이 나오기를 기다렸다.

"그 아이 부모는 죽었어요. 물론 화재가 진압된 후에 알게 된 거지만요. 경찰서까지 갔다가, 지루한 목격자 조사가 끝난 다음에 일부러 여경을 찾아가 물었죠. 아이는 어떻게 되는 거냐고요? 아이를 돌봐 줄 사람이 없어 보호소에 맡긴다고 하더군요. 예쁘고 똘망똘망해 보이는데, 안됐지 뭐예요. 그래서…….”

말을 끊는 아들을, 명숙은 경탄의 눈초리로 쳐다보았다. 이제는 어른이 다 됐다. 하긴 그전부터 어른이기는 했다. 하지만 지금의 일처리를 보면 정말로 침착하고 의젓하다. 웬만한 어른도 그렇게는 못 한다. 게다가 모처럼 좋은 일을 했고 ‘안됐다’는 말까지 하다니 맘이 흡족하다. 자신이 진정 원하는 아들의 모습이다.

그런데 아들은 지금 무슨 말을 하려는 걸까? 명숙은 슬며시 남편의 눈치를 살폈다. 하지만 남편의 표정은 읽어낼 수가 없었다.

“그래서 뭐가 어떻다는 거냐?” 남편의 목소리는 의외로 침착하다. 일단은 아들의 생각을 들어보겠다는 표시일 것이다.

“엄마가 그 아이를 본 뒤에, 우리 집에 데려왔으면 해서요. 미국에 아는 사람이 없으면 한국에 있는 친척을 찾을 때까지요. 첫인상이긴 하지만, 버릇없게 자란 아이 같지는 않아요.”

“음!” 장대는 손으로 턱을 문지르며 생각에 잠겼다.

“여보, 내가 가볼게요. 혁이가 그렇게 봤다면 맞을 거예요. 그러니까 내가 가서…….”

장대가 손을 들어 그녀의 말을 막았다. 그는 잠시 침묵을 지키더니 입을 열었다.

“마음은 정했냐?”

“예.”

"내가 묻는 건 그 아이 문제가 아니라 어느 대학에 갈지 정했냐는 거다."

명숙은 남편의 느닷없는 화제 전환에 가슴이 철렁했다. 이 사람에 겐 항상 꿍꿍이가 있다. 매사가 그랬다.

"나도 그쪽으로 대답한 거예요." 손혁이 말했다.

"어느 대학이냐? 말해봐라."

"스탠퍼드로 갈 겁니다."

장대가 고개를 크게 끄덕였다.

"잘 판단한 거다. 그리고……," 장대는 아내에게로 고개를 돌리며 말했다. "당신, 내일 보호소에 가 봐요. 가서 잘 보고, 데려올 만하면 데려오든지."

"내일이 아니라 글픕니다." 손혁이 정정했다.

"왜? 이왕 하기로 했으면 후딱 해치우지." 장대가 이맛살을 찌푸리 며 말했다.

"그것도 알아본 거예요. 당장 데려갈 연고자를 찾지 못한 경우, 사 흘간 대기시간을 둔다고 하더군요. 아무나 데려갈 수 있느냐고 물으 니까, 그건 안 되고 보호소 자문위원들이 심사해야 된대요. 우리 집 조건을 이야기했죠. 여경 말로는, 그 정도라면 문제없다고 했어요. 그래서 이렇게 말씀 드리는 거예요."

"그러니까 혼자서 이미 결정을 한 거구만?" 장대가 피식 웃으며 말 했다.

"죄송해요." 전혀 죄송하지 않은 표정으로 손혁이 말했다.

"됐다. 그만 네 방으로 가거라."

장대가 말하자 손혁이 일어섰다.

명숙은 제 방으로 걸어가는 아들의 뒷모습을 보며, 새삼 무섭다는 생각을 했다. 모든 것을 계산에 집어넣고 행동하는 아이. 이미 스탠퍼드로 결정했으면서도, 그것을 조건으로 아버지와 거래를 한 것이다. 명숙으로선 도무지 이해할 수 없는 부자지간이었다.

그러나 명숙은 얼른 그런 생각을 털어버리기로 했다. 사흘 후면, 새로운 할 일이 생길지도 모른다. 이 꽉 조여 있는 분위기에서 집안일이 아닌 다른 무슨 일인가를 할 수 있다는 건 그녀에게 숨 쉴 틈을 주는 것이었다.

명숙은 두 달 전의 일을 기억에 떠올리며, 애써 표정을 바꾸었다. 그리고 자신의 손을 잡고 따라 걷는 혜인을 내려다보았다. 그 시선을 느꼈는지 혜인이 고개를 들었다. 딱딱하게 굳어 있는 얼굴이다.

"혜인아, 좀 웃지 않을래? 그렇게 얼어붙은 얼굴로 있다간 얼음공주가 되고 말겠구나."

물론 웃음을 기대하고 한 말은 아니었다. 그러나 혜인은 웃었다. 아주 희미하고 조금은 억지스런 웃음이긴 하지만. 그러면서 들릴 듯 말 듯 작은 소리로 말했다.

"미안합니다."

명숙은 발을 멈추었다. 그리고 동그래진 눈으로 혜인의 얼굴을 보았다.

"미안하다고? 뭐가 미안해?"

"아줌마와 같이 다닐 땐 웃어야 되는데, 그게 잘 안 돼서요."

"나하고 같이 다닐 땐 웃어야 된다고? 누가 그러든?"

"제 생각이에요. 그러면 아줌마 기분이 조금은 좋을 거라고 생각했어요."

명숙은 깜짝 놀랐다. 겨우 여덟 살밖에 되지 않은 아이가 그런 생각을 하다니 믿어지지 않았다. 더구나 정신과 치료를 받아야 할 만큼 극심한 외상후 스트레스장애(트라우마)에 시달리고 있는 아이가 남의 마음까지 신경 쓰고 있다니. 그리고 한편으로는 부끄럽기도 했다. 자신도 밝게 웃는 아이를 데리고 다니고 싶은 욕심이 있었기 때문이다.

말없이 혜인을 쳐다보던 명숙이 무릎을 굽히고 혜인의 얼굴에 자신의 눈을 맞추었다. 그리고 아이의 머리를 가만히 쓰다듬었다.

"혜인아, 그럴 필욘 없어. 웃고 싶지 않으면 억지로 웃지 않아도 돼. 사람은 슬플 땐 슬퍼하는 게 당연한 거야. 물론 아주 오래도록 슬퍼하는 건 건강에 안 좋지. 아줌마는 그게 걱정이란다. 그래서 웃으라고 한 거니까, 너무 신경 쓰지 않아도 돼. 알았지?"

혜인이 고개를 끄덕였다.

명숙은 아이의 커다란 눈을 보며 가슴이 아팠다. 아, 이 아이는 평생 슬픈 눈을 갖고 살겠구나. 자신도 모르게 콧날이 시큰해지는 것 같아 명숙은 얼른 일어섰다.

"가자, 혜인아. 가서 맛있는 거 해먹자."

한참을 걸어가다가, 명숙이 다시 말했다.

"아 참, 오늘 혁이 오빠 오는 날인데 깜빡 잊고 너한테 말하지 않았구나."

혜인은 걸으면서 명숙을 옆으로 올려다보았다. 명숙도 고개를 마주했다.

"혁이 오빠 오는 거 반갑지 않아?"

"반가워요."

그러나 혜인의 얼굴에 반가움을 나타내는 표정은 보이지 않았다. 명숙은 아픈 아이니까 그러려니 하며, 더 이상 말하지 않고 걷는 데만 열중했다.

그날 저녁, 손혁이 오고 얼마 안 되어 또 다시 발작이 시작되었다. 와들와들 떠는 혜인을 명숙이 부둥켜안고 있을 때, 손혁은 어머니의 뒤에서 두 사람의 모습을 가만히 지켜보고 있었다. 그때 혜인의 입에서 단절된 소리들이 새어나왔다. 평소에는 아무 말 없이 떨기만 하던 아이가 뭔가를 말하려 하자, 명숙은 얼른 혜인의 입에 귀를 바짝 갖다 댔다.

"어…… 엄…… 애…… 어…… 앤……."

그것이 전부였다. 결국 명숙이 알아들을 수 있는 말은 없었다. 토막토막 끊어진 한 음절로, 의미를 형성하는 말이 아니었기 때문이다.

손혁은 조용히 자기 방으로 들어갔다. 그리고 1분이 지나지 않아 다시 나타나더니, 어머니의 등을 툭툭 두드렸다.

명숙은 혜인을 안은 채로 아들에게 고개를 들렸다. 손혁이 뭔가를 내밀었다.

"혹시 이게 도움이 될까 해서 오는 길에 사왔어요. 혜인에게 줘보세요. 애니라는 인형이에요."

명숙은 인형을 받아들고 혜인의 눈앞에 대고 흔들었다. 하지만 먼 곳으로 가 있는 혜인의 눈은 인형을 쳐다보지 못했다.

그러자 손혁이 혜인의 귀에 입을 대고 속삭였다.

"혜인아, 애니가 왔어. 애니야. 어서 돌아와서 만나지 않을래?"

혜인의 몸이 딸꾹질을 하듯 크게 출렁였다.

"애니야, 애니야." 손혁이 두 번 더 그 이름을 불렀다.

명숙은 놀라운 광경을 목격했다. 먹물처럼 풀어져 보이던 혜인의 동공이 정상일 때처럼 급속히 응축되었기 때문이었다. 그리고 몇 초 후 떨림도 멈추었다. 고개를 이리저리 돌리던 혜인은 명숙과 손혁을 알아보고는 숨을 푸 내쉬었다. 발작의 끝을 알리는 신호였다.

명숙은 이번 발작이 5분도 걸리지 않았다는 것에 경이로움마저 느꼈다. 아들이 무슨 요술을 부린 건 아닐까 하고 그를 유심히 보았지만, 손혁은 평소처럼 무관심한 얼굴로 있었다.

혜인을 먼저 재우고, 명숙은 아들의 방을 노크했다. 손혁은 그날 있었던 일을 자세히 들려주었다. 그의 방문을 닫고 나오며, 명숙은 고개를 설레설레 흔들었다. 도대체 얼마나 많은 비밀을 안고 있을까, 저 아이는. 그녀는 자신과 아들과의 거리감을 새삼 절감했다.

그날 이후로, 혜인의 발작은 횟수와 시간에서 조금씩 차도를 보이기 시작했다. 그리고 한 달이 지나자 아예 발작을 하지 않았다. 표면상으로나마 그녀의 트라우마가 치유된 것이다.

욕조에서 나와 물기를 털어내고 화장대 앞에 앉는다.

스킨토션을 바르다 말고 혜인은 다시 생각한다.

언제부터였을까? 언제부터 이런 악몽에 발을 담그게 된 것일까?

*

김명숙이 죽었다.

애니가 12학년이 되었을 때, 그러니까 나이로는 열여덟 살이던 해의 가을이었다.

애니가 혜인의 품으로 돌아온 이후, 윤혜인이라는 이름은 더 이상 불리지 않았다. 혜인은 애니가 되었다. SSN(Social Security Number: 사회보장번호)에 기록된 이름도 'ANNIE YOON'이었다. '애니 손'이 되지 못한 것은 손장대가 반대해서였다. 장대는 애니의 존재를 묵인하기는 했지만, 양녀로 받아들이는 것은 거부했다. 상속 등의 문제가 복잡해지는 것을 꺼려했기 때문이다.

그러나 애니와 명숙은 누가 보기에도 모녀 사이였다. 그것도 아주 친밀한 모녀. 명숙은 친딸이 있었어도 그보다 더 잘할 수 있을까 할 정도로 애니에게 정성을 쏟았다. 애니도 명숙을 친엄마처럼 따랐다. 장대에겐 '아저씨'라는 호칭을 썼지만, 명숙은 '맘'이라고 불렀다. 제삼자가 보면 부부가 남남이 될 터이지만, 그 점은 걱정하지 않아도 되었다. 애니는 사려 깊고 조심스러운 아이였다. 그래서 장대도 가타부타하지 않았다. 더구나 아내가 자신에 대한 불만을 애니를 통해 삭이고 있다는 걸 충분히 알고 있었다.

명숙은 아들보다도 애니에게 더 정을 느꼈다. 그녀가 가장 행복을 느끼는 순간은 애니와 대화를 할 때, 그리고 애니에게 뭔가를 해줄 일을 발견했을 때였다. 아들과의 관계는 갈수록 소원해졌다. 1년에 한두 번 볼까 말까 한 데다, 어쩌다 집에 와도 손혁은 제 방에 틀어박혀 뭔가를 하다가 24시간이 채 지나기 전에 휑 하니 집을 떠났다. 하지만 명숙에겐 더 이상 불만거리가 아니었다. 애니가 있었으니까.

그랬던 명숙이 세상을 등지고 말았다.

늦가을의 비가 추적추적 내리고, 빗방울의 무게를 이기지 못해 가로수 잎이 하나둘 떨어지던 날이었다. 다운타운의 백화점에서 쇼핑을 하고 집으로 돌아오던 길에, 중앙선을 넘어온 5톤 트럭이 그녀의 차를 깔아뭉갰다. 트럭 기사가 졸음운전을 했다고 한다.

수업 중에 선생으로부터 소식을 전해 듣고 병원으로 가는 길에, 애니는 격심하게 떨었다. 옛날처럼 눈동자까지 풀리는 발작 상태는 아니었지만, 택시 기사의 눈에 비친 애니는 완전히 찬비 맞은 강아지 꼴이었다.

명숙이 누워 있는 영안실 문 앞에 이르렀을 때는 떨림을 진정시키기 위해 자신의 한 팔로 다른 팔을 꽉 붙들어야 했다. 슬픔이라곤 찾아볼 수 없는 '아저씨'의 냉정한 눈이 그녀를 지켜보고 있었기 때문이다.

시신 확인의 절차가 시작되었다. 병원 직원들은 고등학생이 보기에 참혹하다며 그녀의 입장을 말렸지만, 애니는 자신을 가로막는 손들을 힘차게 뿌리치면서 안으로 들어가려 했다. 장대가 눈짓으로 직원들의 손을 거두게 했다. 이때만큼은 냉정한 '아저씨'가 고맙다고, 애니는 생각했다. 아무리 험한 꼴로 있어도, '맘'의 마지막 모습은 두 눈에 담아두고 싶었다.

그러나 '맘'의 모습은 의외로 깨끗했다. 핏자국을 닦아내고 심하게 으깨어진 부분을 붕대로 가려놓아서 그런지, 그다지 참혹하다는 느낌은 들지 않았다. 그러나 핏기가 없이 푸르뎅뎅해진 알몸은 이미 따뜻한 '맘'이 아니었다.

마지막 작별 인사를 하고 영안실 밖을 나왔을 때, 복도에서 두 사람이 모여 이야기를 나누고 있었다. 그중에 키도 크고 비대한 백인 남자 하나가 걸어오는 애니를 향해 씩 웃음을 날렸다. 야구 모자를 쓰고 멜빵바지를 입었다. 그들을 지나치려는 순간, 멜빵바지와 이야기를 하고 있던 양복 입은 흑인이 손장대를 향해 뭔가를 내밀었다. 명함이었다.

"쇼크로스 씨의 변호삽니다. 사고를 낸 이분 변호를 맡아서 그러는데……." 흑인 변호사가 멜빵바지를 가리키며 말했다.

장대는 걸음을 멈추고, 한 손을 들어 그의 말을 끊었다. 그리고 차가운 눈으로 흑인 변호사를 응시하며 말했다.

"나한테 말해봐야 소용없소. 내 변호사와 상의하시오."

장대가 그냥 가려 하자 흑인이 따라붙었다.

"잠깐만요. 어디까지나 우발적 사고니까 선생께서 선처해주시는게 합리적이지 않을까요? 보험도 들어 있으니까 피해 배상 문제도 크게 없을 테고."

장대는 아무 대답 없이 걸어갔고, 그 뒤를 따라가며 흑인이 주절주절댔다.

애니는 멜빵바지를 정면으로 쳐다보았다. 멜빵바지는 자신과 상관없는 일이라는 듯 딴전을 부리다가, 애니의 시선이 자신을 향하자 입술 끝을 말아 올렸다. 그 느물느물한 눈을 보는 순간, 애니는 소름이 확 끼쳤다. 그리고 생각하기도 싫은 얼굴이 떠올랐다. 어린아이를 집어 던질 듯 다가서던 덩치 큰 멜빵바지 백인이.

애니는 멜빵바지를 사납게 쏘아보았다. 멜빵바지는 호오, 하는 표정을 짓더니 실실 웃었다. 그리고 애니에게만 들리게 작은 소리로 말했다.

"그러니까 차를 몰 때는 방어운전도 생각하면서 해야지. 안 그래, 아가씨?"

애니의 턱이 덜덜 떨리기 시작했다. 이제껏 한 번도 느껴보지 못한 분노가 온몸을 휘감았다. 애니는 자신보다 머리 하나는 큰 멜빵바지의 멱살을 잡았다.

"뭐야, 이년이!"

멜빵바지가 당황하며 애니의 손목을 거머쥐었다.

"이 살인마!" 애니가 울부짖으며 멱살을 쥐고 흔들었다.

"애니! 그만두지 못해?" 앞에 가던 장대가 달려왔다.

"거봐! 니 애비도 그만두래잖아. 좋은 말할 때 이 손 놔라!" 멜빵바지가 비웃음을 담은 얼굴로 으르렁댔다.

"널 죽일 거야!" 애니는 사내가 손목을 아프게 쥐어틀어도 멱살을 놓지 않고 흔들었다.

"이런 재수 없는 년이!"

멜빵바지가 애니의 팔목을 떼어내더니 세차게 밀었다. 애니의 몸이 2미터가량 뒤로 멀어지며 넘어졌다. 쓰러진 그녀를 장대가 일으켜 세웠다.

"애니! 이럴 필요 없다. 저놈은 콩밥을 먹게 돼 있다. 음주운전 사고를 냈으니까. 그만 가자."

애니는 여전히 멜빵바지를 노려보았다. 멜빵바지는 팔짱을 낀 채 실실 웃고 있었다. 입으로 하지는 않았지만, 그의 표정이 대신 말하고 있었다. 그럼 니가 어떻게 할 건데?

이윽고 애니는 뒤돌아서서 장대를 따라 걸어갔다. 몇 걸음 걷다가 뒤를 돌아보았다. 멜빵바지가 가운뎃손가락을 치켜세우며 입모양으로 말했다. '뻑큐!'

"널 죽일 거야! 꼭 죽이고 말 거야!" 애니가 복도가 떠나가도록 소리쳤다.

장대가 애니의 어깨를 툭툭 쳤다. 그만 됐으니 가자는 신호였다. 애니는 더 이상 뒤돌아보지 않고 영안실을 빠져 나왔다.

3일 후, 장례식이 있었다.

식순이 진행되고 마지막으로 헌화와 취토식을 마친 후, 애니는 먼저 뒤로 나왔다. 그것을 보고 손혁도 뒤따라왔다.

둘은 나란히 걸었다.

"금방 갈 거죠?" 애니가 물었다.

"응. 곧 가야 해."

어색한 침묵이 흘렀다. 스무 걸음쯤 걸은 뒤에야 손혁이 먼저 입을 열었다.

"내년이면 대학에 갈 텐데 공부는 잘하고 있나?"

"왕따 당할 만큼요."

손혁은 피식 웃었다.

하지만 애니의 말 중에 절반은 사실이었다. 누군가를 초대한 적도 없고 누군가에게 초대를 받아도 간 적이 없다는 점에서 왕따는 왕따인 것이다. 물론 애니가 고립된 아이였던 것은 아니다. 애니에게는 호감을 갖고 접근을 해오는 애들이 꽤 많았다. 특히 남자애들이 많았는데, 대개는 순진한 아이들이었다. 그도 그럴 것이, 으스대거나 약은 애들은 애니가 아예 처다보지도 않았기 때문이다. 그중에서도 오클리(Oakley)라는 아이가 적극적이었다. '딜렁이'라는 별명을 갖고 있는 오클리는 애니만 보면 늘 "Annie, Get Your Gun"이라는 말을 앞세우며 자신과의 인연을 강조했다. 애니 오클리는 100년 전에 살았던 전설적인 여성 명사수로 종종 브로드웨이 뮤지컬의 소재가 되는 인물이다.

"대학은 어디로 갈 건데?" 손혁이 물었다.

"생각 안 해 봤어요."

"아직도?"

"맘이랑 상의할 참이었죠."

"흠!" 손혁은 고개를 끄덕였다. 애니의 성적이 최상급이란 건 이미 알고 있었다. 아마도 어머니라면 애니에게 아이비리그를 권할 게 뻔했다.

"부탁할 게 있어요." 애니가 말했다.

애니는 손혁에게 한 번도 '오빠'라는 호칭을 사용하지 않았다. 그가 없을 때 명숙 앞에서는 오빠라고 지칭했지만, 당사자 앞에서는 그렇게 부르지 않았다. 그렇다고 미국 아이들처럼 이름을 부르는 것도 아니었다. 그냥 본론을 꺼내면 그만이었다. 사실, 그와 나누는 대화라고 해봐야 1년에 한 번 있을까 말까 했다. 애니는 지금 그가 어떤 직장에 다니는지조차 몰랐다. 묻지도 않았다.

"호오, 니가 나한테 부탁할 일이 다 있어?"

"맘이 돌아가신 다음에 생겼어요."

"말해봐. 들어줄 수 있는 거면 들어주지."

"총을 구해줘요."

"총?" 손혁은 둘이 다른 사람들로부터 멀찍이 떨어져 있는데도, 주변을 돌아보았다.

"너, 방금 총이라고 했니?"

"예. 작은 피스톨 말고요. 한 방에 죽일 수 있는 총으로."

"누굴 죽이게?"

애니는 대답하지 않았다. 그녀를 옆 눈으로 탐색하듯 살피던 손혁이 말했다.

"좋아. 구해주지. 단, 조건이 있어."

그게 뭐냐고, 애니는 눈짓으로 물었다.

"스탠퍼드 입학. 그게 조건이야."

의외로 싱거운 조건이었다. 하긴 그녀가 달리 충족시켜줄 조건이나 있는지 의문이었지만.

"그럴게요. 헌데 왜 스탠퍼드를 고집하는 거죠? 아저씨와 같은 이유에선가요?"

손혁은 눈살을 찌푸렸다. "너무 복잡하게 생각 마. 그냥 다녀보니 좋아서 추천하는 거야. 그리고 초등학교부터 고등학교까지 넌 나와 동문이잖니. 이왕이면 대학도 같은 동문이 되자는 뜻이야."

사실이 그랬다. 명숙은 애니를 주립에서 사립초등학교로 옮기고, 고등학교도 명문으로 꼽히는 폴리테크닉 고등학교에 입학시켰다. L.A.에서 자동차로 20분 거리에 있는 패서디나(Pasadena) 소재의 이 고등학교까지, 명숙은 하루도 빠지지 않고 애니를 통학시켰다.

"암튼 약속은 반드시 지켜야 한다. 어떤 일이 있어도 스탠퍼드에 들어올 수 있게 완벽히 준비하도록 해."

애니는 머리를 끄덕였다.

손혁은 잠시 뜸을 들였다가 물었다.

"그런데 너, 사람 죽이는 게 쉽다고 생각하는 건 아니겠지?"

"누구냐에 따라서요."

"내 말은 살인 욕구를 말하는 게 아냐. 어떤 방식으로, 그리고 어떻게 뒤처리를 하는지 아느냐는 거지? 이를테면 은밀성과 알리바이 같은 거 말이다."

"생각해둔 게 있어요."

"음." 손혁은 침묵을 지키다가 말을 이었다. "알았다. 닷새 후에 다운타운 유니온 역 라커룸에 두지. 소리 안 나는 걸로. 키는 택배로 보낼 거고, 넘버는 니 나이로 정하마."

손혁은 그녀를 남겨두고 빠른 걸음으로 집을 향해 갔다.

명숙이 죽은 지 12일째다.

수업이 끝난 후 혜인은 오클리가 다른 교실에서 나오기를 기다리고 있었다.

10분쯤 지났을 때, 팔자걸음으로 휘적휘적 걸어오는 오클리의 모습이 보였다. 키가 껑충한 오클리는 애니를 보자 여느 때처럼 집게손가락으로 총 쏘는 시늉을 하며 "하이, 애니, 겟 유어 건(안녕, 애니, 네 총을 들어라)!"이라는 말로 인사를 대신했다. 그가 웃자 세라믹 치아교정 장치가 살짝 드러났다.

애니는 오클리가 옆에 오자, 뒤돌아서서 함께 걸었다.

"와, 해가 서쪽에서 떴나?" 오클리는 손으로 이마를 가리고 해를 올려다보는 시늉을 했다. "웬일이야? 니가 날 다 기다려주고?"

"그 인사 이젠 질릴 때도 되지 않았니?"

"왜 이래, 이거. 난, 우리 5대조 할머니를 부른 것뿐인데."

"애니 오클리가 너네 가문이라는 거야?"

"맞아. 우리 집 성경에 그렇게 써 있어. 애니는 샤넬을 낳고, 샤넬은 구찌를 낳고, 구찌는 피아제를 낳고, 피아제는 이 몸 매튜를 낳고."

"어디까지가 진짜야?"

"매튜는 맞아. 나머진 우리 조상이 명품이라는 의미에서 내가 붙인 별명들이고. 하긴 할아버지와 아버지를 보면 꼭 그런 건 아니더라만."

애니는 푸훗, 하고 웃었다.

"너 웃으니까 진짜 괜찮다. 앞으로도 자주 웃지 그러니?" 오클리가 그녀를 신기한 눈으로 쳐다보며 말했다.

"사실, 나 웃을 기분 아냐."

애니의 얼굴이 금세 어두워지는 것을 보고, 오클리도 표정을 심각 모드로 바꾸었다.

"나도 알아. 너네 엄마 정말 좋은 분이셨는데."

등하굣길에서 늘 보던 명숙을, 오클리가 모를 리 없었다.

"부탁할 게 있어, 매튜."

"내 능력 범위 안이라면 얼마든지."

"오늘 밤 인터넷으로 찾아야 할 자료가 좀 있는데, 니가 도와줬음 좋겠어."

"전교 최우등생이 또 찾을 자료가 있단 말이야?"

"학교 공부와 상관없는 거야. 그쪽 방면으로는 니가 더 잘 알 것 같아서."

"주제가 뭔데?"

"권총이나 기타 휴대 간편한 총기류에 대한 모든 것."

"뭐어?" 오클리의 눈이 휘둥그레졌다. "니가 그걸 왜? ……너 진짜 애니 오클리가 되기로 작정한 거야?"

"이유는 묻지 말아줘. 그냥 필요한 데가 있어서 그래."

"하긴 내가 그쪽 전문가이긴 하지. 5대조 할머니의 피가 엄연히 이 몸속에 흐르고 있는데 오죽하겠어?"

"잘난 체 그만하고, 해줄 건지 말 건지 대답이나 해."

"당연히 하지. 근데 어디서 만나냐?"

"우리 집."

"니네 집? 와, 얘가 오늘 사람 여러 번 기절하게 만드네. 파티든 뭐든 초대라면 기겁부터 하는 애가 자기 집에 날 불러들여?"

"시간은 다섯 시야. 그리고 저녁은 먹고 와. 오늘은 도우미가 쉬는 날이라 밥 차려줄 사람이 없어."

"오케이! 문제없지. 암, 없고말고."

4시 50분에 초인종이 울리고 오클리가 왔다.

손장대는 아직 퇴근 전이었다. 하긴 집에 있다 해도, 애니에게 오클리가 누구냐고 물어볼 그가 아니었다.

둘은 2층의 애니 방으로 가 인터넷을 뒤지기 시작했다. 두 시간쯤 지나자 꽤 많은 양의 출력물이 쌓였다.

"출력은 일단 중지하고 총기 성능하고 사용방법을 알려줘 봐. 먼저 이것부터."

애니가 사진 하나를 가리키며 말했다.

"그건 M9 베레타야. 제원은 총신이……."

오클리는 입에 침을 튀겨가며 설명했다. 그는 마치 물 만난 고기처럼 신이 나 있었다. 평소 호감이 있던 여자아이가 자신의 장기를 유감없이 펼치라 하니, 그야말로 열과 성을 다해 강의에 임했다.

다시 한 시간이 지났을 때, 혜인이 말했다.

"좀 쉬었다 해. ……뭐 마시지 않을래? 커피나 주스 중에 하나. 알코올은 사양이야. 집에서는 안 마셔."

"그럼 딴 데 가서는 마시고?"

"알아서 생각해."

"혜, 거짓말. 너 같은 범생이가 나가서 술 마실 리가 없지."

그의 말은 옳았다. 애니는 동급생의 집에서 열리는 파티조차 가본 적이 없었다. 집에서 가끔씩 와인을 마신 것이 고작이다. 그 외에 다른 데서 술을 마신 적은 아직 없었다.

"이제 자료조사도 거의 끝났는데, 뭐라도 좋으니까 그냥 한잔 하면 안 될까? 모처럼 친구 집에서 외박하는데 말야." 오클리는 아쉬운 듯 입맛을 쩝쩝 다셨다.

"그럼 좋아. 맥주를 몇 캔 가지고 올게."

"오케이!"

오클리가 반색하는 모습을 보며 애니는 방을 나갔다. 잠시 후 그녀는 여섯 개들이 맥주 캔 박스를 가지고 올라왔다. 버드와이저다. 애니는 그중 세 개를 오클리 앞으로, 나머지 세 개는 자신 앞으로 놓았다. 오클리가 흥미롭다는 표정으로 그녀를 쳐다보았다.

"와, 너도 세 캔씩이나 마시게?"

"왜, 못 마실까봐?"

애니는 먼저 오클리 앞에 있던 캔을 들어 고리를 딴 다음 그 캔을 오클리에게 건넸다. 그리고 자신 앞에 있던 캔을 개봉하고 벌컥벌컥 마셨다. 그녀를 따라 오클리도 마셨다. 금세 한 캔씩이 비었다.

"대단한데?" 입에 묻은 거품을 훔치며 오클리가 말했다.

애니는 씩 웃었다. "자, 또 설명해봐. 이건 무슨 총이야?"

"Desert Eagle Mark XIX. 줄여서 데저트 이글이라고 하지. 대구경 매그넘탄을 사용하니까 살상력은 뛰어나지만 무겁고 총알도 몇 발 못 들어간다는 단점이 있어."

오클리의 설명이 계속되었다. 애니는 그의 이야기를 듣다가 다시 맥주를 들이마셨다. 그것을 본 오클리도 따라 마시고.

애니의 눈동자가 풀렸다. 오클리의 얼굴도 붉게 달아올랐다. 애니가 말했다.

"잠깐, 나 화장실 좀."

애니는 화장실로 가자마자 거울에 비친 자신의 모습부터 확인했다. 방에서 풀어졌던 얼굴과는 달리 생생하다. 애니는 입 안에 손가락을 집어넣었다. 그리고 어금니에 매단 실을 잡아당겼다. 식도로 들어가 있던 실에 딸려, 뱃속에 있는 것들이 일제히 밖으로 쏟아져 나왔다. "우웩!" 하고 토하는 동시에 변기 물을 내렸다. 그녀는 배에 있던 알코올을 모조리 밖으로 쏟아냈다. 그리고 거울 속을 향해 눈동자가 풀린 표정을 지어 보았다. 이만하면 연기가 괜찮은 편이군. 애니는 희미하게 웃었다.

언젠가 한국소설에서 읽었던, 술집 여자가 손님들이 주는 술을 받아 마시고도 오래 버티는 법을 따라 한 것이었다.

애니는 손목시계를 보았다. 시침의 끝이 9자에 가깝게 붙어 있다. 적어도 9시 10분에는 출발해야 한다.

화장실을 나와서 보니, 그새 오클리는 캔 하나를 다 비우고 새로운 캔을 따는 중이었다. 눈이 많이 게슴츠레해져 있다. 애니도 그의 앞에 앉아 캔을 입에 댔다. 오클리도 따라 마신다. 맥주를 넘기는 그의 목울대가 위아래로 움직였다. 오클리는 캔을 비운 후, "꺼억! 하고 트림을 했다. 그러더니 애니를 향해 피시시 웃었다.

애니는 한껏 풀린 눈으로 오클리에게 말했다.

"이, 이건……뭐야?"

그리고 혀가 꼬인 것처럼 일부러 발음을 길게 늘렸다.

"어, 어디 봐. 그게……그게 뭐냐 하면……." 오클리의 말끝도 길어졌다.

오클리는 자신의 머리를 흔들었다.

"어, 내가 왜, 왜 이러지? ……꺼억! 이렇게 빠, 빨리 취하지는 않는데?" 오클리는 이상하다는 머리를 흔들면서 애니에게 물었다. "그은데 지금, 지금이 며몇 시야?"

애니는 아주 천천히 고개를 돌려 탁상 위의 자명종시계를 보았다.

시계는 11시 50분을 가리키고 있다. 미리 두 시간 빨리 돌려놓은 것이었다.

"벌써 열두 시가……다됐네? 지, 집에는 연락 안 해도 돼에?" 애니가 물었다.

"무, 문제 없어. 친구 집에서 공부 한다고 했으니까, ……우리 엄마 아빠는 너 말을……잘 믿거든. ……하암!" 오클리는 말끝에 하품을 했다.

애니는 술에 취한 듯, 고개를 푹 꺾었다. 그리고 오클리 몰래 자신의 손목시계를 확인했다. 8시 50분. 이제는 슬슬 시작해야 한다. 애니는 고개를 힘겹게 들며 말했다.

"난 여, 역시 수, 술에 약한가 봐."

애니는 비틀거리며 일어섰다. 몸이 크게 휘청거렸다.

"오늘 작업 끄을. ……아, 아무래도 나 먼저 누워야겠어. 너도 졸리면 거기 스파, 거, 거기서 자."

애니가 말하자, 오클리는 피시시 웃으며 고개를 끄덕였다. 침대 맡으로 간 애니는 뒤를 돌아보며 다시 말했다.

"너, 내가 잔다고 더, 덤볐다간 주, 죽는 줄 알아. 꺼억! ……아, 알았지?"

"걱정 노으셔. 오늘 밤만 게, 게이가 될 테니까……."

애니는 오클리의 말이 끝나기도 전에 침대로 풀썩 무너졌다.

5분 후, 오클리가 소파에 풀썩 하고 떨어지는 소리가 났다. 이어서 푸우, 하고 거칠게 숨을 내뱉더니 조용해졌다. 3분이 지나, 애니는 슬며시 몸을 일으켰다. 소파로 살금살금 다가가 오클리의 얼굴을 살폈다. 이미 곯아떨어졌다. 첫 캔을 따서 그에게 건네줄 때 넣어둔 수면제가 효력을 발휘한 것이다.

'미안, 오클리.'

순진한 얼굴로 잠들어 있는 '덜렁이'를 내려다보고는 화장실로 갔다. 그리고 다시 한 번 토한 다음, 세수를 하고 밖으로 나왔다.

혜인이 남 몰래 집을 빠져나온 시간은 9시 5분이었다.

유치장 문을 나선 쇼크로스는 골목길에 이르자 눈에 보이는 깡통을 냅다 걷어찼다.

"하여튼 변호사는 도둑놈들이야. 돈은 있는 대로 받아쳐먹고 날 열흘씩이나 유치장에 있게 해?"

생각할수록 화가 났다. 흑인 변호사는 피해자가 합의를 해주지 않는 데다 전과가 있어 어쩔 수 없다며, 일단 보석으로 나오려면 보험 배상금 외에 2,000달러가 더 필요하다고 했다. 쇼크로스는 길어야 5일이면 될 줄 알았다. 그런데 그 두 배나 걸린 것이다. 일당으로 계산하면 얼마야? 한 달에 20일 일하고 4,000달러를 버니까 절반을 보석금으로 내고, 또 그 절반을 일하지 못해 날려버렸다.

"퍼큐! 퍼큐!" 쇼크로스는 큰 소리로 욕설을 퍼부으며 골목길로 접어들었다. 10분 정도만 걸어가면 그의 단골 술집이 나온다. 조금 걷다 보니 방뇨하고 싶어졌다. 그는 지퍼를 내리고 담벼락에 물줄기를 시원스레 쏟아 부었다.

그러면서도 연신 "퍼큐! 퍼큐!"를 연발했다.

볼일이 끝나자 진저리를 쳤다. 그가 막 지퍼를 올리려 할 때, 골목

초입에서 누군가 비틀거리며 걸어왔다. 실루엣의 크기로 보아 여자였다. 군침을 삼켰다. 창녀겠지. 저렇게 비틀거리는 걸 보니, 잘하면 화대 없이드 일을 치를 수 있겠군.

쇼크로스는 그녀에게 다가갔다. 상대의 모습이 육안으로 확인할 수 있을 만큼 커지자 그의 입이 째졌다. 동양 여자다. 창녀 중에서도 그는 동양 여자를 선호했다. 일단은 아담해서 좋고, 고분고분해서 좋다. 그의 가학성 취미를 만족시키기엔 '옐로 몽키'가 그만이었다.

여자는 비틀거리는 몸을 바로잡으려는 듯 잠시 서 있다가 똑바로 걸어왔다. 쇼크로스는 그녀의 자세가 갑자기 제대로 되는 것을 보고는 실망했다. 만취한 게 아니었나? 하지만 뭐 어때? 적당히 흥정해서 아무 모텔이나 데려가면 되지.

이젠 여자도 손님의 존재를 눈치 챈 듯했다. 그녀가 제법 빠른 걸음으로 다가왔다. 거리가 10미터쯤으로 줄어들었다. 여자가 멈추어 서서는 그의 모습을 확인하려는 듯 유심히 쳐다보았다. 그리고 돌연 뒤돌아서서 뛰어가기 시작했다. 뭐야, 저거? 쇼크로스는 어리벙벙해 있다가 곧 열이 뻗쳤다. 자신의 모습을 확인한 뒤에 도망가는 거였다. 고작 창녀에게 무시당했다는 생각이 들자, 열흘간 쌓였던 스트레스가 한꺼번에 폭발했다.

쇼크로스는 여자의 뒤를 쫓아 달려가기 시작했다. 비대한 몸집 때문에 숨이 찼다. 여자는 골목골목을 돌아 빠져나갔다. 그 방향을 보고 쇼크로스는 안도했다. 그는 이곳 지리에 훤했다. 술집에서 멀어지기는 하지만, 조금만 더 가면 막다른 길이다. 이렇게 헉헉대며 달리는 것도 50미터만 더 가면 끝이다. 나를 이렇게 힘들게 하다니, 그 값을 이년한테 톡톡히 물려야겠어! 쇼크로스는 그렇게 생각하며 마지막 골목길로 들어섰다.

막힌 담벼락 앞에 여자가 등을 보인 채 찰싹 달라붙어 있었다. 쇼크로스는 회심의 미소를 지으며, 한 걸음 한 걸음 다가섰다. 여자로부터 두 걸음 떨어진 곳에 이르자 발을 멈추고 거친 숨을 몰아쉬었다. 이마에는 어느새 땀이 송골송골 맺혔다.

"이봐, ……왜, 왜, 도망간 거야?" 숨이 차서 말이 제대로 이어지지 않았다.

여자는 대답 없이 여전히 등을 보인 채로 서 있었다. 쇼크로스는 그녀가 바들바들 떨고 있다고 생각했다. 이제는 그의 숨도 어느 정도 진정되었다.

"왜 도망갔느냐니까?" 그가 버럭 소리를 질렀다.

"쓰레기!" 여자가 혼자 중얼거리듯 말했다.

하지만 그 소리는 쇼크로스의 귀에 똑똑히 들렸다.

"뭐?" 쇼크로스는 어안이 벙벙해서 다시 물었다. "너 방금 뭐라고 했니?"

"쓰레기! 인간 말종!"

이번에는 좀 더 크게 들려왔다.

쇼크로스의 얼굴이 금방이라도 터질 것처럼 벌게졌다.

그가 와락 달려들려고 생각한 순간, 여자가 뒤돌아섰다.

"너 같은 쓰레기는 치워버려야 해!" 여자가 감정을 싣지 않은 단호한 목소리로 말했다.

"이년이!"

주먹을 내지르려다가 쇼크로스는 멈추었다. 그리고 입을 크게 벌렸다. 곤총이 그의 면상을 향하고 있었다. 여자의 얼굴이 선명하게 눈에 들어왔다.

"너, 너는!"

열흘 전 본 그 여학생이었다.

푸슝!

쇼크로스는 더 이상 말할 수가 없었다. 그의 입이 50 AE탄을 맞고 뭉개져 버렸다.

혜인은 밀크로션을 손바닥에 몇 방울 떨어뜨려 얼굴에 문지른다.

몇 번을 문지르다가 거울을 들여다본다. 손가락 틈 사이로 창백한 얼굴이 비친다.

그때가 악몽으로 빠져 든 첫 걸음이었다. 하지만 그때 일은 후회하지 않는다. 죄책감도 들지 않는다.

며칠 후, 애니는 자신이 골목길 살인사건의 용의자로 올라 있음을 알게 되었다. 피살자가 교통사고의 가해자라는 점, 그리고 영안실에서의 소란 내용을 파악한 경찰이 학교로 그녀를 찾아온 것이다. 상담실에서 그녀는 형사와 마주앉았다.

애니는 그날 자신이 오클리와 같이 자료를 찾고 있었다고 말했다.

"권총이나 휴대 간편한 총기류를 조사했다고?" 형사가 눈을 가늘게 뜨며 물었다. "그런 게 왜 필요했지?"

"그자를 죽이고 싶어서요."

"그래서 죽인 거니?"

애니는 고개를 저었다. "내 손으로 죽이지 못한 게 억울해요."

"네가 죽일 생각이었는데, 그러지 못해 억울하다?"

"그래요."

형사는 당돌한 학생이라고 생각했다. 하지만 그녀가 거짓말 하는 것 같지는 않았다. 그녀의 눈에는 아직도 어머니를 죽인 자에 대한 분노가 담겨 있었다.

"너에 대해 알아봤는데, 집에 누굴 초대하거나 한 것은 이번이 처음이라고 하더구나. 그런데 하필 그날, 그자가 죽었지. 이걸 어떻게 설명해야 할까? 단순한 우연의 일치일까?"

소녀는 대답하지 않았다.

형사는 골똘히 생각했다. 오클리에 따르면, 새벽에 목이 말라 일어났을 때 이 여학생은 침대에서 자고 있었다고 한다. 간이소파 앞 탁자에는 빈 캔이 열 개쯤 있었고, 오클리 자신은 몇 개나 마신지 모르지만 아무튼 깨어보니 소파에 드러누워 있었다. 애니를 깨웠지만 그녀는 쉽게 일어나지 못했다. 몸을 뒤척이는 그녀의 입에서 술 냄새가 풀풀 풍겼다. 오클리는 애니가 술 마시는 것을 본 적이 없는데 그날 무리하게 마셔서 그런 같다고 말했다.

형사는 속으로 혀를 찼다. 복수를 하고 싶어 이제 막 권총에 대해 알아보기 시작한 여학생이, 그것도 술에 취한 몸으로 몰래 나가서 쇼크로스를 죽였다? 아무리 추리라는 전제를 단다 해도 그런 보고서를 올렸다가는 반장한테 욕을 바가지로 먹을 게 뻔했다. 더구나 쇼크로스 같은 놈은 자신들에게도 골칫덩이다. 전과자에다 음주운전을 밥 먹듯이 하고, 언제 사고를 칠지 모르는 화약고 같은 놈이다.

형사는 다시 한 번 여학생의 얼굴을 뚫어져라 쳐다보았다. 그녀의 눈은 조금도 흔들림 없이 자신의 얼굴에 꽂혀 있었다.

"나한테 특별히 할 말은 없니?"

애니는 고개를 저었다.

형사는 자리에서 일어섰다.

"그래. 어머니가 돌아가신 지 얼마 안 됐는데, 이런 일로 널 성가시게 한 것 같구나. 이해하렴."

인사말을 하든 고개를 한 번 끄덕여주든 할 법한데, 여학생은 정면을 응시한 채 미동도 않고 앉아 있었다. 형사는 찜찜했지만 이 자리를 떠나는 수밖에 없다고 생각했다. 아무래도 뒷골목 양아치들의 총격사건으로 처리해야 할 것 같다고 그는 생각했다.

혜인은 그때 상담실 밖에서 본 오클리를 지금도 잊지 못한다.

오클리는 애니가 밖으로 나서자 눈을 찡긋했다. 그것을 무시한 채 그의 옆을 지나갈 때, 키 큰 오클리가 그녀에게로 고개를 살짝 숙이며 나직하게 말했다.

"애니, 겟 유어 건! 베리 굿이었어! 내 주량에 대해서는 형사에게 말하지 않았어."

애니는 계속 걸어갔다.

스무 걸음쯤 걷다가 뒤돌아보았다. 오클리는 그 자리에 서 있었다. 그는 집게손가락을 들어 쏘는 시늉을 하더니, 그 손을 펴고 살짝 흔들어 보였다. 애니는 고개를 가볍게 끄덕이며 입모양으로만 말했다.

'땡큐!'

그 뒤로 오클리를 본 적은 없다. 들리는 소문으로는 아이비리그로 진학했다고 한다. 그도 공부는 꽤 잘하는 편이었다.

애니는 손혁과의 약속을 지켰다. 그리고 스탠퍼드를 졸업했다.

뚜르르르.

전화벨이 울렸다.

혜인은 슬로모션처럼 느린 동작으로 로션 뚜껑을 닫았다.

뚜르르르.

몇 번 더 벨이 울리고, 자동응답 멘트가 흘러나왔다.

'압구정동입니다. 지금은 외출 중이라 전화를 받을 수가 없습니다. 메시지를 남겨주시면 들어오는 대로 연락 드리겠습니다.'

이어서 삐, 소리가 났다.

— 애니? 나다. 옆에 있으면 받아라. 일이 있다.

혜인은 얼굴을 푹 숙였다. 잠시 그러고 있다가 느릿느릿 몸을 일으켜, 전화기가 있는 곳으로 갔다.

질투의 행로

연구소 상황실 안이 정적에 휩싸인다.

방금 전만 해도 마치 증권거래소의 축소판인 것처럼 부산했는데, 선생이 교탁을 탁탁 두드리자 와자지껄 떠들던 아이들이 잡담을 뚝 그치고 칠판을 향해 돌아앉는 것처럼, 연구원들의 모든 시선이 대형 주 모니터에 집중되었다.

조립을 마친 SNC의 마지막 테스트가 진행되고 있다. 모니터 하단의 전광판에 나타난 숫자가 빠르게 줄어든다. 분 단위의 숫자가 '0'으로 표시되고, 초 단위의 소수점 두 자리의 숫자가 핑핑 돌아간다. 그리고 그마저도 '0'으로 되는 순간, 연구소 안은 물을 끼얹은 것처럼 숨소리 하나 들리지 않았다.

연구원들은 모니터 상단에 있는 두 개의 등을 뚫어져라 쳐다보았다. 초록 등이 들어오면 성공, 붉은 등이 들어오면 실패를 의미한다.

초록 등에 불이 켜졌다.

우와!

우레와 같은 환호와 박수가 터져 나온다. 상황실은 다시 연말 폐장일의 증권거래소로 바뀌었다. 연구원들을 서로 하이파이브를 하거나, 축구 응원을 나온 것처럼 어깨동무를 하고 팔짝팔짝 뛴다. 누구의 얼굴에나 째질 것 같은 함박웃음이 걸려 있다.

부소장 이용찬은 의자에 앉은 채로, 그런 광경을 미묘한 감정으로 바라보았다. 오늘은 분명 한국원자력연구원에 새로운 깃발이 꽂힌 날이다. 그 깃발을 세운 사람들이 저들이다. 줄여서 'S 프로젝트 연구소'로 명명된, 2백여 명에 가까운 대한민국 최고의 두뇌들이다.

상황실 안을 빙 돌아보던 용찬의 눈길이 한곳에 멈췄다. 170센티미터 키의 50대 초반 남자가 뒷짐을 진 채 흐뭇한 얼굴로 모니터를 바라보고 있다.

김명국 소장, 오늘의 히어로다.

살집 하나 없이 깡마른 몸에 움푹 파인 볼, 좁은 어깨는 영락없는 촌부의 모습이다. 그런 사람이 어울리지 않게 폼을 잡고 있다. 과분하게 히어로라는 명예를 안고 서 있다.

그를 보는 용찬의 눈이 서서히 가늘어진다. 그것을 의식하고 용찬은 서둘러 시선을 아래로 깔았다. 무릎 위에 포개어진 자신의 손등이 보였다. 포동포동하고 흰 손, 하지만 탄력이 예전 같지가 않다. 그러고 보니 자신의 나이도 벌써 쉰둘, 김 소장과 비슷한 연배다. 원자력 에너지 연구에 몸을 바친 지도 어언 30년째다.

그렇다. 몸을 바친 것이다. 그러자 허드렛일을 하던 조수 시절부터 김 소장이 오기 전까지 많은 연구원들에게 불호령을 내리던 자신의 모습이 주마등처럼 스쳐 지나갔다. 그때는 원자력연구원 내에 'S 프로젝트 연구소' 같은 특별조직은 없었다. 수석연구원으로서, 연구 집행에 관한 실무는 모두 자신이 관장하고 있었다.

그러나 자신이 SNC의 개발을 생각해낸다는 것은 언감생심이었다. 아니 남한에 있는 어떤 과학자도 그런 생각은 꿈도 꾸지 못했을 것이다. 왜 그랬을까? 왜 저 보잘것없는 일개 촌부처럼 획기적인 아이디어와 기술을 생각해내지 못했을까? 재능이 부족해서? 노력이 부족해서? 그건 아니다.

헛웃음이 나왔다. 생각하면 그 이유가 너무나 어처구니없기 때문이었다. 자신들은 이를테면 상한온도가 정해져 있는 계기판 온도계와 같다. 붉은 선 아래에서는 얼마든지 끓어도 좋다. 하지만 그 이상까지 끓어오르면 팡, 하고 터지고 만다. 그게 두려워 상부에서 눈치가 들어오고, 연구원들도 서로가 재갈을 물린다. 이봐, 위험해! 더이상 나아가지 마! 그런 식이다.

눈앞에 보이는 저 왜소한 남자에겐 그런 상한선이 없었다. 아니, 그상한선을 한시라도 빨리 넘어서라고 오히려 재촉을 받았을 것이다. 미 제국주의와 그 그늘 아래서 호가호위하는 일본, 또 그 아래서 버티고 있는 남조선. 북한은 그들에 맞서기 위해 핵이 필요했고, 그 결과 중성자제어기의 핵심 부품인 SNC를 만들어낼 수 있었던 것이다.

씁쓸했다. 제 나라의 인민도 먹이지 못해 꽃제비들이 죽어나가는 나라에서 에너지과학의 최첨단 기술이 탄생하다니. 이건 아이러니고 어불성설이다.

용찬은 조선민주주의인민공화국에 대해 생각했다. 그의 집안은 월남 가족이다. 할아버지가 용단을 내리지 않았다면, 아마도 그는 지금쯤 북에서 굶고 있을 것이다. 할아버지는 이를 갈았다. 북에 남은 가족은 모두 이 세상 사람이 아닐 거라며, 남북 이산가족 상봉 따위는 아예 거들떠보지도 않았다. 할아버지는 혈혈단신으로 남한에 내려왔다. 대지주 집안의 외동아들인 할아버지는 인민재판을 하루 앞둔 날 밤에, 봇짐 하나 달랑 챙겨들고 집을 빠져나왔다. 그날은 지척을 분간하지 못할 만큼 혹심한 눈보라가 몰아쳤고, 그래서 감시의 눈초리가 느슨했다고 한다. 그때 입은 동상으로 할아버지는 평생 거무스름한 발을 안고 살아야 했다.

혼자의 몸으로 억척같이 살았던 할아버지는 아들이, 그리고 손자가 말귀를 알아들을 나이가 되자마자 자신이 살아온 일들을 인이 박히게 들려주었다. 떵떵거리며 살았던 집안 이야기, 공산주의자들에게 핍박당했던 이야기, 월남하면서 겪었던 고초 이야기들을. "눈보라가 몰아치는 바람찬 흥남 부두에……" 술이라도 한잔 걸치면 노래를 부르기도 했다. 그러면서 말미에는 꼭 이런 결론을 붙였다. 가서 찾아야 한다. 내 눈으로 못 보더라도 너희가, 아니면 그 다음 자식이라도 반드시 공산당 놈들을 몰아내고 우리 땅을 되찾아야 한다, 라고.

용찬은 북한의 공산정권이 끔찍이 싫었다. 비단 할아버지의 체험이 아니더라도, 만일 그들의 손에 한반도가 통일되었다면 어떻게 되었을까 생각하면 진저리가 쳐졌다. 그들의 적화 야욕을 막아준 점 하나만으로도 미국은 숭배의 대상이었다. 그리고 일본의 식민지 지배도 어느 정도 긍정했다. 무지몽매한 구한말의 백성들에게 근대문 명의 혜택을 준 게 사실이라고 여겼기 때문이다. 반면에 민주주의니 인권이니 환경 따위를 앞세우며 북한정권을 이롭게 하는 남한 내의 운동세력들은 차라리 없어지는 게 낫다는 생각을 갖고 있었다.

용찬은 지금의 정권이 못마땅했다. 그가 보기에 지금 대한민국의 권력을 쥐고 있는 자들은 좌파다. 대통령 자체가 민주화운동의 경력을 가진 사람이다. 거기까지는 그런 대로 봐줄 수 있다. 하지만 조명호 대통령이 남북화해를 넘어서서, 북한정권과 손을 잡고 뭔가를 도모한다는 것은 정말로 아니라고 생각했다. 아무리 좌파라지만, 오늘의 우리나라를 있게 한 미국의 심기를 건드리면서까지 꼭 그래야 할까? 가만히 놔두면 저절로 사라지고 말 북한정권에 생명을 불어넣어 줄 이유가 있을까?

어느 날 갑자기 'S 프로젝트 연구소'라는 게 생기고 김명국이 그 소장으로 온 날부터 용찬에겐 악몽의 나날이 시작되었다. 원자력 연구의 지휘봉이 자신의 손에서 그에게로 넘어간 것이다. 다행히 김 소장은 촌부답게 어깨를 낮출 줄 알았다. 다행히? 아니, 그건 다행이 아니었다. 가까이서 본 그는 천성적으로 겸손한 사람이었는데, 그 점이 휘하 연구원들의 마음을 사로잡았다. 게다가 그는 실력이 있었다!

상한선이 없어서였을까? 그는 용찬이 접하지 못한 영역까지 꿰뚫고 있었다. 그 점이 휘하 연구원들의 충성심마저 빼앗아가 버렸다. 예전에 자신을 복종의 눈으로 바라보던 연구원들이 김명국에 대해선 존경의 눈으로 쳐다본다는 사실을 용찬은 잘 알고 있었다.

환희로 들썩이는 이 자리에서 용찬은 그 자신만이 외떨어져 있는 느낌에 사로잡혔다. 용찬은 눈을 감았다. 피곤하기도 했고, 미묘하게 꿈틀대는 감정을 추스르기 위해서기도 했다.

그때 누군가 어깨를 가볍게 두드렸다. 눈을 뜨니 김 소장이 그의 앞에 와 있다.

"피곤하시지요, 이 소장?"

그는 자신을 부를 때 '부'자를 빼버린다. 전에는 괜찮게 들렸는데, 지금은 그마저도 비위가 상한다. 저런 태도가 연구원들의 매진(邁進)을 독려한 것이리라.

"아니, 뭐……." 용찬이 엉거주춤 일어서며 대답했다.

"정말 수고하셨습니다. 이 소장이 아니었다면 SNC도 없었을 겁니다."

지나친 겸손이다. 자신이 없었어도 얼마든지 해냈을 일이다. 더구나 SNC를 중성자제어기에 결합시키는 과제도 그가 아니면 해낼 사람이 없다. 용찬은 남몰래 그 비밀에 도전해보았지만, 아직까지는 찾아낸 게 없다.

"과찬의 말씀입니다. 소장님이 다 하신 거지요." 용찬은 웃으며 말했다.

"아닙니다. 연구원들의 뜨거운 열정과 세심한 노력이 없었다면 턱도 없는 일입니다. 우리는 오케스트라니까요."

딴은 맞는 말이다. 용찬은 고개를 끄덕였다.

그때 누군가 달려왔다. 그는 김 소장과 자신을 향해 머리를 꾸벅 숙인 다음 다급하게 말했다.

"소장님!"

물론 소장님은 김명국을 가리키는 말이다.

"방금 연락이 왔는데, 청와대에서 부르신답니다."

"나를요?" 김명국이 자신의 가슴을 손가락으로 가리키며 물었다.

"예."

"벌써 보고가 들어갔나요?"

"원장님께서 보고하신 모양입니다."

"알았어요. 곧 가리다."

김명국은 그렇게 대답하고는 용찬을 바라보았다.

"이 소장, 내일이라도 한잔 하시지요. 잘하는 건 아니지만, 왠지 술이 땡기는군요."

"그러시지요." 용찬이 대답했다.

김명국은 용찬을 향해 가볍게 머리를 끄덕이고는, 휭 돌아서서 빠르게 걸어갔다.

저런 것이다. 용찬은 이를 지그시 깨물었다. 승자의 월계관은 하나밖에 준비되지 않는 법이다. 나머지는 그 월계관을 바라보며 대리만족하는 것으로 그쳐야 한다.

김명국이 사라진 쪽을 멍하니 바라보고 있을 때, 휴대폰이 울렸다. 용찬은 송신자 번호를 확인하고는 서둘러 상황실을 빠져나갔다.

대통령 집무실.

대통령은 최진희 비서실장과 단 둘이 앉아 있다.

찻잔을 들어 입에 가져다 대자 은은한 향기가 코끝부터 감돈다. 차를 한 모금 마시니 목이 훈훈해졌다.

대통령은 찻잔을 내려놓으며 말했다.

"수영이는 어때요?"

"많이 안정됐습니다. 이젠 심려 안 하셔도 될 것 같습니다."

"내 딸이긴 하지만, 참 속 깊은 놈이에요. 어릴 때부터 아파도 아프다는 말 한 번 하지 않았으니까. 허허, 그래서 아내도 번번이 속았지 뭐요. 걔가 아홉 살 땐가 열 살 땐가, 좀 안 좋아 보여서 너 어디 아프냐 그랬더니, 괜찮아요 하더래요. 그런가 보다 했는데, 새벽에 걔 방에 들어가 보니까 이불을 뒤집어쓰고 끙끙 앓고 있었다지 뭐요. 엄마를 걱정시키고 싶지 않았던 거지. 열이 펄펄 끓는 게 겁이 확 나더래요. 그래서 병원 응급실에 갔더니 지독한 인플루엔자에 걸렸다면서, 애가 저러도록 뭐 했냐, 큰일 날 뻔했다고 아내가 엄청 욕을 먹었답니다. 그때 나는 한참 밖을 돌아다니고 있을 때였는데, 나중에 아내로부터 그 말을 듣고는 얼마나 가슴이 아프던지."

"저도 그건 알고 있습니다. 어릴 때부터 봐왔으니까요. 수영이는 다른 애들과 많이 달랐지요."

"그래서 더 미안한 거예요. 애들이란 게 투정도 부리고 떼도 쓰면서 커야 하는데, 집안 분위기가 영 그러지를 못했으니. 그게 다 나 때문이지요. 아마 애 가슴에 멍울이 져도 한두 개가 아닐 겁니다. 모르는 체하고는 있지만, 아무리 한심한 애비라도 그걸 모를까. ……근데 최 실장, 수영이가 내게 처음으로 요구한 게 뭔지 알아요?"

최진희가 살짝 웃었다.

"아마 비첸차겠지요?"

"그래요." 조명호가 고개를 끄덕였다. "정말 죄송하다면서 그런 말을 합디다. 나중에 아버지가 대통령직에서 물러날 때 가려고 했지만,

그때가 되면 아무래도 나이 땜에 힘들 것 같아서 지금 말하는 거라고. 걔는 내가 재선이 안 되길 은근히 바란 모양이야, 허허."

"그럴 리 있겠어요?"

대통령은 한숨을 쉬었다. "결과적으로 우려했던 사태가 벌어지고 말았지 뭐요. 테러범에게 납치되다니, 끔찍한 일이었어. ……그나저나 걱정이군."

"너무 걱정하지 마세요. 수영이는 무사히 돌아왔고, SNC 개발도 성공했으니까요. 신형원자로 사업은 차질 없이 진행될 겁니다."

"미국의 도움을 받았는데 그들이 가만히 있을까? 이번 프로젝트가 더 이상 우리만의 비밀이 아니게 되어버렸으니 말이오. 감 놔라 배 놔라, 시시콜콜 개입해올 텐데……."

"안 그래도 권 국장과 그 문제를 상의한 게 있습니다. 나중에 저들의 태도를 보고 구체적으로 대응책이 결정되면 그때 보고 드리겠습니다."

"절대로 만만히 볼 문제가 아니에요. 자칫하다간 한미 간 뿐 아니라 국제적인 문제로도 비화할 수 있으니까. 신중에 신중을 거듭하는 거 꼭 명심하세요. 2년 전과 같은 일은 더 이상 없어야 합니다."

"알겠습니다." 최진희가 굳은 표정으로 대답했다.

그때 문을 두드리는 소리가 나고, 비서가 들어왔다.

"김 소장이 왔습니다."

"들어오라고 하세요."

대통령은 그렇게 말하며 자리에서 일어섰다. 최진희도 따라 일어섰다.

문이 열리고 권용관 NTS 국장과 홍영식 국정원장, 이종욱 한국원자력연구원장, 그 뒤로 김명국 소장이 들어왔다. 대통령은 곧바로 김 소장에게 다가가 그의 손을 잡았다.

"김 소장, 정말 수고 많았소. SNC 개발이 성공했다는 보고를 받고는 얼마나 기뻤는지 말도 못 하겠어요."

"저보다 연구원들이 열과 성을 다해 일해준 덕분입니다. 그들의 애국심이 없었다면 이런 결과를 내지 못했을 겁니다." 김명국이 고개를 꾸벅하며 말했다.

"그래요. 우리 연구원들 정말 수고 많았습니다. 보이지 않는 애국자들이지요."

"예. 그렇습니다."

"이제 중성자제어기에 결합하는 일만 남았다고 하는데, 그 부분은 애로사항 없겠어요?"

"큰 문제 없습니다. 9부 능선을 이미 넘었으니까, 조만간 완성시키도록 하겠습니다."

대통령은 환하게 웃으며 이종욱 원장 쪽을 쳐다보았다.

"이 원장도 애 많이 썼어요."

"제가 한 게 있어야지요. 다 김 소장 덕분입니다."

"그동안 이 원장이 연구원들을 잘 이끌어 준 덕도 크지요. 암튼 수고 많았어요. 여러분 모두 고맙습니다."

"대통령님, 이거……." 이종욱은 들고 온 검은 철제 케이스를 앞으로 내밀었다.

대통령은 눈을 치켜떴다.

"그게 뭡니까?"

"SNC 도면입니다. 지구상에 오직 하나밖에 없는······."

"이건 대통령님만 개봉할 수 있는 블랙백이에요." 최진희가 나서며 보충설명을 했다. "앞으로 SNC는 대통령님의 재가가 있어야만 조립할 수 있습니다. 그래서 도면 자체를 청와대 극비보관소에 보관하도록 할 예정입니다."

조명호는 고개를 끄덕이며 물었다.

"그렇다면 지금 SNC는 하나만 조립한 건가요?"

"그렇습니다. 그건 현재 원자력연구원 내 비밀보관소에 잘 보관되어 있습니다. 거기에 접근할 권한은 극소수로 한정되어 있습니다." 이종욱이 말했다.

"SNC는 신형원자로가 개발될 때마다 그 직전에 조립하게 됩니다. 원자로 건설이 완성되고 거기에 들어갈 중성자제어기에 결합되면 분해가 불가능하도록 장치돼 있는 걸로 알고 있어요. 맞지요?"

최진희는 그렇게 말하며, 김명국을 쳐다보았다.

"예. 맞습니다."

김명국이 웃으며 대답했다.

가리봉동.

기수는 마작방 건물의 어둑한 지하에 내려서자마자 오만 인상을 구겼다.

철문 앞 의자에 앉은 맹기석이 또 하나의 의자를 갖다 놓고 발을 올린 채 꿈나라를 여행하고 있었다. 자신과 '기'자를 공유했다고 해서 키워줬는데, 지금의 꼬락서니는 '기'자 이름을 가진 사람으로서 도저히 취해서는 안 될 폼이었다.

뒤통수에 불이 번쩍 나게 갈길까? 하다가 기수는 그만두었다. 그건 군기 확립 차원에서 볼 때 너무 단순했다.

기수는 기석의 옆으로 가만히 다가가 그의 귀에 대고 속삭였다.

"연변에는 4월에도 눈이 오갔지요?"

파리가 날아왔다고 생각하는지, 기석이 손으로 쫓는 시늉을 하더니 자신의 얼굴을 벅벅 긁었다.

그의 손짓이 잠잠해지자, 기수는 다시 속삭였다.

"연변에는 4월에도 눈이 올까요?"

"어……오든 말든……알아서 하겠지."

기석이 잠꼬대처럼 중얼거렸다.

"눈이 오면 뭐하라고 했게요?"

"알아서 하라니까."

기석은 꿈속에서 귀찮은 사람을 만난 모양이다. 이맛살까지 찌푸리며 퉁명스럽게 대꾸했다.

기수는 심호흡을 하고 주변을 돌아보았다. 강력한 타격 무기가 뭐 없을까 해서였다. 마침 한구석에 빗자루가 있었다. 지린내와 곰팡내 나는 지하실 입구를 쓸기 위한 빗자루다.

물론 피를 볼 생각은 없다. 기수는 자루를 쥐고 바닥 쓰는 넓적한 부분이 기석의 뒤통수를 향하도록 조준한 다음, 홈런타자의 스윙 폼처럼 한 발을 들어 올렸다가 그대로 휘둘렀다.

퍽! 무시무시한 타격음이 지하실을 울렸다.

"악!" 처절한 비명이 이어서 울렸다.

의자에서 떨어진 기석은 한참동안 정신을 차리지 못하다가, 웬 발을 보고는 벌떡 일어섰다.

"어떤 씨발놈이야!" 기석이 한 손으로 기수의 멱살을 쥐고, 다른 한 손으로 주먹을 쥐며 소리쳤다.

"전데요?"

기석은 비로소 목소리의 주인공을 알아보았다.

0.1초도 안 돼 무릎을 꿇고는 파리 흉내를 내기 시작했다.

"혀, 형님. 제발 살려주십시오."

"그만큼 살았으면 됐지, 뭘 더 살길 바라고 그러세요?"

"아이고, 형님. 제가 죽을죄를 지었습니다."

"알면 됐네요. 그만 죽어주셔야겠어요."

"형님, 제발. 연변에 계신 제 부모님을 봐서라도."

기수는 기석의 뒷덜미를 확 잡았다. 그리고 그를 질질 끌다시피 하며 지하실 철문을 열었다.

끔찍한 비명이 한쪽 구석방에서 3분가량 이어졌다.

기수가 손을 탁탁 털며 나왔을 때, 그 방 앞에는 민구가 몸 둘 바를 몰라 하며 서 있었다.

"형님, 오셨습……?"

민구는 인사말을 채 끝내지 못하고 껑충껑충 뛰었다. 기수가 그를 보자마자 정강이를 걷어찬 것이다.

"따라 와!"

기수는 자기 방으로 들어가며 말했다. 민구는 내키지 않는 걸음으로 그의 뒤를 따랐다.

책상 앞에 앉은 기수는 민구를 노려보며 손을 앞으로 내밀었다.

"내놔!"

민구는 어리벙벙하게 서 있다가 기수의 말뜻을 알아듣고는 후다닥 움직였다. 그리고 캐비닛에서 돈다발을 꺼내 기수에게 내밀었다.

내 이럴 줄 알았다. 기수는 속으로 열불이 났다. 이놈들 눈깔을 충분히 각지게 만들어놓고 떠났어야 하는 건데, 성철이 조급스레 등을 떠미는 바람에 그럴 여유가 없었다.

"왜 이거밖에 안 돼?"

"저 그게……."

"장부 가져와봐!"

1분도 안 돼서 장부 일독(一讀)이 끝났다. 원래 숫자 파악에 재주가 있는 데다, 그동안의 매상이 엄청 부실해서 계산하고 말 것도 없었기 때문이다.

"이날, 그리고 이날, 3번 테이블에서 왕창 꼴아박은 이유가 뭐야?"

"그러니까 어떤 메뚜기같이 생긴 놈이 와서 싹쓸이해가는 바람에……."

민구는 다시 껑충껑충 뛰었다.

"야, 이 자식아! 너 내가 그렇게 말했어도 아직 몰라? 두 판 작게 잃고 한 판 엄청 따고, 또 두 판 작게 잃고 전라도 말로다 한 판 허벌나게 따는 놈 있으면 그게 타짜라고 했냐, 안 했냐?"

"생겨먹은 게 메뚜기 같아서 타짜라고는 영 생각이……."

또 다시 민구는 펄쩍펄쩍 뛰었다. 그러면서 결심했다. 차라리 말 안

하리라 말만 하면 걷어차니, 이러다가 정강이가 부러지고도 남겠다.

"타짜가 나 이렇게 생겼으니까 타짜요, 하데?"

민구는 대답하지 않았다. 1분이 지나 민구는 다시 뛰었다.

"이 새끼가 꿀 먹은 벙어리가 됐나. 형님이 말씀하시는데 이젠 대답도 안 해?"

민구도 기석처럼 파리 시늉을 했다.

"아이고 형님. 제발 용서해주십시오. 제가 경험이 일천한 까닭으로다⋯⋯."

눈물까지 그렁해진 민구를 노려보며 기수는 한숨을 쉬었다. 한참을 그렇게 있다가 기수는 휴대폰을 들었다. 그리고 번호를 누르기 전에 민구에게 말했다.

"오늘부터 잠깐 동안 누가 좀 와 있을 거야. 있는 동안 술심부름이나 설거지 같은 거 시키면서 잘 데리고 있어. 단, 손님 중에 집적대는 놈이 있으면 바로 막고, 그래도 말 안 듣는 놈이 있으면 안방에 피해 있으라고 그래. 그리고 짭새들이 오면 못 보게 바로 안방으로 들이고. 알았어?"

"손님이 집적대요? 왜요?"

"그럴 일 있어."

기수는 버튼을 눌렀다. 마작방 바로 앞의 식당에서 기다리고 있다가, 그 집 전화로 연락이 오면 받으라고 시켜둔 상태였다.

"아, 김기숩니다. 그 사람 바꿔줘요." 전화 받는 사람이 바뀌었다. "문은 열려 있으니까 바로 내려와요. 아까 말한 거기로."

전화를 끊었다.

민구는 호기심을 누르지 못하고 곧 들어올 사람을 보기 위해 문에 시선을 고정시켰다. 잠시 후 그의 눈이 엄청나게 커졌다. 늘씬한 미녀가, 비록 옷차림은 수수하지만, 마치 날아갈 듯 사뿐사뿐한 걸음으로 들어왔던 것이다.

"우바이즈, 이 친구는 오민구라고 여기 매니저예요." 기수는 중국말로 말한 다음, 민구를 향해 한국말로 말했다. "근데 니가 매니저가 맞긴 한 거냐?"

기수가 뭐라 지껄이든 말든, 민구의 눈은 이미 우바이즈에게 들러붙어 있었다.

"이 새끼가."

기수는 다시 한 번 내지르려다가 우바이즈를 보아 참았다.

"안녕하세요. 오민구라고 합니다." 민구가 허리를 90도로 숙이며 중국말로 인사했다.

"안녕하세요." 우바이즈는 한국말로 말했다.

"좋아. 손님들 보기에도 그러니까 앞으로는 우바이즈에게 한국말로 하도록 해. 서툴긴 해도 알아는 들으니까." 기수는 우바이즈에게로 고개를 돌렸다. "우바이즈, 손님들 앞에서는 되도록 말을 하지 마세요. 만일 중국 사람이라는 게 밝혀져 신고가 들어가면 불법체류니 뭐니 골치 아파지니까. 알았죠?"

"네."

"민구가 할 일을 대충 알려줄 거예요. 허드렛일이지만 잠깐 있는 동안 하는 거니까 이해하세요."

"알았어요." 우바이즈가 싱긋 웃었다.

민구는 그녀를 자신이 지도한다고 생각하니 째지는 기분이었다. 그는 당장 우바이즈를 데리고 가며 말했다.

"미쓰 우. 아니지 한국 사람처럼 보여야 하니까 미쓰 오. 내가 가르칠 것이 한두 가지가 아니네요. 잘 듣고 배우세요."

기수는 어이없는 표정으로 방을 나가는 두 사람을 쳐다보았다.

그날 저녁, 기수의 방에 민구가 노크도 없이 들어왔다. 장부를 적고 있던 기수는 쌍심지선 눈으로 그를 쳐다보았다.

"이게 노크도 없이 함부로 들어오고……."

"형님, 그게 아니라 타짜가 또 떴어요. 메뚜기 타짜가."

"그라? 몇 번 테이블이야?"

"또 3번 포커 테이블입니다. 뭐 그 자리가 재수가 좋다나 뭐라나 하면서 거기에 앉았어요."

"넌 모른 체하고 가만히 있어."

기수는 장부를 덮어놓고 자리에서 일어났다.

과연 3번 테이블에 메뚜기보다 더 메뚜기 같은 놈이 앉아 있었다. 그는 이제 막 판이 끝났는지 돈을 쓸어 모으는 중이었다. 그 돈을 가지런히 모아 한쪽에 쌓아놓고 다시 새 판을 시작했다. 이번에는 판이 작았다. 그는 따라가기만 하다가 히든카드를 보고는 "다이!" 했다.

기수가 그의 곁으로 다가가 웃으며 말했다.

"아이고, 잃으셨네요."

기수를 힐끗 보며 사내가 물었다.

"누구셔유?"

"아, 이 집 주인장입니다."

"아항, 그러셔유? 오늘은 어째 끗발이 잘 안 붙어주는구먼유. 찹쌀떡처럼 히든패가 찰싹 달라붙어야 허는디, 세 번 푸고 간신히 한 번 묵을까 말까 허니 말여유."

'도둑놈!'

기수는 속으로 욕하며 그의 앞에 쌓인 돈을 보았다. 그러자 사내가 멋쩍게 웃으며 말했다.

"아, 운 좋게도 딸 때만 판돈이 커져서 요렇게 됐네유."

"손님한테 어울리는 판이 따로 있는 것 같은데요? 판돈도 여기보다 배는 크고요."

"아, 그려유?" 사내는 희색이 만면해졌다. "그럼 생각하고 말 거 없이 당장 일어서야지유."

그는 돈을 호주머니 이곳저곳에 쑤셔 넣더니, 자리에서 일어나 테이블에 앉아 있던 사람들에게 눈웃음을 흘렸다.

"지는 먼저 일어날게유. 욕들 봐유."

기수의 뒤를 따라오며 사내가 물었다.

"이 집 사장님인디 어째 오늘 처음 볼까유?"

"아, 해외에 좀 갔다 왔어요."

"해외라면 어디까?" 그는 궁금하다는 듯 고개를 갸우뚱했다.

"마카오요."

"아! 마카오! 허기사 이 정도 규모로다 마작방을 운영하실라면, 거 뭣이냐, 선진 카지노 시스템을 배워 오셔야겠지유. 근디 요새 마카오가 좋다고들 하는디, 내가 보기엔 암만혀도 베가스를 못 따라간다 싶네유."

"두 군데 다 갔다 오셨어요?"

"야. 일 년에 두세 차례씩 다녀와유."

"사업을 크게 하시나 보네요?"

"좆만한 거 두세 개 갖고 있구먼유."

기수가 방을 열고 안으로 들였다.

"여가 워디래유?"

"아, 제 방입니다. 손님하고 재밌는 게임 한번 해볼까 해서요."

"재밌는 게임이라뉴? 우리 둘이서유?"

기수는 가방을 풀어 돈을 와르르 쏟았다.

"이 정도 돈이면 안 될까요?"

돈을 본 사내의 입이 쫙 벌어졌다.

"안 될 게 뭐가 있었시유? 노름이란 게 다 놀자고 허는 짓인디."

"그럼 한번 놀아봅시다. 이참에 내가 마카오에서 배워 온 게 있는데, '카지노 워'라고 혹시 아세요?"

"마카오가 나의 제3의 고향인디 왜 모르겠시유?"

"딜러가 따로 없으니까, 카드를 쫙 펴놓고 서로 한 장씩 골라서 하기로 합시다. 어때요?"

"그럼 그렇게 해봐유. 판돈은 얼마나 거는 걸로 할까유?"

"여기 돈이 삼천 있고 캐비닛 안에도 억 정도는 있으니까, 그 범위 내에서 얼마든지 원하는 대로 해요. 난 주먹을 걸지요."

"예?" 그제야 분위기가 이상하다는 것을 깨달았는지 사내가 정색을 했다.

"아, 별 거 아녜요. 그러니까 손님은 백만 원 걸어 이기면 백만 원

가져가는 거고, 나는 무조건 주먹 한 대를 걸 거니까 내가 이기면 손님을 한 대 때리는 거고."

"고게 뭔 소리래유?"

기수는 대답하지 않고 새 카드 한 목을 뜯어 셔플을 했다. 그러고는 테이블 위에 쫙 깔았다.

"먼저 연습게임. 자, 한 장 골라 봐요."

사내는 주춤주춤 한 장을 골라 살짝 들여다보았다. '스페이드 킹'이다. 기수가 자기가 고른 카드를 뒤집었다. '클로버 퀸'이다. 사내도 자신의 카드를 까며 웃었다.

"으하하. 내가 왕을 잡아버렸구먼유. 아주 속전속결, 좋네유. 한번 해보지유, 뭐."

기수가 다시 카드를 깔았다.

"자, 배팅하실까요?"

"처음이니께 소소하게 10만 원 얹어보네유."

사내는 주머니에서 10만 원을 꺼내 테이블 한쪽에 놓았다. 그것을 본 기수가 말했다.

"그 돈 도로 넣으세요. 그냥 말로만 배팅해도 됩니다. 손님이 이기면 여기 내 돈을 줄 테니 걱정 마시고. ……나는 주먹 한 대. 아주 세게는 안 치기로 약속하지요."

"진짜 주먹이라 이거유?"

그는 기수의 주먹을 가늠하며 물었다. 희고 가는 데다 그리 크지 않은 손이다. 그는 결정을 내렸다.

"좋아유."

기수가 자신의 카드를 먼저 깠다. '클로버 3'이다.

'이럴 줄 알았으면 더 갈걸.' 사내는 속으로 그렇게 생각하며 자신만만하게 카드를 뒤집었다. '클로버 2'다.

주먹이 날아왔다. 생각보다 매웠다. 사내는 눈물이 찔끔 나는 것을 참으며, 다음 셔플을 기다렸다.

"배팅하세유." 기수가 재촉했다.

사내는 생각했다. 맞는 건 한 대뿐이고 받는 돈은 내 맘이니까, 돈은 왕창 걸어도 되겠군. 그렇지만 양심상 액수를 좀 줄이자.

"삼백 불러봐유."

기수가 카드를 깠다. '다이아몬드 5'다. 사내도 카드를 깐다. '스페이드 4'. 바로 주먹이 날아온다. 사내는 이번엔 눈물이 한 방울 뚝 떨어졌다.

기수가 다시 셔플을 하려고 한다.

"잠깐만유. 내가 섞어 볼래유."

"그러시든지."

사내가 능숙한 솜씨로 셔플을 하고, 카드를 테이블에 깔았다. 이번에도 기수가 먼저 뒤집는다. '스페이드 7'. 사내는 한 대 맞고 뒤로 발라당 넘어졌다. 그가 깐 카드는 '클로버 6'.

"이건 속임수네유. 나 안 할래유."

"누구 맘대로?"

사내는 뒤를 돌아보았다. 문에 덩치 큰 민구가 험상궂은 얼굴로 서 있다.

"그럼 카드를 바꾸든가 해유."

"맘대로 하셔요. 저기 있는 카드 중에 맘에 드는 걸로 고르든지, 아니면 당신이 갖고 온 새 카드가 있으면 그걸로 하든지."

사내는 수납장에 가지런히 쌓여 있는 새 카드 중에 하나를 골라와서 셔플을 했다.

"자, 배팅하셔요."

"천만 원이유."

사내는 다시 넘어졌다. 코피가 났다.

"워라? 이게 뭐일까? 코피 아녀? 나 정말 안 할래유."

"그럼 손목을 내놓든가."

기수가 차갑게 말하자, 사내는 비로소 자신이 어떤 처지에 놓여 있는지 알게 되었다. 그는 바닥에 무릎을 털썩 꿇고 부들부들 몸을 떨었다.

"아이고, 형님. 지가유, 잘못 했구먼유. 한 번만 봐줘유."

"무슨 잘못? 난 처음 듣는 이야긴데?"

"지가 사장님 안 계실 때 와서 장난질 좀 쳤구먼유."

"난 그런 거 몰라. 금시초문이야."

"다신 안 그럴 테니 용서해줘유. 돈은 다시 게워낼게유."

"돈은 됐어. 앞으로 나랑 열 판만 더 하자, 응? 난 게임을 했다 하면 잃든 말든 적어도 열세 판 정도는 해야 직성이 풀리거든? 어차피 복불복이잖아. 그러니까 앞으로 딱 열 판! 그 이상은 하자고 해도 안 할게."

'어차피 복불복'. 그 말이 사내의 뇌리에 박혔다. 까짓것 한 판이라도 이기면 매 값으로 생각하고 말자. 그리고 이 사람의 주먹은 그럭저럭 견딜 만하다.

"좋아유. 죽기 살기로 붙어봐유."

"카드는 누가 섞지?"

"맘대르 해유."

기수가 카드를 깔았다. 게임이 한 판 끝났다.

사내는 엄청난 통증을 느꼈다. 입 안이 터졌는지 입가에서 피가 나왔다. 그는 눈물을 주르륵 흘렸다.

"왜 이렇게 세게 때린데유?"

"그거야 삼천이니까 강도가 살짝 올라간 거지."

"나 진짜 이거 안 하면 안 될까유?"

기수는 고개를 절레절레 흔들었다.

결국 사내는 흠씬 얻어맞고 엉금엉금 기어서 나갔다.

밤 11시.

이번에는 기석이 노크도 없이 뛰어 들어왔다.

기수가 인상을 있는 대로 구겼다.

"이 새끼들이 보자보자 하니까 아예 문짝이 없는 걸로 취급하고 있네?"

"형님 정말 큰일 났습니다." 낮에 기수에게 맞은 것 때문에 얼굴에 시퍼런 멍이 들고 일회용 반창고를 덕지덕지 붙인 기석이 말했다.

"정말 큰일이라니 뭐가 정말인데?"

"짭새들이 떴습니다."

"난 또 뭐라고."

"예?" 기석이 눈을 휘둥그레 떴다. 예전 같으면 경찰이 왔을 때 기수는 바람보다 더 빨리 내뺐기 때문이다. 물론 외부인이 알지 못하는 비상 탈출구로.

"됐어, 인마. 내가 그렇게 만만한 사람인 줄 알아? 짭새 따위가 와서 뭘 하겠다고 지랄이람?"

기수가 나가서 보니 사업장은 엉망으로 헝클어져 있었다. 마작 테이블과 포커 테이블들이 엎어지거나 옆으로 넘어져 있고, 손님들과 일하는 아이들은 모두 한쪽 벽에 일렬로 서 있었다. 경찰들은 증거물들을 펼쳐놓고 사진을 찍는 중이었다.

기수는 그 모습을 보고 한껏 인상을 찌푸렸다가 곧 펴고는, 넉살 좋게 웃으며 경찰들에게 다가갔다.

"아이고 수고들 많으십니다."

맨 앞에 있던 형사가 기수를 위아래로 훑어보며 말했다.

"뭐야, 당신?"

"이런 심야시간에 주무시지도 못하고⋯⋯어떻게 식사들은 하셨습니까?"

"당신 뭐냐니까?"

"뭐긴요. 이 집 주인이지요."

"당신이 주인이라고? 그러기엔 너무 젊은 거 아냐?"

형사는 기수의 생긴 모습이 조폭이나 이쪽 일을 하기엔 좀 어울리지 않는다고 생각했던 모양이다. 정작 주인은 도망가고, 종업원이 대신 나섰다가 나중에 훈방시킨 사례가 몇 번 있었기에 의심하는 것이었다.

"제가 생긴 건 요렇게 새파래 보여도 능력이 쪼끔 있는 관계로

다······."

"아, 능력이 있으셔?" 그제야 형사는 의심을 풀었다. 그리고 옆의 부하인 듯한 사람에게 말했다. "능력 있는 주인이시란다. 어서 수갑 좀 채워드려라."

부하가 달려들려 하자 기수가 재빨리 손을 앞으로 내밀어 휘휘 저었다.

"어허, 어허! 왜 이렇게 성급하시나 그래." 그러면서 기수는 리더로 보이는 맨 앞의 형사에게 손짓을 했다. "그러지 마시고 이리 좀 와보세요. 내가 조용히 할 말이 있으니까."

형사는 어이없는 표정을 지으며 기수가 부르는 대로 따라갔다. 형사가 구석으로 오자, 기수는 남들이 보지 않게 뒤돌아서며 소곤거리듯 말했다.

"형사님이 공무상으로 오신 건 알겠지만 이렇게 공개적으로다 깽판을 놓으시면 좀 곤란한데······."

"뭐, 깽판?" 기수의 말이 채 끝나기도 전에 형사가 버럭 소리를 질렀다.

"아, 잠깐, 잠깐! 진짜 성질 급하시네. 한국 사람은 말을 끝까지 들어봐야 한다지 않습니까?"

"무슨 말인데?"

형사는 이 자가 무슨 수작을 부리려는지 슬슬 궁금해지기 시작했다. 듣고 나서 수갑을 채워도 늦지는 않다고 생각했다. 보아하니 느닷없이 튀거나 하지는 않을 것 같았다. 튄다고 해봤자 마작방을 경찰이 장악한 상태라서 세 발도 못 가서 잡힐 게 뻔했다.

"형사님은 잘 모르겠지만, 나 사실 나랏일 하는 사람이요. 이 사업은 뼁끼칠로다 하는 거다 이 말입니다."

"뼁끼칠?"

"형사님이나 나나 나랏일들을 하는 사람들인데, 서로 험한 꼴 보지 말고 조용히 넘어갑시다." 그러면서 기수는 형사의 어깨를 툭툭 쳤다. "뭐 모르고 이런 거니까, 오늘 일은 내가 조용히 넘어가주지."

말끝에 존대어까지 생략하자 형사는 슬며시 자신감이 사라지기 시작했다. 내가 혹시 잘못 덮친 건가?

"근데 여긴 어떻게 알고 오게 된 거야?" 기수가 물었다.

"신고가 들어와서요."

"신고? 어떤 놈이 신고를 해?"

기수는 제법 언성을 높였다.

이제는 묻고 대답하는 사람의 위치가 바뀌었다. 그러자 뒤에 있던 사람들이 복잡한 눈으로 이쪽을 일제히 쳐다보았다. 경찰들은 몹시 헷갈리는 눈으로, 그리고 기수의 부하들은 존경이 듬뿍 담긴 눈으로.

"아, 어떤 충청도 남자가 여기서 사장인가 뭔가에게 뒈지게 맞았다면서 마작방이 장난 아니게 크더라고. ……뭐 마카오하고 연계된 것 같다고 해서 거의 한 개 중대는 끌고 왔는데."

"생긴 건 어떻게 생겼는데?"

"메뚜기같이 생겼던데요?"

"그런 거지발싸개 같은 놈이 다 있나? 걸어서 나가게 해줬더니 은혜를 원수로 갚어?"

기수는 한참 씩씩거리다가 형사를 보고는 씩 웃었다.

"뭐 이왕 온 거고 고생은 했으니까," 하면서 주머니에서 봉투를 꺼냈다. "이거 갖고 부하들하고 회식이나 해요."

그러자 그동안 고분고분했던 형사의 눈이 싹 바뀌었다. 형사가 언성을 높였다.

"뭐? 회식? 이 자식 이거 완전히 골 때리는 놈일세." 형사는 뒤에 있는 부하들을 향해 더 큰 소리로 말했다. "어이 김 형사, 박 형사. 이 새끼 공무집행방해죄에다 뇌물공여죄까지 추가해서 잡아들여!"

기수가 자신의 가슴을 치며 말했다.

"아 나, 이 양반 참말로 답답하네."

형사들이 다가왔다. 그것을 본 기수는 손을 뻗어 휘휘 저었다.

"잠깐. 잠깐! 쫌만 기다려봐!"

그러고선 휴대폰을 꺼내 버튼을 눌렀다.

"어이, 친구! 나야 기수!"

— 그래. 유럽 여행은 잘했냐?

"유럽 출장이고 뭐고 지금 성가신 일이 생겨서 전화한 거야."

기세등등하던 형사는 '유럽 출장'이니 '성가신 일'이니 하는 말을 듣고 다시 자신감이 줄어들기 시작했다.

— 지금 어딘데?

"어디긴. 위장 사업장이지."

— 위장 사업장? 양아치 마작방이면 마작방이지, 위장 사업장은 또 뭐래?

"그게 말하자면 그거지."

— 성가신 일이라니, 뭔 일이야? 가리봉 떡멘가 뭔가 하는 새끼가

또 찾아와서 행패를 부리는 거야?

"그건 아니고," 기수는 수화기를 막고 형사에게 물었다. "근데 당신들 어디서 온 거야?"

이제 거의 자신감을 상실한 형사가 작은 소리로 대답했다.

"예. 구로서 도박담당 김영석 팀장입니다."

"아, 그래? 알았어." 기수는 전화기에 대고 말했다. "구로서에서 나왔데. 어떤 타짜 놈 하나를 패서 돌려보냈는데 그놈이 신고한 모양이야. 짜증나서 원, 어디 일을 해먹겠나."

— 그래? 책임자 바꿔봐.

기수가 휴대폰을 형사에게 건넸다.

"여보세요." 형사가 자신 없는 목소리로 통화했다.

기수는 느긋한 표정으로 형사를 쳐다보았다.

"아, 그렇습니까! 구로서 도박담당 김영석 팀장입니다!"

형사가 표정이 굳어지며 부동자세를 취하는 걸 보고 기수는 실실 웃었다.

"아, 예!"

기수는 형사를 보며 '룰룰라라'를 속으로 노래하기 시작했다.

"예! 알겠습니다!"

형사는 전화를 끊었다.

기수가 인상을 썼다.

"끊긴 왜 끊어! 날 다시 바꿔줘야지!"

기수는 휴대폰을 돌려받으며 형사를 노려보았다. 그런데 형사의 표정이 영 이상했다. 그는 여유 있는 표정을 하고 있었다.

"그래, 뭐래? 이젠 날 알겠지?" 기수가 말했다.

"잘 알다마다. 마작방 양아치지 누구긴 누구야. 어이, 두말이 필요 없어! 이 새끼 당장 체포해!"

기수에게 수갑이 채워졌다.

"어? 어? 이거 뭐하는 짓들이야?"

"널 현행범으로 체포하겠다. 어떻게 할까? 미란다 원칙을 말해줄까?"

"이건 뭔가 잘못된 거라니까? 가만 있어봐! 다른 데 전화 좀 하게!"

"됐거든. 니가 전화 바꿔준 사람이 그러는데, 니가 또 다른 데 전화하려고 할 거래. 그걸 막는 게 나랏일 하는 사람을 돕는 거라더라. 됐냐?"

기수는 두 형사에게 양팔을 잡혀 질질 끌려가기 시작했다.

"이정우~! 이 노옴~!"

그의 외침이 지하실 마작방 안을 길게 울렸다.

일본 도쿄. DIS 동아시아 지부.

손혁의 방으로 야마모토가 들어왔다.

기다렸다는 듯 손혁은 그를 보자마자 물었다.

"어떻게 됐어?"

"미야모토구미의 넘버 투인 히네마루 겐신의 지인 중에 두 다리 건너 그자하고 잘 아는 사람이 있어서 공작을 쉽게 진행할 수 있었습니다."

미야모토구미(宮本組)는 일본 유수의 야쿠자 조직이다.

"진행상황을 찬찬히 설명해봐."

"콤플렉스, 돈, 지위 보장, 이 세 가지 측면에서 접근했습니다. 그 자는 사실상 남한 내에서 핵 연구의 일인자인데 김명국 때문에 밀려난지라 엄청 스트레스를 받고 있었죠. 게다가 일본에 대해 아주 호의를 갖고 있는 사람입니다. 한국 근대화의 공(功)이 일본에게 있다고 주장할 정도니까요. 그런 사조가 남한 내에서 한때 맹위를 떨친 적이 있는데, 그 영향을 받은 것 같습니다."

"그래서?"

"그 사람의 콤플렉스를 적당히 건드리고 지금 북과 손을 잡고 일을 꾸미는 것은 미국이나 일본에 대해 아주 안 좋은 의미를 갖고 있다는 명분도 내걸었지요. 거기에다 막대한 돈을 걸었습니다."

"그쪽에서 원하는 액수가 있다고 하던가?"

"한 장을 제시했더니 피식 웃더랍니다. 아마 동그라미 하나를 줄여서 생각한 거겠죠. 그러면서 최소 다섯 장은 된다고 했답니다. 다섯 장이면 5백만 달러를 말하는 거냐고 물었더니 그렇다고 하더랍니다. 그래서 애초에 우리가 생각한 대로 한 장이란 천 만 달러를 의미한다고 했더니 엄청 임팩트를 받은 모양입니다. 거기다 또 하나를 추가했지요."

"지위 보장 문제?"

"예. 일이 끝나면 일본 원자력연구소의 특별조직 소장으로 발탁할 거라고 했습니다. 물론 성형수술까지 해서 차후에 한국 측으로부터 암살당할 요인을 미리 제거하겠다고 했고요. 거기까지 했더니 완전히 넘어오더랍니다."

"어리석은 놈. 그 정도 레벨로 일본연구소의 수장을 하겠다? 그건 그렇고, 포섭 작업은 언제부터 시작한 거야?"

"일주일 됐습니다. SNC가 오늘 개발 완료됐다는 소식도 그자가 전해줘서 알았고요."

"잘했어. 물건은 언제 인계받기로 했나?"

"지금쯤 진행되고 있을 겁니다. 내일이면 더욱 경비가 강화될 테니 개발 당일 날 아직 흥분의 여운이 가시기 전에 하지 않으면 힘들 거라고 그자가 먼저 말하더랍니다."

"일사천리군. 좋아, 좋아."

손혁은 매우 만족스런 얼굴을 했다. 그렇게 잠깐 있다가 다시 표정을 굳히며 물었다.

"PK 엔터테인먼트 쪽은?"

"그쪽도 문제없습니다."

"거기에도 야쿠자 손을 빌렸나?"

"당연히 그렇습니다. 연예계를 꽉 잡고 있으니까요."

"일본으로는 언제 오지?"

"한국 측이 SNC가 사라진 것을 발견하는 데는 아무리 길게 잡아도 두 시간밖에 걸리지 않는다는 판단입니다. 두 시간마다 모든 출입 인원에 대한 분석을 종합상황실에서 실시하니까요. 그래서 출입가능자라 하더라도 만일 공식 절차를 밟지 않고 출입했다면 즉시 SNC의 존재 여부를 체크하게 됩니다. 그 타이밍을 그자가 잘 노려서 일을 진행하겠다고 했으니까 일단 빼내오는 데는 문제없다 하더라도,

두 시간이면 발각이 날 거고, 그 안에 일본까지 송출한다는 것은 사실상 불가능합니다. 모든 공항, 항만에 비상이 걸릴 테니까요. 그 점을 고려하여 우리가 선택한 것이 PK 쪽 항공기입니다. 한국을 출발하는 시간은 모레 밤 9시입니다. 그게 우리가 안전하게 이용할 수 있는 가장 빠른 수송수단입니다."

"PK라면 상대적으로 괜찮다?"

"상대적인 정도가 아니라 상당히 유리합니다. 공연 이동 때마다 거의 항공기 한 대 분량의 장비가 움직이는데, 극성팬들 때문에라도 그쪽 항공기에 대해서는 수색하기가 어려울 겁니다."

"알았어. 일단은 기다려보지. 나가 봐."

불현듯 손혁의 머리에 벨렐 아야치와 이정우가 떠올랐다. 그는 문을 열고 나가려는 야마모토를 급히 불러 세웠다.

"모든 일에는 우연이라는 방해꾼이 있다는 걸 잊지 마라. 최선은 한 번으로 그치는 게 아니라 두 번, 세 번, 연속적으로 해야 한다는 걸 명심하도록 해."

"알겠습니다."

야마모토는 고개를 살짝 숙이고 문을 닫았다.

경기도 고양 일산.

"우리 간만에 옛날 순서대로 먹어볼까?"

50대 후반의 남자가 환하게 웃으며 말했다. 그는 머리가 하얗게 셌다. 하지만 얼굴빛은 40대라 해도 무방할 만큼 홍안이었다.

'아카사카'라는 참치 전문 일식집이다.

"저야 좋지요. 하하하."

50대 초반의 남자가 웃었다. 권용관이다.

"바쁜데 불러낸 거 아냐?" 백병훈이 말했다.

"바쁜 거야 늘 그렇지요, 뭐. 선배가 부르는데 안 올 수 있습니까? 마누라하고 같이 자다가도 뛰어 와야지요."

"그런 말 말게. 제수씨한테 내가 욕먹어. 근데 난 왜 이렇게 참치회가 좋은지 몰라. 물론 그중에서도 혼마구로가 말일세."

"선배가 참다랑어를 닮아서 그런 거겠죠. 참다랑어를 '바다의 포르쉐'라는 별명으로 부르기도 하잖습니까? 폭발적인 운동력으로, 태어나서 죽을 때까지 한 차례도 멈추지 않을 정도로 대양을 누비고, 심지어는 자면서도 유영을 계속한다니 말입니다."

"그렇다면 나보단 자네가 딱이군."

"제가 뭘요. 그러고 보니 선배나 저보다, 이것과 꼭 닮은 사람이 하나 있긴 하네요."

"호오. 그래? 누군데?"

"우리 부원 중에 하나 있습니다."

"누군지 몰라도 흥미가 가는구만. 보고는 싶지만 그것도 인적 보안이라 소개해달랄 수도 없고 말야."

권용관은 웃기만 했다.

참치회가 나왔다.

"술은 뭘로 할까? 아 참, 자네 요즘 툭하면 비상일 텐데 술은 안 되겠구만?"

"청주 한두 잔 정도는 괜찮습니다. 그 정도면 내 몸에 알코올이 들어왔다는 기색도 안 날 테니까요."

"하긴 자네 같은 장사가 그 정도는 끄떡도 없겠지. 그럼 시킴세. 내가 주인장한테 미리 부탁해놓은 술이 있어."

백병훈이 벨을 누르자 종업원이 미닫이문을 열었다.

"아까 내가 부탁한 술 가져오게."

"예, 알겠습니다."

사케가 나왔다.

"도호레이메이, 한자로 동방여명(東方黎明), 동쪽에서 떠오르는 새벽빛. 어때 이름은 그럴싸하지?"

"맛도 좋아 보이는데요?"

"후쿠시마 산(産)이야. 내 입맛에 맞아서 주문한 거네. 자, 한 잔 받아."

권용관은 술을 받은 다음, 백병훈에게도 한 잔 따랐다.

"자, 이런 순서로 하자고. 자네가 술을 마셔도 괜찮으면 한 점 먹고 한 잔, 또 한 점 먹고 한 잔 할 텐데, 오늘은 참아줌세." 백병훈은 젓가락으로 참치 회를 하나하나 가리키며 말을 이었다. "아카미(속살), 세토로(등살), 주토로(옆구리살), 오토로(대뱃살), 나카오치(갈비뼈살), 그리고 눈알로 마지막 입가심을 하자고."

"좋습니다."

그들은 한동안 먹고 마시는 일에 열중했다. 물론 권용관은 술을 조금씩 아껴 먹으며 백병훈과 타이밍을 맞추었다.

"선배 인맥은 여전하지요?" 술을 한 잔 다 비웠을 때 권용관이 물었다.

"어느 쪽 인맥 말인가? 학교 쪽, 아님 다른 쪽?"

"저야 물어보는 방향이 뻔하잖습니까? 학교에 있긴 했지만 사이비 교수라는 소리만 들은 형편인데."

"그럭저럭 이어지고 있네."

"선배 덕분에 사람을 소개 받아놓고도 귀중히 쓰질 못해서 늘 죄송한 마음 갖고 있습니다."

"자네가 무슨? 자네 같은 믿음직스런 사람이 아니면 내가 누구에게 소개시켜주겠나."

"백정수에 대해선 지금도 늘 가슴 아파 하고 있습니다. 다른 사람도 아니고 선배 조카였는데 말입니다. 아마 죽어도 그 친구를 잊지 못할 것 같습니다."

백정수는 2년 전 블랙 요원으로 참가했다가 사망한 사람이다.

"다 지나간 일 아닌가? 자네가 최선을 다했다는 거 잘 알고 있네."

"그런데 윤혜인이라는 친구는 어떻게 알게 된 겁니까?"

"왜? 그 친구 무슨 문제 있나?"

"아뇨, 그 반댑니다. 지난번 대통령 따님 문제로 일이 터졌을 때, 아주 능란한 솜씨를 보여주었거든요."

"그래? 그럼 다행이군. 국정원 홍보실에 두기엔 좀 아까운 친구였지. 그래서 자네에게 추천한 거고. 거기서 실력을 발휘했다니 내 면목이 좀 서는구만."

"선배는 스탠퍼드 나오셨지요?"

백병훈은 고개만 끄덕였다.

"인사철을 봤더니 윤혜인도 거기 출신이더군요. 그래서 그쪽으로 연관된 건가 해서 물어본 겁니다.”

“꼭 그건 아니네. 물론 알기야 동창 관계로 알게 됐지만.”

“그러고 보니 선배가 이쪽 세계를 떠난 지도 꽤 됐네요.”

“한 십 년 되려나? 난 늘 긴장하며 사는 게 싫어서 떠난 거지. 그리고 공부하는 게 좋기도 하고.”

“떠났어도 관계를 끊은 건 아니잖습니까?”

백병훈의 눈이 살짝 가늘어졌다. 하지만 금세 이전의 모습으로 돌아왔다.

“자네나 나나 다 아는 사실 아닌가? 한번 몸 담으면 제 의지대로 끊어지지 않는다는 걸. 어쨌거나 난 되도록 피하며 살고 있네.”

“저는 그걸 못해서 다시 돌아온 거고요.”

“그건 자네 본성이 혼마구로 과라서 그럴 게야. 어디 자네가 편히 살 사람인가? 누군가가 가만히 놔두지 않겠지.”

“글쎄 말입니다. 저도 제 팔자가 참 맘에 안 듭니다. 농사지으며 맘 편히 살았으면 하는 소망인데, 언제나 그럴 날이 올지 원. 요즘은 마누라 보기도 미안해 죽겠습니다.”

“그러니까 후배들을 빨리빨리 키워.”

“노력은 하고 있습니다만……”

“아까 말한 윤혜인 말일세.” 권용관이 술잔을 입에 대는 것을 보며 백병훈은 말을 이었다. “썩히지 말고 제대로 써봐. 모르긴 몰라도 많은 도움이 될 테니까.”

권용관은 대답하지 않았다.

백병훈이 다시 잔을 내밀었다.

"자, 이런 재미없는 이야기는 그만하고 한잔 부딪치세. 그리고 우리 옛날에 함께 놀았던 이야기나 해봄세."

"그럴까요?"

둘이 건배를 할 때 권용관의 호주머니가 부르르 떨렸다. 권용관은 그것을 끄집어내고는 밖으로 나갔다. 잠시 후에 돌아온 권용관이 말했다.

"선배, 아무래도 오늘 자리는 여기까지 해야겠습니다. 정말 죄송합니다만, 급한 일이 생겨서요."

"자네하고 식사하자고 할 때 이미 각오한 거니까, 난 신경 쓰지 말게. 어서 가봐."

"그럼 가겠습니다. 계산은 제가 합니다."

권용관이 부리나케 일식집을 빠져나갔다.

백병훈은 아까처럼 가느다란 눈초리를 하고 사라져가는 그의 뒷모습을 바라보았다.

북부산 톨게이트를 막 벗어난 '렉서스 LS 460 Sport'가 부산항을 향해 빠른 속도로 달려가고 있다. 렉서스는 신호위반 카메라 따위는 신경도 쓰지 않았다. 어차피 두 시간 뒤면 바다에 떠 있을 테니까.

일본차 그대로인 오른쪽 핸들에 익숙지 않아서 애를 먹었지만, 그럭저럭 운전할 수는 있었다. 용찬은 혹시라도 왼쪽 좌석의 운전 버릇이 나올까봐 신경을 바짝 세우고 핸들을 돌렸다.

차 번호판도 일본 것 그대로다.

용찬이 이런 고급차를 타 보기는 난생 처음이었다. 더구나 자신의 차였다. 정숙성은 말할 것도 없고 코너링이 기가 막혔다. 오른발에 힘을 주기도 전에 차는 운전자의 뜻을 헤아리는지 자기가 알아서 움직였다. 8기통 32밸브 엔진의 위력은 너무도 막강했고 너무도 부드러웠다.

불안감이 가슴 깊은 곳에 똬리를 틀고 있었지만, 그것이 고개를 치밀기엔 흡족감이 훨씬 더 컸다. 이 차도 그렇지만, 오른편 조수석에 놓아둔 가방은 더더욱 마음에 들었다. 계약금조로 예치된 50만 달러의 스위스 비밀계좌가 그 가방에 들어 있었다.

용찬은 물건을 넘겨주고, 상대로부터 이 차와 비밀계좌, '무라사키 신지'라는 이름의 일본 여권, 그리고 일본에서 당장 쓰기 위한 신용카드를 받았다. 일본어를 일본인보다 더 잘하는 그로서는 그 나라 사람으로 행세하는 데 아무 문제가 없었다.

지금쯤이면 물건이 없어진 게 탄로 났을 것이고 모든 출입국 지점에 대한 검문검색이 강화되었을 것이다. 자신을 찾는 전화도 난리가 났을 것이다. '이용찬'에 대한 검거령이 떨어졌을지도 모른다.

그래봐야 소용이 없다.

자신은 지금부터 이용찬이 아니라 무라사키 신지다. 턱수염도 붙이고 쉽게 벗어지지 않는 가발도 썼다. 자신이 봐도 영판 딴 사람이 되었다. 그리고 일본에 가면 완전히 다른 사람으로 태어나게 될 것이다.

부산항에 도착하면 후쿠오카 행 페리에 자동차와 함께 탄다. 삼엄한 출국 심사가 있겠지만, 자신을 알아볼 리는 만무하다. 여권을 보니 기무라상사의 영업상무 무라사키 신지가 5일 전 부산항을 통해 입국한 것으로 되어 있다. 기무라상사는 물론 페이퍼 컴퍼니(서류상으로만 존재하는 회사)일 것이다.

그러나 불안감은 여전히 고개를 치밀려 바동거렸다. 용찬은 음악이라도 들으며 마음을 가라앉히려 했다. 용찬은 라디오를 틀려다 말고 CD 플레이어에 불이 들어와 있는 것을 발견했다. CD가 들어 있다는 표시다. 아마도 이 차를 수송해온 남자가 놓고 간 것이리라.

플레이 버튼을 누르자, 신나는 일본노래가 나왔다. 잘됐다. 일본인이니까 일본 노래를 듣는 게 당연하다. 하지만 노래도 그렇고 가수도 전혀 알지 못하는 사람이다.

용찬은 CD 케이스가 있을까 하여 콘솔박스를 열어보았다. 다섯 개의 CD 케이스가 들어 있다. 모두 한 가수다. 'KOMO'. 용찬은 비로소 노래하는 사람이 누구인지 알아볼 수 있었다. 신문의 연예란을 큼직하게 장식하곤 했으니까. 한국인이면서도 이른 나이에 일본으로 건너가 일본가수로 성장한 아이돌 스타. 이 차의 운반자는 아마도 코모의 열성 팬인가 보다. 그러니 같은 가수의 CD를 다섯 장이나 가지고 있을 테지.

모르는 노래이면서도 손가락을 까닥까닥 하며 박자를 따라가려고 애써보았다. 그러자 불안감이 깊숙이 가라앉았다.

계기판에 있는 시계를 보았다. 밤 9시 10분이다. 페리가 10시에 출항할 예정이니까 시간은 충분하다. 앞으로 10분만 더 가면 도착한다.

마침내 부산국제여객터미널의 간판이 보였다. 작년에 개축한 터미널 청사는 현대건축의 조형미를 한껏 자랑하고 있었다. 용찬은 일단 티케팅을 하기 위해 터미널주차장에 차를 세웠다.

5분 후 차에 돌아와 시동을 걸었다. 그리고 CD를 다시 틀었다. 완전한 일본인이 되려면 오리온차트를 석권하고 있는 코모의 노래부터 흥얼거릴 줄 알아야 한다. 용찬은 그렇게 생각하며 볼륨을 더 높일까 하다가 그만두었다.

"왜 좀 더 키우시죠? 코모 노랜데."

사내의 음성이 들렸다. 용찬은 밖에서 들리는 소리인가 하여 오른쪽 창과 왼쪽 창을 번갈아 내다보았다. 하지만 아무도 없다. 그러다가 등골이 서늘해지는 것을 느꼈다. 휙 고개를 돌려 뒤를 보았다.

검은 선글라스를 낀 사내가 씩 웃고 있었다. 그는 오른손을 위로 들고 있었는데, 그의 손에는 이 차의 마스터키가 들려 있었다.

"당신 누구요?"

용찬은 떨리는 소리로 물었다. 한눈에 봐도 위험한 냄새를 풍기는 사내였다.

"알 거 없고, 액셀 밟아요. 방향은 태종대 쪽. 일본에 가기 전에 관광이나 합시다."

"싫소. 게다가 페리 시간도 얼마 남지 않았소."

"페리야 내일도 있는데, 뭘."

"당신이 누군데 도대체?"

"알 거 없다니까?"

"나, 내리겠소."

용찬이 문손잡이를 잡으려 하자 사내가 웃었다.

"하하하. 이 좋은 차를 버리겠다는 거요? 게다가 이 비밀계좌는 어떡하고? 그러지 말고 맘 편히 먹어요. 사람이 오늘 일 못하면 내일

하면 되지, 뭐 그리 바쁘게 살려고 하시오?"

용찬은 문을 벌컥 열었다. 그런데 문이 반쯤 열렸을 때 도로 쾅 닫혔다. 밖에 또 다른 사내가 서 있었다. 동시에 목덜미에 서늘한 느낌이 와 닿았다. 칼이었다. 밖에 서 있던 남자가 차 앞을 돌아서 조수석에 앉았다.

"오라이!"

뒤에 있던 남자가 말했다.

용찬은 액셀러레이터를 살짝 밟았다. 역시 렉서스는 차 주인의 뜻을 알고 있었다는 듯 먼저 스르르 움직였다.

렉서스가 번화가를 벗어났다. 용찬은 짐작할 수 있었다. 이대로 태종대까지 가면 자신은 내일 아침 자살자로 발견되리라는 것을. 내일 아침 조간에 이런 헤드라인이 실릴 것이다. '이용찬 원자력연구소 부소장, 태종대에서 자살.'

어쩐지 일이 너무 잘 돌아간다고 생각했다.

아, 어리석은 놈! 멍청한 놈! 나는 완전히 올가미에 걸리고 만 거야.

용찬은 자신의 머리를 쥐어박고 싶었다.

하지만 이대로 가만히 앉아 죽임을 당할 수는 없다. 목덜미에는 여전히 칼날이 대어 있지만, 핸들은 자신이 쥐고 있다. 그리고 렉서스는 강하다. 지금 자신이 할 수 있는 방법은 충돌하는 것밖에 없다고 판단했다. 물론 운전석을 비켜서.

용찬은 액셀러레이터에 힘을 주었다. 렉서스가 급가속했다.

"바카야로! 속도 줄여!"

옆에 앉은 사내가 소리쳤다. 누구 맘대로?

"차 세워!"

뒤에 있는 사내도 소리쳤다. 놈들이 겁을 내고 있군.

용찬은 속으로 웃었다. 그들의 말을 들어줄 생각은 티끌만치도 없었다. 똑똑히 알아둬. 핸들은 내가 쥐고 있어. 부딪칠 거야. 아주 단단한 것이면 무엇에라도. 운 좋으면 나만 살거나, 아니면 셋 다 황천길 가는 거지. 모든 게 어그러졌잖아. 그런 내게 다른 옵션이 있을 거 같아? 지금 이것 외에?

"하하하!"

용찬은 소리를 내어 웃었다.

돌연, 옆에 있는 사내가 핸들을 쥐었다. 용찬은 눈을 부릅뜨며 저항했다. 하지만 그의 완력은 책상물림인 용찬과 비할 바가 아니었다.

그러나 내 발은 네 놈들 맘대로 할 수가 없다.

용찬은 액셀러레이터를 더 세게 밟았다. 왕복 2차선 도로에서 렉서스는 시속 150km를 빠르게 넘어서고 있었다.

그때 용찬의 옆구리에 예리한 통증이 왔다. 용찬은 옆 눈으로 내려다보았다. 칼이 박혀 있었다.

맞은편에 대형트럭이 달려왔다. 용찬은 온힘을 다해 핸들을 왼쪽으로 꺾었다. 그 트럭의 제물이 될 생각이었다.

하지만 그것은 용찬의 희망사항일 뿐이었다. 억센 남자의 힘 때문에 핸들은 돌아가지가 않았다.

그렇다면?

용찬은 핸들을 놓고 만세를 불렀다.

핸들에는 용찬의 반대 방향, 그러니까 오른쪽으로 힘껏 돌리고 있던 사내의 힘만이 남아 있었다.

꿍음고- 함께 도로를 벗어난 렉서스는 오른쪽 바위벽을 향해 맹렬하게 돌진했다.

쾅! 하는 소리와 에어백이 얼굴을 강타하는 것을 느끼는 순간, 용찬은 의식을 잃었다.

밤 10시.

후쿠오카 행 페리선이 기적을 울리며 부산항을 뜨던 그때, 왕복 2차선 지방도로에서 20미터가량 이탈하여 바위벽에 충돌한 렉서스 차 운전석에서, 한 사내가 에어백으로부터 힘겹게 머리를 떼어내고 있었다. 'S프로젝트 연구소' 부소장 이용찬이다.

그는 가물가물한 시력으로 조수석을 보았다. 에어백만 덜렁거릴 뿐 아무도 없다. 용찬은 사막거북처럼 아주 느리게 고개를 반쯤 돌려 뒤를 보았다. 역시 아무도 없었다.

나는 두 가지 꿈을 꾼 거야.

용찬은 그렇게 생각했다.

하나는 일본인이 되고자 했던 헛된 꿈, 그리고 수증기처럼 증발해 버린 두 일본 야쿠자의 꿈을.

그러나 옆구리에서 쏟아지고 있는 피가 두 번째 꿈이 결코 꿈이 아니었음을 말해주었다.

용찬은 자신의 시간이 얼마 남지 않았음을 절감했다. 목구멍에서도 피가 울컥 솟아나왔다. 사막거북처럼 아주 느리게 손을 뻗어 입술을 문질렀다.

시뻘게진 손이 흐릿하게 보였다. 용찬은 마지막 힘을 다해 운전석 창문에 손을 댔다.

그리고 죽어가는 사막거북처럼 더더욱 느리게 글자를 썼다.

억겁의 시간만큼이나 아주 긴 시간 동안 썼다.

K O M O.

왠지 그래야 할 것 같았다. 지금 그의 머릿속에 떠오르는 단어는 오직 그것 하나뿐이었으니까.

이용찬은 고개를 푹 꺾었다.

남을 속이려거든 나부터 속어라

대한민국 서울

아, 우정의 참을 수 없는 가벼움이여.

내 어찌 그런 놈을 친구로 여겼단 말이더냐.

내 발등을 내가 찍은 것이로다.

만 12시간의 유치장 투쟁을 마치고 나오는 지금, 내 발길은 매우 헛헛하기만 하도다.

기수는 하늘을 올려다보았다. 오전 11시의 해가 방긋 웃고 있었다. 9월 초의 하늘은 공활까지는 아니더라도 제법 비어 보이는 것은 사실이었다. 발아래를 보니, 그림자의 색도 많이 짙어졌다.

끼끼끼!

다시 하늘을 보니, 이상하게 생긴 새가 한 마리 웃고 지나간다.

어어, 저거!

기수는 얼른 몸을 피했다. 새똥이 바로 옆에 떨어졌다.

역시 새들은 고차원적이다. 저리도 높은 곳에서, 저렇게 한 방에, 그것도 웃어가면서, 배설의 쾌락을 즐기다니.

그에 비하면 인간의 뒷일이란 처참하기 이를 데 없다. 고행의 자세인 '쭈그려 앉기'를 취한 채, 오만 인상을 다 쓰면서, 수없이 신음을 흘려보아도, 결코 시원한 뒷맛을 느끼지 못한다. 정말로 저차원적인 동물이다.

그리고 서전트 점프를 1미터도 못 하는 주제에 방방 뜨기는 잘도 한다. 조서를 꾸미는 순경이 그러했고, 김영석 도박담당 팀장이 그러했고, 그 위의 형사과장이 그러했고, 그 위의 경찰서장이 그러했다.

기수의 머리에 수많은 '사색들'이 꼬리에 꼬리를 물고 이어졌다. 기수는 이러다가 자신이 철학자가 될 것만 같았다.

이때 문득 스치고 지나가는 깨달음이 있었다.

철학이란 고생과 쪽팔림에서 비롯된다는 것.

에이, 재미없는 생각 그만두자. 기수는 눈앞에 보이는 돌멩이를 냅다 걷어찼다.

어억!

누군가 단말마의 비명을 질렀다.

보니, 기생형(寄生兄)이다. 박성철이 급소를 쥐고 제자리돌기를 하고 있었다.

기수는 홱 몸을 돌렸다. 그러면서 결심했다.

이대로 나의 길을 묵묵히 가리라. 저 인간하고는 아무 말도 안 하리라. 다시는 상종을 안 하리라. 만일 협박을 계속한다면 자폭의 장렬함을 보여주고 말리라.

"어이, 동생! 동생!"

계속 걸었다. 악마의 속삭임을 거부하려고, 점퍼를 올려 머리를 덮었다. 그러나 악마는 끈기를 주특기로 한다.

"이봐, 동생!"

악마가 달려온다. 그리고 마침내 악마는 옷깃을 잡고야 만다.

"왜 이러는가, 동생!"

무시하고 계속 걸어가야 하는데……. 기수는 발길을 멈추고야 말았다.

"그만 화 풀어. 빼주려고 내가 연락도 하고 이렇게 왔잖은가."

"그럼 애초에 집어넣질 말았어야죠."

기수는 말을 하고야 말았다.

"그러게 왜 똥개 놈한테 전화를 해? 정우가 너무한 건 맞지만 동생도 판단이 쪼끔 거시기했어."

"지금 그걸 말이라고 해요?"

기수는 상종을 하고야 말았다.

"그러게 왜 봉투를 꺼내고 그랬어? 나랏일 들먹일 때까진 분위기 괜찮았다며? 거기서 그쳤어야지. 대한민국 경찰의 자존심을 자네가 살짝 밟았잖어. 그런 일을 하려면 단 둘이 있을 때 지긋이 줬어야지. 수많은 눈들이 지켜보고 있는데 누가 고맙습니다, 하고 받겠어?"

기수는 실실 웃었다. "그러니까 형님한테처럼 말이죠?"

기수는 자폭의 경고를 이런 식으로 표현하길 좋아한다.

"오메? 이 사람 왜 갑자기 나를 끌어들이고 그려?" 뜬금없는 말 듣는다는 듯 눈을 동그랗게 떴다가 성철은 다시 아양 모드로 표정을 바꾸었다. "내 말은 무슨 일이든 간에 순서와 절차와 법칙이 있다 이 거지."

"됐수! 난 이제 형님하고 인연 끊고 살라니까, 우리 서로 돕고 살자, 뭐 그딴 말 하지도 말고 듣지도 맙시다."

기수는 아까의 맹세를 다시 실천하기로 마음먹었다.

그는 길을 갔다.

"어허! 또 이렇게 극단적으로 나온다. 우리 서로 이러지 말자고."

말을 하지 않았다.

"자, 저기 내 차 있으니까 그걸 타세. 자넨 차도 없잖은가."

상종을 하지 않았다.

"그럼 이따 찾아감세. 그때 보세나."

그리고 언젠가 수틀리면 자폭하리라 굳게 다짐했다.

사업장 안에 들어선 기수는 테이블이며 기계(포커, 마작)들이 잘 정리되어 있는 것을 보고 조금은 마음이 가라앉았다. 민구와 기석, 그 밖의 애들이 이제 철이 들었나 싶어 약간 칭찬해주고픈 마음까지 들었다. 그런데 아이들이 보이지 않았다. 누가 오든 쪼르르 달려 나와 일단 훑어보기부터 하는 게 마작방 제1의 절차건만.

애들도 혹시 경찰서에 끌려간 거 아냐?

기수가 다른 방들을 돌며 아이들을 찾으려는데, 주방에서 우바이즈가 나왔다. 앞치마를 두르고 손에는 고무장갑을 끼고 있다.

"지금 뭐하는 거요?"

"청소하고 있어요." 우바이즈가 홀을 가리키며 말했다. "이거 다 정리하고, 주방 청소하고 있는 거예요."

"애들은 다 어디 가고?"

우바이즈는 대답 대신 턱으로 한쪽 방을 가리켰다.

기수가 그 방을 여는 순간, 술 냄새가 확 풍겨왔다.

드르렁 드르렁. 푸아 푸아. 끄으윽 끄으윽.

다양한 코골이로 화음을 맞춰가며 아이들은 깊이 잠들어 있었다.

열이 정수리를 비집고 나오려 했다. 이것들이 그냥! 하고 꽥 소리를 지르려다가 기수는 그만두었다. 그리고 주방으로 갔다. 양동이며 주전자며 주방에 있는 모든 용기들을 끌어 모아 물을 받고, 거기에 아낌없이 고춧가루를 뿌렸다.

사람이란 이런 존재다. 화가 극도로 치달으면 차라리 침착해지는 것이다. 그것이 즉자적인 반응밖에 할 줄 모르는 짐승과의 차이다.

기수는 양동이와 기타 용기들을 아이들이 자고 있는 방 안에 일렬로 세워놓았다. 그리고 각자의 얼굴에 수건 한 장씩을 덮었다. 아직 호흡곤란을 느끼지 못하는 아이들은 코골이를 중단하지 않았다.

물고문의 향연을 베풀 생각을 하니 즐거워졌다. 기수는 그 수건 위에 고춧가루 물을 뿌리기 시작했다. 코골이 소리가 조금은 줄어들었다. 물을 더 뿌렸다. 코골이는 완전히 중단되었다. 아니, 숨소리마저 들리지 않았다. 그리고 잠시 후.

허억! 흐악! 푸욱!

호흡중지의 원인을 제거하기 위한 몸부림이 시작되고, 마침내 아이들이 잠에서 깨어났다. 그들은 거의 2분 동안 쉬지 못한 숨을 한꺼번에 몰아쉬느라 고생을 했다. 그러나 간신히 숨을 쉬게 된 것도 잠시, 고춧가루에 의한 2차 잠복공격이 시작되었다.

으아아!

아이들은 눈을 비비며 발을 동동 굴렸다. 그러나 눈을 비빈다는 것은 곧 고춧가루의 용해(溶解)를 도와주는 것이기도 했다.

비명과 고통의 몸부림이 난무하는 가운데 10여 분이 지났다. 이제 아이들은 화장실로 가서 수돗물을 자신의 머리에 퍼부으며 물고문의 후유증에서 조금씩 벗어나고 있었다. 잠시 후 밖으로 나왔을 때, 그들의 눈동자는 고춧가루보다 더 선연한 홍색을 띠고 있었다.

거기서 끝이 아니었다. 굴비 두름처럼 엮여 기수의 방으로 끌려간 아이들은 거의 30분가량 '원산폭격' 체위를 취한 채, 지구의 중력이 얼마나 위대한지 절절히 체감해야 했다. 그 마저 무사히 끝마치는가 싶었지만 그게 마지막은 아니었다. 형님의 일장훈시가 일렬로 선 그들을 기다리고 있었다.

그들 앞에 의자를 놓고 앉은 기수가 말했다.

"이 형님이 유고(有故)로 있는 상태에서 회식을 해야 했던 이유에 대해 설명해봐."

아이들은 서로의 눈치를 보며 쭈뼛거리기만 할 뿐, 누구 하나 대답하지 않았다.

기수는 쌍심지선 눈으로 아이들을 노려보았다.

"지금부터 내가 묻는 데 5초 안에 대답이 튀어나오지 않으면 35호실 유격훈련을 실시하겠다."

그 말에 아이들의 눈이 공포로 얼어붙었다. 한 번도 경험하지 못했지만, 가끔씩 들려주는 기수의 말을 통해 그 가혹한 육체학대행위에 대한 이미지를 머릿속에 선명히 각인하고 있었기 때문이다.

"하필 어제 회식을 했던 이유는?" 기수가 다시 물었다.

아이들 서열 5위, 그러니까 막내인 진태가 공중을 쳐다보며 배에 힘을 주었다.

"이상하게 술이 땡겼습니다!" 이놈은 본능파군.

그러자 옆에 있던 서열 4위 해성이 진태의 옆구리를 팔꿈치로 꾹 지르고는 힘을 실어 외쳤다.

"연변에 계신 부모형제가 그리워서 그랬습니다!" 이놈은 감성파고.

서열 3위 종철이 한 발로 해성의 발을 꾹 지르밟더니, 힘차게 소리쳤다.

"밀고자에 대한 응징을 생각하며 마셨습니다!" 이놈은 막가파야.

서열 2위 기석이 옆 눈으로 종철을 꼬나보았다. 그러고는 눈동자를 앞으로 향하며 우렁차게 말했다.

"대한민국 경찰에 대해 분노를 느꼈습니다!" 이놈은 사회파네?

드디어 매니저이자 아이들 서열 1위인 민구 차례가 되었다. 그는 대놓고 고개를 돌려 아이들을 위아래로 쓰윽 째려보았다. 그리고 고개를 바로한 채 지하실이 떠나가도록 고함을 질렀다.

"형님의 부재가 너무도 아쉬워서 그랬습니다!" 그리고 이놈은 전형적인 아부파다.

"꿇어 앉어!" 기수가 말했다.

아이들이 파팍 소리를 내며 무릎을 바닥에 충돌시켰다.

"빙 둘러 앉어!"

아이들은 무릎걸음으로 사사삭 움직여 동그란 원을 그렸다.

"지금부터 어제의 장면을 재연하기로 한다. 자, 나는 우바이즈다."

"형님이 미쓰 오라고요? 에이, 말 같지도 않은 소리……."

민구는 말을 끝내지 못했다. 기수의 손이 뒤통수를 퍽, 소리 나게 갈겼기 때문이다.

"막내, 가서 술잔 여섯 개하고 주전자에 물 담아가지고 와!"

진태가 후다닥 뛰어갔다가 핑 달려왔다. 그리고 잔들을 기수의 책상 위에 올려놓고는 잽싸게 자기 자리로 가서 무릎을 꿇었다.

"하나씩 받아."

기수는 잔을 하나씩 나눠주었다.

"어제 순서 그대로. ……자, 누가 첨에 따랐지?"

민구가 손을 살짝 들었다. 기수가 눈짓으로 어서 진행하라는 신호를 보냈다. 민구는 가장 먼저 기수, 아니 미쓰 오에게 주전자를 내밀었다. 기수가 잔을 들어 물을 받았다. 그런데 민구는 기수를 멀뚱멀뚱 쳐다보기만 했다. 기수는 곧 그의 뜻을 알아차렸다. 따르라는 신호다. 기수가 주전자를 들자 민구가 손을 내밀었다. 한 잔 따르자, 민구는 그것을 벌컥벌컥 마셨다. 다음에는 서열대로 손을 내밀었다. 모두가 한 잔씩 마셨다.

"그 다음에는? 나도 마시는 건가?"

아이들이 고개를 설레설레 저었다. 즉, 미쓰 오는 마시지 않았다는 뜻이다.

"계속해봐."

이번에도 민구가 먼저 손을 내밀었다. 이어서 서열순대로 손이 나왔다. 잔들이 비었다. 다시 서열에 따른 잔 받기가 진행되었다. 그렇게 계속 진행되었다.

그러니까 어젯밤 기수의 부재 기간에, 다섯 명의 아이들은 우바이즈를 중심에 앉혀놓고 신나게 잔 받기 놀이를 벌인 거였다.

"꼬라박어!"

아이들이 후다닥 머리를 박았다. 물주전자를 중심점으로 하여 동그란 원이 형성되었다.

기수가 한심한 눈으로 그들을 쳐다보고 있을 때, 문이 빠끔 열리고 누군가 들어왔다.

"동생 나 왔어." 박성철이다.

성철은 원산폭격을 하고 있는 아이들을 동정심 어린 눈으로 쳐다보았다.

"야들 군기 잡고 있는 중인가?"

"다들 나가!"

아이들은 일어서서 눈썹이 휘날리게 밖으로 뛰어나갔다. 물론 그들은 그 짧은 순간에도 감사가 듬뿍 담긴 눈길을 성철에게 던지는 걸 잊지 않았다.

"인연 좋낸 사람들끼리 뭔 볼 일이 있다고 왔대요?" 기수가 심드렁하게 말했다.

"아따, 이 사람. 이참에 엄청나게 삐져 버렸구만? 동생답지 않게 왜 그래?"

기수는 대답하지 않았다. 그리고 속으로 생각했다. 삐진 표정을 지어서는 안 된다. 이 인간 앞에서는 좋다, 싫다, 어떤 표정도 지어서는 안 된다. 그랬다간 반드시 꼬투리를 잡히고 만다. 그냥 아무 표정 없음 또는 공허한 얼굴, 그것이 최상이다. 알아서 물러나길 기다리는 데는 그게 최고다. 그래야 그나마 지갑의 무게를 보전할 수 있다.

기수는 삐짐을 지우고 '헛헛함'을 표현하기 위해 무진 애를 썼다. 그러자 곧 효과가 나타났다.

기수의 얼굴을 이리 보고 저리 보던 성철이 마침내 입을 열었다.

"자네 아무래도 좀 이상하네? 뭔가 기분이 껄적지근해."

기수는 '헛헛함'을 '허무'로 업그레이드시켰다.

"세상 다 산 것 같은 얼굴이네?"

성철을 보니 얼굴에 살짝 근심이 서리기 시작한다.

"오메? 자네 기수 맞는가? 어째 얼굴이 그렇게 되었는가? 자네 혹시……."

자폭하려고 그러는 거 아닌가? 하는 말을 기수는 기다렸다.

"유치장에서 누구한테 몹쓸 짓 당한 거 아닌가? 요즘 게이들이 한둘이 아니라는데?"

"어휴, 쓰!"

기수는 벌떡 일어섰다. 이 인간을 어떻게 해보려는 것 자체가 무리였다.

그때 누군가 들어왔다. 우바이즈다. 그녀는 주스가 담긴 두 개의 컵을 쟁반에 받쳐 들고 있었다.

성철의 눈이 그녀를 향했다가 곧 기수에게로 돌아왔다.

누구? 성철이 눈으로 물었다.

"안녕하세요." 우바이즈가 성철을 향해 인사했다.

"나 아세요?" 성철이 물었다.

"그건 아니지만……." 우바이즈가 어색한 표정을 지었다.

"꼭 알아야 인사합니까?" 기수가 성철에게 쏘아붙였다.

"아니, 꼭 아는 사람처럼 인사하기에 어디서 본 사람인가, 혹시 랄 랄라 카페……." 성철이 말끝을 챙기지 못하고 주섬주섬했다.

"마침 잘됐네. 우바이즈, 이리 와 앉아요." 기수가 성철의 말을 끊고 말했다.

우바이즈가 앉자 기수가 성철에게로 고개를 돌렸다.

"저번에 여권 부탁했던 오백지, 중국말로 우바이즈예요."

"아하 그 중국사람! 여권이 없어서 오도가도 못 하고 국제미아가 될 뻔했던!"

성철은 무슨 대단한 사실을 알기라도 했다는 듯, 무릎까지 탁 쳤다. 기수는 과장된 그의 행동에서 이미 꼬투리 하나가 잡히기 시작했음을 깨달았다.

"근데 왜 자네가 데리고 있을까? 한국에는 없어야 하는데 말야. 요새 불법체류자를 고용한 사람들, 어지간히 애를 먹는다는 소리가 많던데?"

으휴, 내 이럴 줄 알았다. 하지만 어차피 우바이즈 문제를 해결은 해야 했다. 약속은 약속이니까.

"좋수다. 내가 당한 건 어디까지나 정우 때문에 그런 거니까 형님한테 감정 없는 걸로 칩시다. 됐어요?"

성철이 히, 웃었다.

"암만. 이제야 동생 본모습이 나오는구만."

"그 다신 부탁 하나 합시다."

"또 뭔 부탁일까? 저번에도……."

"우바이즈 여권 하나 만들어줘요. '오백지'라는 한국사람이 중국으로 관광여행을 나가는 것처럼 하게요."

"그러니까 나더러 불법체류자를 위해 불법행위를 하라, 이 말인가?"

"꼭 그렇게 정의를 내려야 직성이 풀려요?"

"아이고, 상당히 부담스러워라." 성철이 너스레를 떨었다.

기수가 사나운 눈으로 쳐다보자 성철은 손을 휘휘 저었다.

"알았네, 알았어. 보통일은 아니지만 힘 좀 써보지."

"정말 고맙습니다." 옆에서 두 사람의 모습을 지켜보던 우바이즈가 상체를 90도로 꺾으며 인사했다.

"난 아가씨 고마우라고 하는 일 아닌디?" 성철이 말했다.

"그래도요. 덕분에 고향에 가게 됐으니까요."

"아가씨 고향은 어딘가?"

"광시성이에요."

"쫭족 사람이에요." 기수가 보충설명을 했다.

"그래? 사정이 어떻게 된 건지 모르지만, 암튼 여기 오래 있으면 안 돼요. 불법체류로 낙인찍히면 다신 못 오니까."

"예, 알았어요."

우바이즈는 배시시 웃으며 대답하더니 품에서 뭔가를 꺼내 성철에게 내밀었다.

"그게 뭐요?" 성철이 의아한 표정을 지었다.

"휴대폰 고리예요. 고마운데 드릴 건 없고……."

까만 털이 북슬북슬한 개 인형이었다.

"음! 티베티안 마스티프로군." 기수가 끼어들었다.

"중국사람은 이런 걸 달고 다니는 모양이지? 하나도 안 깜찍한데?" 성철이 탐탁지 않은 얼굴로 말했다.

"우바이즈, 이런 좋은 물건을 뭣 땜에 형님한테 주고 그래요?"

비싸봐야 만 원도 안 돼 보이는 고리를 기수가 '좋은 물건'이라고 말하자 성철이 살짝 호기심을 비쳤다.

"그게 뭔 줄 알기나 하쇼? 중국 부유층이 부의 상징으로 삼는 개요. 사자견이라고도 하는데, 몸값이 자그마치 10억이나 하는 놈도 있대요. 웬만큼 산다는 사람들은 이 개를 구하려고 환장들 한다는데."

"그러니까 이 개가 부의 상징이면, 이 고리를 다는 것도 부자 되는 것하고 상관이 있다 이거네?"

기수가 고개를 끄덕였다.

"아이고, 고맙소, 아가씨. 내, 여권은 빨리 알아보리다."

그러면서 성철은 바로 휴대폰을 꺼내어 기존에 달려 있던 것을 떼어 휴지통에 팽개치고 '사자개' 고리를 휴대폰에 달았다.

그 모습을 보며, 우바이즈는 그녀 특유의 고양이 혀로 입술을 핥았다.

성철이 휴대폰 고리를 만지작거리며 '부자로 가는 지름길'에 대해 생각하고 있는데, 문이 벌컥 열렸다.

들어온 사람을 보고 기수의 눈에 쌍심지가 섰다.

"너, 너, 이정우!"

기수가 벌떡 일어나 당장 달려들 것처럼 자세를 취하자, 정우가 손을 앞으로 뻗었다.

"아, 정지! 어젠 좀 미안했어. 일단은 앉아봐." 그러면서 뒤를 향해 말했다. "뭐해? 어서 들어오지 않고."

그러자 고개 숙인 남자가 하나 들어왔다. 그를 본 기수의 눈이 엄청난 기세로 타올랐다.

"너, 이 새끼!"

붕대로 머리며 팔을 둘둘 감은 메뚜기였다. 정우의 뒤에 서 있던 메뚜기는 한 발을 절뚝이며 기수 앞으로 달려오더니 철퍼덕 주저앉았다.

"아이고, 사장님! 지가 목숨이 두 개라도 모자랄 짓을 혔구먼유. 제발 살려만 주셔유. 시키는 대로다 뭐든지 할게유."

기수는 타격무기를 찾아 방 안을 두리번거렸다. 그것을 본 정우가 말했다.

"기수야, 걔 그만 패라. 더 패다간 골로 가겠다. 그리고 이야기해봤는데, 걔 너한테 도움이 될 것 같더라. 보고, 괜찮으면 거둬."

"넌 이 자식 어떻게 알았어?"

"사실 어제 경찰서 가봤지. 니가 어떤 꼴로 있나 하고. 근데, 유치장에서 세상모르게 퍼자고 있더만. 그래서 돌아 나왔지. 형사한테 자초지종을 들어보니, 이놈을 혼내 줘야겠더라고. 마침 시간도 있고 해서, 근방을 뒤져 찾아낸 거야. 몇 대 쥐어박고 데려왔어."

"너 이름 뭐야?" 기수가 메뚜기에게 물었다.

"서황남이유."

"어? 황남이? 한자로 황남(蝗蛹)은 메뚜긴데?" 성철이 끼어들었다.

"맞구먼유. 지 조부께서 이놈은 암만 봐도 메뚜기처럼 생겼구나,

158

허시면서 황남이라고 지어주셨대유. 그래도 넘들 눈이 있으니께 부친께서는 호적에 '임금 황(皇)', '사내 남(男)'으로 올리셨구먼유. 왕이 될 남자다, 이런 뜻으로다유."

"지랄. '왕이 될 남자'가 아니라 '왕의 남자'겠지." 기수가 썩은 미소를 날리며 말했다.

"지가 요런 얼굴로다 어떻게 왕의 남자가 된대유. 왕의 남자가 될라면 그래도 상판대기가 좀 반반혀야 허는디."

정우가 킥킥대고 웃었다.

그때 정우와 성철의 휴대폰에서 동시에 떨림이 왔다. 둘은 서로 얼굴을 마주보다가 곧바로 밖으로 뛰어나갔다.

NTS 회의실.

SNC7-사라진 것을 발견한 시간이 어젯밤 8시 12분, 그리고 'S 프로젝트 연구소'의 부소장 이용찬이 행방불명된 것으로 파악된 것이 어젯밤 9시 27분이었다. 그리고 어젯밤 10시경 부산에서 있었던 교통사고의 피해자가 이용찬으로 밝혀진 것이 오늘 오후 2시 5분, 현장에 NTS 감식반이 출동하여 각종 자료를 수집하여 분석 완료한 시간이 오후 7시 21분이었다.

지금은 8시 33분.

NTS 회의실에는 권용관 국장을 비롯하여 전 간부들과 핵심 요원들이 모여 있었다. 상황판에 수십 장의 스틸 사진을 붙여놓고 각 부서마다 파악한 내용들을 번갈아 보고했다.

과학수사실장 유현경이 말했다.

"이용찬의 직접 사인은 차량충돌로 인한 것이 아닙니다. 자상에 의한 과다출혈이 있었고, 그 피가 호흡기를 막아 질식사한 것으로 파악됩니다. 자흔으로 볼 때 프로의 솜씨였으며, 즉살보다는 출혈을 유도하여 서서히 죽음에 이르게 하였던 것으로 보입니다. 이용찬이 발견된 좌석은 운전석이었는데, 자상으로 추정하건대 뒷좌석에 있는 누군가가 찌른 것입니다. 이는 아마도 이용찬이 운전을 하고 있던 것과 관계가 있지 않나 싶습니다."

"그렇다면 사고 당시 범인들이 함께 동승하고 있었다는 얘긴데, 다른 증거물은 없었소?" 권 국장이 현경에게 물었다.

"두 가지 다른 혈흔이 발견되었습니다. 조수석과 운전석 시트 뒷부분입니다. 혈액량이 많지 않은 것으로 보아, 이들은 경미한 부상을 당한 이후 차량에서 탈출한 것 같습니다. 그리고 혈액 분석을 통해 조사한 바로는 현재 국내에 동일인물로 지목할 수 있는 사람은 발견되지 않았습니다."

"차량에 대해 말씀드리면," I&A실장 박석호가 바통을 이어받았다. "사건발생 6일 전 기무라상사의 무라사키 신이치라는 사람이 도요타자동차 신주쿠지점에서 구입한 것으로 되어 있는데, 조사 결과 그는 실제 인물이 아니었습니다. 이는 일본 내각조사실에 협조 의뢰하여 알아낸 사실입니다. 모델은 '렉서스 LS 460 스포트'로, 차량 파괴 정도로 보아 사고 당시 시속이 100킬로에 육박했던 것으로 보입니다. 도로에서 벗어나 잡초지대를 20미터가량 더 달리다 충돌했기 때문에 도로상에서는 최소 시속이 150킬로 이상이었을 겁니다. 아마 소형차였다면 100프로 고철덩어리가 됐겠지만, 사진으로 보다시

피 약 40프로 정도만 손상되었습니다. 사고 후 이용찬이 즉사하지 않았다는 증거가 있는데……."

석호는 말을 끊고 다른 사진에 캠을 대고 모니터로 크게 확대시켰다. 그리고 보고를 이어갔다.

"이 사진에서 보다시피, 케이(K) 오(O) 엠(M) 오(O)라는 문자를 운전석 옆 창에 남겼습니다. 혈액과 지문으로 보면 그가 쓴 것임을 알 수 있습니다."

"케이 오 엠 오? 그게 무슨 뜻인지 알아낸 게 있소?"

국장이 물었지만 아무도 대답하지 않았다. 잠시 후, 석호가 입을 열었다.

"케이 오 엠 오를 일단 이니셜로 가정했을 때 그 범위가 넓을 뿐만 아니라, 범위를 좁혀 조사해 봐도 이용찬과 연계될 만한 사실은 아직까지 발견하지 못했습니다."

다시 침묵이 흘렀고, 회의실 분위기는 잔뜩 가라앉았다. 그때 뒤에 앉아 있던 준호가 손을 들었다.

"저 혹시 케이 오 엠 오가 이니셜이 아니라, 그냥 붙여 읽어서 코모는 아닐까요?"

좌중의 시선이 그에게 쏠렸다.

"그러면 어떻게 되지? 코모 하면 떠오르는 게 있나?" 석호가 물었다.

"글쎄요. 조사는 해봐야겠지만, 일단은 제가 좋아하는 가수 코모가 생각나는데요?"

"코모가 누군가?" 국장이 물었다.

"한국인으로서 일본의 오리온 차트를 석권하고 있는 아이돌 스타입니다."

"코모에 관한 것 빨리 조사해봐! 일정부터 먼저!" 작전실장 안철환이 말했다.

준호가 자신 앞에 있는 자판을 부리나케 두드리기 시작했다.

"어? 지금쯤 한국에 있겠는데요?" 모니터를 들여다보며 준호가 말했다.

"어디에?" 성철이 물었다.

"그건 안 나와 있지만, 어라? 오늘 일본으로 돌아간다는대요? 9시에 김포공항 출국 예정이랍니다."

모두들 자신의 시계를 보았다. 8시 58분이었다.

"지금 출발 지연시킬 수 있겠나?" 국장이 물었다.

철환이 무겁게 고개를 저었다.

"그쪽 사정으로 지연된다면 몰라도 정각에 출발하는 게 맞는다면 이미 늦었습니다. 일단은 알아보겠습니다."

그는 밖으로 뛰어나갔다가, 1분도 못 돼 돌아왔다.

"공항 상황실에 연락을 취해봤지만, 이미 이륙했답니다. 그것도 10분이나 먼저요."

회의실이 쥐 죽은 듯 조용해졌다. 3분쯤 그렇게 있다가 권용관이 입을 열었다.

"안 실장은 일단 코모 쪽에 대한 조사를 준비하고, 요원을 파견할 수 있도록 해요. 그리고 다른 가능성에 대해서도 조사를 계속하고, 공항과 항만에 대한 수색도 강화시키세요. 이상 회의 마칩니다."

*

일본 도쿄.

'엔젤가드'의 경호팀장 이정우는 코모의 매니저 배형태와 나란히 서서 연습실 광경을 지켜보고 있었다.

강한 비트와 기계음 섞인 노래가 연습실을 쿵쾅거렸다. 코모와 백댄서들은 같은 음악을 몇 번이고 반복하며 미리 정한 동선을 따라 움직이고 있었다. 정우는 그녀의 음악에 쉽게 동화되지는 못했지만, 코모의 댄스 동작을 경탄의 눈으로 바라보고 있었다. 인간의 몸이 어떻게 튕기고 돌리고 흔드느냐에 따라 전혀 새로운 느낌을 줄 수도 있다는 사실을 새삼 깨달았다.

"공연을 앞두면 신경질적으로 변해요. 아주 예민해져서 그런 거니까 이해하시고, 되도록 편안한 경호를 해주도록 부탁드립니다." 매니저가 말했다.

"당연히 그래야지요."

정우는 경호 임무를 맡는 것이 이번이 처음이었다. 더구나 정부요인도 아닌 이제 갓 스무 살이 넘는 아가씨를 지척에서 보살피게 될 줄은 꿈에도 몰랐다. 물론 훈련 때 경호 코스도 들어 있어, 이런 일에 청맹과니인 것은 아니었다. 예컨대 경호의 5대 정신인 '의전정신(최고의 예의를 지킨다)', '삼불문률(보고 듣고 말하지 않는다)', '긴장자세(방심을 하지 않는다)', '보호관찰(시선을 집중한다)', '초인정신(육탄경호임무 완수)'과 같은 것은 아직도 달달 외우고 있었다.

정우의 현재 임무는 경호 자체에 있지 않았다. 오리무중인 SNC의 단서가 있을까 하여, 그야말로 막연한 상태에서 코모의 주변 상황을 샅샅이 체크하는 것이 그가 할 일이었다. 현재 이곳에는 재희 외에도 여러 명의 요원들이 나와 있었다. 코모의 근접경호를 맡은 정우와 달리 재희와 다른 요원들은 스태프들과 기타 관련인물들에 대한 사항을 조사하기로 역할을 분담하고 있었다.

사실, 이곳에 접근하는 것도 쉬운 일은 아니었다. NTS에서는 이용찬의 살해에 일본 야쿠자 조직이 연계되어 있다는 심증을 굳히고 있었다. 그리고 야쿠자 조직이 연예계를 움직이는 기획사들과 모종의 계약관계를 맺고 있다는 것은 공공연한 비밀이었다. 다행히 코모의 경호를 전담하는 엔젤가드에 한국 측 비선(秘線)이 있었다. 그 선을 통해 정우 팀이 이곳에 오게 된 것이다.

갑자기 음악이 멈추었다. 코모가 머리를 절레절레 흔들고 있었다. 얼굴을 찌푸리고 있는 걸로 보아 아마도 연습이 자신의 맘에 들지 않았던 모양이다.

코모가 댄서들을 향해 말했다.

"5분만 쉬었다 해요."

그녀가 말하자 땀에 젖은 댄서들이 하나둘 연습실을 빠져나갔다.

코모가 이쪽으로 왔다. 그녀는 매니저를 향해 말했다.

"오후 기자회견 취소하거나 연기하면 안 돼요?"

"그건 곤란해. 오래 전에 잡힌 약속이야."

그러자 코모의 목소리가 신경질적으로 변했다.

"안무가 아직 안 되잖아요? 공연 준비가 우선이지 기자들부터 만나는 게 중요해요? 그리고……."

그녀는 말을 끊고 정우를 힐끔 보더니, 매니저에게 누구냐고 눈으로 물었다.

"이번 공연 때 근접경호를 맡아줄 분이야."

"근접경호? 번거롭게 그걸 왜 해요? 경호선만 잘 유지하면 되는 거지."

"그런 말 마. 지난번에도 광팬이 무대 위로 올라오는 바람에 망가질 뻔했잖아. 게다가 널 따라다니는 스토커들이 어디 하나둘이니? 회사에서 다 생각이 있어 그런 거니까, 불편하더라도 참아줘."

둘의 대화를 지켜보고 있던 정우가 비로소 입을 열었다.

"이정웁니다. 드릴 말씀이 있습니다."

"그런 건 실장한테 말하세요."

코모는 매니저를 실장으로 부르고 있다.

"아뇨, 내가 경호하는 분은 실장님이 아니라 코모 씨입니다. 그러니 꼭 들어주셔야 해요."

"그럼 연습 들어가야 하니까 간략히 말해주세요."

"딱 한 가지만 지키면 됩니다. 어디 움직일 때 반드시 나랑 함께 가야 한다는 것, 그것 한 가지예요. 사생활을 침해하자고 이러는 게 아닙니다. 최근에 코모 씨를 둘러싸고 안 좋은 정보가 있어서 그러는 거니까 당분간만 참아주세요."

코모는 정우의 말을 듣는 둥 마는 둥하고 휑 하니 연습실로 들어가 버렸다.

어휴, 저걸 콱! 조카뻘밖에 안 되는 게. 정우는 속으로 주먹을 쥐었다가 풀었다. 한편으로 생각하면 안됐기도 했다. 화려한 스포트라이트의 이면에는 재갈 물린 사생활이라는 어두운 그림자가 있기 때문이다.

정우는 다시 안무가 시작된 연습실을 지켜보다가, 옆에 있는 분장실로 들어갔다. 의상과 소품들로 가득한 그곳은 잡동사니 창고 같았다. 재희에게 이곳도 조사해보라 시켜야겠다고 생각하며 정우는 분장실을 빠져나왔다.

저녁 시간, 기자회견이 끝나고 호텔로 돌아온 정우는 일단 문을 활짝 열어놓고 시선을 문 쪽으로 둔 채 침대에 벌렁 드러누웠다. 복도 맨 끝 방이 코모의 방이고, 바로 그 옆이 자신의 방이다. 이곳에 있는 동안 휴식시간은 포기해야 한다. 그리고 보면 경호 일이라는 게 참 할 짓이 못 된다는 생각이 들었다.

3분가량 그렇게 있다가 벌떡 일어섰다. 그리고 노트북을 켜고 호텔 CCTV 라인과 연결된 화면을 띄웠다. 모니터에 코모의 방 앞이 잡혔다. 그제야 정우는 방 문을 닫았다. 모니터를 지켜보는 것이, 코모가 잠자리에 들기 전까지 자신이 할 일이었다. 생각할수록 좀이 쑤시는 일이지만 어쩔 수 없었다. 정우는 며칠이고 한 자리에서 매복하는 스나이퍼라 생각하고 참아내기로 했다.

정우는 화면 하단의 깜빡이는 아이콘을 클릭했다. 코모의 방 문에 붙여둔 집음장치가 활성화됐다. 코모의 방을 출입하는 소리를 체크하기 위한 장치다.

그때 노크소리가 났다. 문을 열자 재희가 들어왔다.

"뭐 눈에 띄는 거 있었어?" 재희가 물었다.

"아직은. 너는?"

재희는 고개를 저었다.

"커피나 한 잔 할래?" 정우가 물었다.

"좋아."

정우는 노트북의 방향을 틀고, 티 테이블로 갔다.

커피를 마시면서도 정우는 계속해서 모니터 쪽을 흘끗흘끗 보았다.

"할 말이 없네?" 재희가 기지개를 켜며 말했다.

"그러게. 우리가 뭐하는 짓인지 모르겠다."

"커피 마실 분위기도 안 난다, 야. 나 갈게." 재희가 일어서려고 했다.

"어?" 모니터를 보던 정우가 벌떡 일어섰다. "야, 넌 나중에 나와라."

정우가 서둘러 문 밖으로 나갔다. 재희는 모니터를 보았다. 코모가 방에서 나와 복도를 걸어가고 있었다.

정우는 엘리베이터 앞에서 코모를 따라잡았다.

"코모 씨, 어디 가는 겁니까?"

코모는 대답하지 않았다.

"묻잖아요, 어디 가느냐고?" 정우는 속으로 한 번 쥐어박고는 물었다.

그래도 아무 대꾸도 하지 않는다.

"아끼- 내가 뭐라고 했어요? 어디 갈 때는 반드시 나랑 동행해야 한다고 하지 않았어요?"

그러나 코모는 자신을 쳐다볼 생각도 하지 않는다.

이곳은 18층이다. 엘리베이터의 층 표시가 '13'을 껌벅이고 있었다.

'18'이 표시되고, 문이 열렸다. 안에 매니저가 서 있었다.

"어?'

그는 문 앞에 서 있는 두 사람을 보고 놀라는 표정을 지었다. 그리고 코모와 정우를 번갈아보다가, 정우에게 물었다.

"무슨 일이죠?"

"행선지도 안 밝히고 나가려고 해서……."

매니저는 코모의 눈치를 살폈다. 정우도 그녀를 보았다. 코모는 불만 가득한 얼굴을 하고 있었다.

매니저가 정우의 팔을 가볍게 두드렸다. 잠시 얘기하자는 신호다.

"코모, 여기서 잠깐만 있어."

매니저는 코모를 향해 그렇게 말하고는, 열 걸음쯤 걸어갔다. 정우가 다가가자 매니저가 속삭였다.

"공연장에 가려는 걸 거예요."

"이 시간에요?"

"늘 그래요. 공연이 있기 전날엔 혼자 무대에 가서 자기 동선도 확인하고, 그러면서 마인드 컨트롤하는 습관이 있거든요."

정우는 가볍게 고개를 끄덕였다. 어리지만 자기 일에 대해 확고한 마음자세가 돼 있다고 생각하니 그녀가 새롭게 보였다.

"진짜 예민해지는 시간이에요. 원래는 내가 하는 일이지만, 이왕 오신 거니 동행 부탁드릴게요."

"알았습니다."

엘리베이터 안에서도 코모는 입을 열지 않았다.

"저……."

"됐어요."

침묵이 부담스러워진 정우가 입을 떼려고 하자, 코모가 차갑게 봉쇄했다. 정우는 속으로 두 번째 꿀밤을 먹었다.

차 안에서도 여전히 꿀 먹은 벙어리다.

"그러니까······."

"됐다니까요."

또 다시 봉쇄당했다. 정우는 속으로 세 번째, 이번에는 좀 더 따끔하게 알밤을 먹이려다······그만두었다. 얼마나 신경이 날카로워졌으면 저럴까 싶었던 것이다.

정우는 공연장 앞에 차를 세우고, 먼저 내리는 코모에게 말했다.

"주차하고 올 테니까 여기서······."

그러나 정우의 말이 끝나기도 전에 코모는 휑 돌아서서 가버렸다. 속으로 네 번째, 아니지 세 번째 꿀밤을 제법 세게 먹였다. 상상 속에서 코모가 눈물을 찔끔 흘렸다.

정우가 주차장에 차를 세우고 공연장에 들어서기까지는 5분가량이 걸렸다.

복도를 돌아 무대 뒷문에 이르렀을 때 "욱욱" 하는 소리가 들렸다. 순간, 무슨 일이 벌어졌다고 판단한 정우는 무대 안으로 정신없이 달려갔다. 서너 명의 사내들이 무대 한쪽 끝에서 코모의 입을 틀어막은 채 질질 끌고 가고 있었다. 버둥거리는 그녀의 발이 허공에 들려 있었다.

"거기 서!"

정우는 날아가듯이 무대를 가로질러 그들에게 달려들었다.

1대 4의 격투가 벌어졌다. 정우는 놈들의 움직임에 군 동작이 없는 것을 코고, 그들의 무술을 파악했다. 크라브 마가. 훈련받은 놈들이었다. 한 놈이 정우의 팔꿈치 공격에 인중을 맞고 나자빠졌다. 그리고 두 번째 놈은 팔을 잡아 돌리는 공격에 의해 우두둑 소리가 났다. 세 번째 놈의 가슴팍을 걷어차는 순간 "아악!" 하고 여자의 비명 소리가 들렸다. 네 번째 놈이 휘두른 기타에 등짝을 맞은 코모가 벽에 부딪치며 내지르는 소리였다.

"코모 씨!"

정우는 그쪽으로 달려갔다. 만약 그녀가 잘못되기라도 한다면 큰일이었다. 정우가 혼비백산하여 그녀에게로 달려갔을 때, 코모는 이미 정신을 잃은 뒤였다.

정우는 뒤를 돌아보았다. 사내들이 쓰러진 동료들을 부축하며 달아나고 있었다. 정우는 코모와 그들을 번갈아보며 어떻게 할지 고민했다. 그러다가 이내 코모를 안았다. 지금은 그녀의 안위를 살피는 게 더 중요했다.

"이봐요, 코모 씨, 정신 차려요. 이봐요!"

그러나 코모는 깨어나지 않았다.

호텔 방 문을 열자 재희가 기다리고 있었다. 재희에겐 전화로 간략한 설명을 해두었다.

"코모 씨는 어떻게 됐니?"

"괜찮은 것 같아. 잠시 정신을 잃었을 뿐야."

"누구 짓이야? 스토커들?"

정우는 고개를 저었다.

"그러면?"

"훈련받은 놈들이었어." 정우는 재희를 향해 몇 가지 동작을 취해

보였다.

"크라브 마가!"

"응."

"본부에는 내가 보고할게."

"그래줄래? 난 확인할 게 있어서 잠깐 나갔다 올게."

정우는 코모의 방을 찾아가볼 생각이었다. 그가 막 밖으로 나오자 매니저가 걸어오고 있었다. 코모의 상태를 확인하고 오는 듯했다.

"고맙습니다." 매니저가 인사를 했다.

"아뇨. 코모 씨는 어떻습니까?"

"다친 데는 없는데 많이 놀란 것 같습니다."

"그렇겠지요. 내일 공연 괜찮을까요?"

"쉬고 나면 괜찮을 겁니다. 정신력이 아주 강한 아이예요."

정우가 고개를 끄덕였다.

"그럼 나 먼저 가보겠습니다. 체크할 게 한두 가지가 아니라서."

매니저는 그렇게 말하며 엘리베이터 쪽으로 걸어갔다. 정우는 그가 엘리베이터 안으로 사라지는 것을 확인한 후 코모의 방 문을 두드렸다.

"예."

코모가 아닌 다른 여자의 목소리가 들리더니 문이 열렸다. 코디네이터였다. 정우는 그녀를 향해 가볍게 목례한 후 말했다.

"어떤가 해서 들렀습니다."

안쪽에서 코모의 목소리가 들렸다.

"들어오시라고 해요."

코모는 소파에 앉아 있었다. 표정으로 보아 아까의 상태에서 많이 회복된 듯했다.

"괜찮아요?" 정우가 물었다.

"네. 앉으세요." 그녀는 소파 한쪽을 비켜주고는, 코디네이터를 향해 말했다. "난 괜찮아졌으니까 이제 가서 좀 쉬세요."

코디네이터가 나가고, 정우가 그녀의 곁에 앉았다.

"까불더니 쌤통이다, 그런 생각 하셨죠?"

코모가 웃으며 말했다.

"머리 아프지 않으세요?" 정우가 물었다.

"등짝을 맞은 건데요, 뭐. 머린 괜찮아요."

"내 말은 그게 아니고요. 아까 코모 씨에게 꿀밤을 세 대씩이나 먹였는데 괜찮냐 하는 거지요."

"날 때렸어요?"

"예. 처음엔 살살, 나중엔 세게요."

코모는 무슨 소린가 하다가, 말뜻을 알아들었는지 소리 내어 웃었다. 그러고는 주먹을 자기 얼굴 옆에 대며 쥐어박는 시늉을 해보였다.

"으이그! 이런 식으로 말이죠?"

정우는 미소를 지으며 고개를 끄덕였다.

"뭐 좀 마실래요?" 코모가 물었다.

"아뇨. 귀찮게 일어나지 마세요. 그보다 물어볼 게 있는데."

"뭔데요?"

"아까 일에 대해서요. 물론 생각하기 싫은 일이라는 건 알지만, 확인할 게 있어서 그런 거니까 대답해주세요."

"나 그렇게 약한 애 아니에요. 얼마든지 물어보세요."

정우는 새삼 그녀가 마음에 들었다.

"좋아요. 내가 가기 전에, 그러니까 코모 씨가 납치당하려던 순간에 대해 본 대로 이야기해주세요."

코모는 잠시 머리를 정리하는 듯 생각에 빠졌다가 천천히 입을 열었다.

"복도를 지나갈 때였죠. 공연장비를 넣어둔 대형보관실 앞을 지나가는데, 사람들이 있는 거예요. 뭔가를 뜯고 있었죠. 그 시간이면 일할 사람이 없는데 이상하다 싶어, 멈춰 서서 물었어요. '누구세요?' 대답이 없기에 안을 들여다보았죠. 복장도 그렇고 느낌도 그렇고 스태프나 인부들 같지는 않더라구요. '거기 누구예요?' 다시 물어도 대답이 없는 거예요. 남자 몇 명이서 스피커를 만지고 있다가, 날 보고 당황했는지 서로를 쳐다봤어요. 아, 내가 한국말로 해서 못 알아듣나 보다 하고는, 일본말로 했죠. '지금 뭐하시는 거예요?' 그때 한 남자가 눈짓을 보내자 사내들이 모두 나를 향해 다가오는 거예요. 나는 겁이 나서 뒤로 물러서다가 무대로 도망갔고, 거기서 그들에게 잡힌 거예요. 그때 정우 씨가 나타난 거구요."

정우는 고개를 끄덕였다.

"됐어요. 이제 그 이야기는 그만하기로 하지요."

"근데 정우 씨는 올해 몇 살이에요?"

"신사한테 나이 물어보는 거 실례 아닌가요?"

"언제부터 그렇게 바뀌었어요?"

"나 태어날 때부터요."

"언제 태어났는데요?"

"코모 씨보다 10년 빨라요."

"헤에, 그럼 아저씨네?"

"내가 보기에 코모 씨는 정신연령이 높은 거 같고, 난 상당히 낮으니까 그냥 친구해도 돼요."

"그 말은 내가 애늙은이 같다는 뜻이죠?"

"조금은요."

코모는 피식 웃었다.

"어릴 때부터 어른들하고만 지내다 보니까 그렇게 됐어요. 눈치가 내 또래들보다 빨라진 거죠. 가끔은 그런 생각이 들어요. 나도 다른 애들처럼 눈치 안 보고 내 맘대로 살았으면 얼마나 좋을까 하구요."

정우는 고개를 주억거렸다. 그리고 코모는 씁쓸하게 웃었다.

날이 환해지고 있었다. 정우는 시계를 보았다. 아침 5시 50분이었다. 문득 이곳이 서울보다 날이 빨리 밝는다는 사실이 떠올랐다.

"늦었네요. 아니지, 너무 이르네요. 자, 그럼 난 일어날게요. 내일 공연도 있고 한데 맘 푹 놓고 쉬어요."

정우가 문에 다가갔을 때 코모가 그를 불러 세웠다.

"잠깐만요." 정우가 뒤돌아보자, 코모가 말을 이었다. "우리, 드라이브 안 할래요?"

자동차 앞에 이르자 코모가 손을 내밀었다.

"키 주세요."

"안 피곤해요?"

"전혀."

핸들은 코모가 잡았다.

"어딜 가려고요?"

"가보면 알아요."

정우와 코모는 족욕 온천탕에 발을 담근 채 나란히 앉아 있었다.

"아, 정말 좋다."

"안 피곤해요?" 정우가 다시 물었다.

"지금 풀고 있잖아요."

정우는 멀뚱히 그녀를 쳐다보기만 했다. 그러자 코모는 옆에 있는 온천수 미스트를 들어 정우의 얼굴에 칙 뿌렸다. 정우가 깜짝 놀라며 뒤로 몸을 빼자 코모가 웃으며 말했다.

"겁이 많네요? 아까는 꽤나 용감하시더니."

"사람다다 무서워하는 게 다 다른 거 몰라요?"

"도망가지 말고 가만있어 봐요. 이건 피부에 좋은 거니까."

코모는 계속 정우의 얼굴에 미스트를 뿌렸다. 정우는 손으로 막다가 못 참겠는지 말했다.

"에라, 모르겠다."

그리고 자신의 옆에 있는 미스트를 들어 코모에게 분사하기 시작했다. 두 남녀 사이에 미스트 전투가 벌어졌다.

"배가 무슨 말 안 해요?" 한참 동안 미스트 장난을 하다가 코모가 물었다.

이탈리아에 있을 때 정우가 혜인에게 한 말을 지금 코모가 하고 있었다. 그 사실을 깨닫자 혜인의 얼굴이 떠올랐다. 정우는 잠시 혜인을 생각했다.

"묻잖아요, 배가 뭐라고 안 하느냐고?"

코모의 말에 퍼뜩 정신을 차린 정우가 대답했다.

"말을 하다못해 폭동이라도 일으킬 기세인데요?"

그때 코모의 휴대폰이 울렸다. 코모는 쳐다보지도 않고 전원을 꺼버렸다. 이어서 정우의 휴대폰이 부르르 떨었다. 정우는 송신자를 확인하고는 코모에게 말했다.

"배형태 실장인데요?"

"이리 줘보세요."

정우가 휴대폰을 건네자, 코모가 자기 주머니에 집어넣었다.

"잠시 압수예요."

식사를 한 뒤 이곳저곳을 돌아다니다 보니 시간은 벌써 10시가 다 되어 있었다.

정우와 코모가 호텔 방 앞에 이르렀을 때, 복도 앞에서 등을 보이고 선 매니저가 누군가와 통화를 하고 있었다. 매니저 앞에는 청년이 한 명 서 있었다.

"야, 이 자식아! 공연이 앞으로 열 시간밖에 안 남았는데 아직도 행방도 파악 못 하고 있다는 게 말이나 돼? 빨리 여기저기 알아봐!"

매니저는 휴대폰을 끄고는, 자신의 앞에 서 있는 청년에게 소리 질렀다.

"인마, 넌 뭐하는 거야? 빨리 가서 알아보지 못해?"

"왔는데요?" 청년이 말했다.

"어디?"

청년이 손을 가리키자 매니저가 뒤를 돌아보았다. 정우과 코모가 거기에 서 있었다. 매니저는 안도의 한숨을 내쉬며 코모에게 물었다.

"어떻게 된 거야? 왜 연락이 안 돼?"

"휴대폰 고장 났어요."

매니저는 이번엔 정우를 보며 말했다.

"그쪽도 계속 전화가 안 되던데 대체 어떻게 된 겁니까?"

"아무것도 안 왔는데요?" 정우가 멀뚱한 표정을 지으며 말했다.

매니저는 코모에게로 고개를 돌렸다.

"별일 없지?"

"예."

"그럼 됐어. 가자, 스태프들 기다리고 있어."

매니저가 먼저 떠나고, 정우가 코모에게 물었다.

"안 피곤해요?"

코모는 엄지손가락을 치켜세웠다.

"오히려 컨디션 최곤데요?"

그리고 매니저 뒤를 따라갔다. 열 걸음쯤 걷다가 그녀는 다시 뒤를 돌아보았다. 그리고 입모양으로 말했다.

'고마워요!'

정우는 환하게 웃어주었다.

방으로 들어오자 재희가 벌떡 일어섰다.

"어? 너 아직도 여기 있어?" 정우가 물었다.

"어떻게 된 거니? 전화도 안 받고."

정우는 대답하지 않았다.

"지금 서울로 급히 오라는 연락이 왔어." 재희가 말했다.

"SNC 찾는 건 어떡하고?"

"다른 요원들에게 맡기고 너랑 나는 빨리 귀국하래."

"알았어. 근데 가기 전에 여기 기술 팀한테 전달해줘. 공연장 스피커를 방사능 측정해보라고. 어제 코모를 습격했던 놈들이 스피커에서 무슨 작업을 하더라고 했거든."

"누가 그래?"

"코모가."

"근데 왜 인제 말하는 거야?"

"말할 틈이 없었어. 꽉 잡혀 있었거든."

"니가 왜?"

"방금 전까지 근접경호원이었잖아."

서울. 대통령 집무실.

"미국 정부 측에서 비공식 라인으로 요구해 왔습니다. 김명국 소장을 내달라구요." 최진희가 말했다.

"아니 자기들이 뭔데 우리나라 사람을 내달라 말라 합니까? 그게 말이나 되는 소리요?" 대통령이 벌게진 얼굴로 언성을 높였다.

"김 소장이 북에 있을 때 핵무기 개발에 관여했다는 혐의가 있다는 겁니다."

"완전히 억지로군. 설사 그렇다 해도 김 소장은 미국 사람이 아닌데 무슨 권리로 그를 데려가겠다는 거요? 그런 이치라면 러시아, 중국, 인도, 파키스탄, 이스라엘 핵과학자들도 다 잡아가야겠네?"

"권 국장 말로는 우리 반응을 떠보는 것 같답니다. 내주면 좋은 거고, 안 내주면 우리에게 핵무기 개발 혐의를 덤터기 씌워 신형원자로 개발을 막아보려는 속셈인 것 같다고요."

"자기네가 꽃놀이패를 쥐고 있다 이건가?"

"말하자면 그렇습니다."

"그라, 어떻게 하면 좋겠소?"

"당분간 김 소장을 철저히 은둔시켜야 할 것 같습니다. 일단 신형원자로의 개발이 완료되면 그때야 우리가 핵무기 개발과 아무 상관이 없다는 것을 떳떳이 밝힐 수 있으니까 노출시켜도 되지만, 그전까지는……."

"피곤한 일이야. 김 소장한테 못할 짓이기도 하고. 그 사람 여기까지 오느라 얼마나 고생했소? 그런데 또 도피시켜야 하다니."

"어쩔 수 없습니다. 힘을 가질 때까지는 참을 수밖에요."

"그래요. 암튼 내 의지는 확고합니다. 이건 우리의 미래가 걸린 일이니까요. 만전에 만전을 기해서 김 소장을 잘 보호하도록 해요. 그리고 모든 정보역량을 총동원해서 탈취당한 SNC를 찾아내거나 그게 안 되면 파괴하도록 하고."

"알겠습니다."

NTS 국장실.

오후 4시.

권용관은 2년 전 일만 떠올리면 아직도 안개 속을 헤매는 기분이다. 그때의 작전은 누가 뭐래도 완벽에 가까운 것이었다. 세부계획도 촘촘했고, 그것을 진행할 에이전트들도 탁월했다.

일곱 명의 블랙들은 최고 요원 중에서도 최고였다. 블랙원에서 블랙식스까지는 자신이 직접 리크루트 했고, 블랙세븐은 백병훈 선배가 추천한 그 자신의 친조카였다. 이들과는 거의 10여 년간 동고동락하며 최상의 팀워크를 만들어냈다.

하지만 그 작전에서 어이없게 다섯을 잃었다. 넷은 죽은 얼굴도 보지 못했고, 블랙세븐 백정수는 용관이 모는 차 안에서 숨을 거두었다. 물론 그의 시신도 수습하지 못했다.

이후로 용관은 근 6개월간 술에 빠져 지냈다. 그리고 생존한 블랙파이브와 블랙식스는 곧바로 은퇴시켰다. 작별의 날, 그들에게 신신당부했던 기억이 아직도 새롭다. 용관은 이렇게 말했다. 다시는 돌아오지 마라, 평범하게 살아라, 그게 사람답게 사는 길이다, 라고. 하지만 아이러니하게도 그 말을 했던 자신은 오늘 이 자리에 있다.

미스터리는 풀려야 한다. 그래서 용관은 틈만 나면 자신에게 물었다. 그 작전은 왜 만신창이가 되었는가? 그들은 어떻게 부처님 손바닥 안에 든 손오공처럼 자신들의 움직임을 훤히 알고 있었는가?

권용관은 죽기 전에 이 문제를 꼭 풀고 싶었다. 만일 풀지 못한다면 죽어서도 눈을 감지 못할 것 같았다.

문제를 풀기 위한 가정은 세 가지였다. 첫째, 적이 직접 블랙팀의 존재를 알고 있었고 우리의 일거수일투족을 완전히 들여다보고 있었다는 것. 둘째, 블랙팀 내부에 배신자가 있었다는 것. 셋째, 블랙팀을 알고 있는 외부 협력자 중 누군가가 의식적 또는 무의식적으로 적에게 이쪽의 행동 경로를 알려주었다는 것.

아직은 해답을 찾지 못했다. 하지만 영원한 비밀이란 없는 법. 권용관은 언젠가 알게 되리라 믿으며 지금 이 순간에도 그 문제를 생각하고 있었다.

똑똑똑.

문을 두드리는 소리에 권용관은 현실로 돌아왔다.

시계를 보니 약속시간이 다 되어 있었다.

"들어와요."

문이 열리고 윤혜인이 들어왔다. 권용관은 그녀에게 소파를 권하고 자신도 앞에 가 앉았다.

"이탈리아에서 수고 많았네."

"아닙니다. 제가 미진한 점이 많았습니다."

"듣자 하니, 자네가 느닷없이 나타난 걸로 해서 블랙이니 뭐니 말들이 도나 본데 그건 알고 있나?"

"네."

"음! 조직에서 그런 말들이 나오는 건 별로 좋은 현상이 아닌데 말야. 분열과 책임 전가를 초래할 우려가 있어."

"국장님께서 블랙팀의 책임자셨다고 들었습니다."

"다 옛날 이야기야."

"아마도 그래서 나왔지 않나 싶습니다. 국장님께서 절 직접 부르셨으니까요."

"그랬을 테지."

권 국장은 희미한 미소를 지으며 혜인을 쳐다보았다.

"백병훈 교수와는 자주 연락하나?"

"그렇지 않습니다. 잊을 만하면 연락이 옵니다."

"그 양반 아주 괴짜지. 얼마 전에 나랑 만났네. 이탈리아 사건 때처럼 자넬 강력 추천하더군."

혜인은 아무 말 없이 국장의 얼굴을 바라보았다. 굵은 얼굴선에서 짙은 눈썹에 이르기까지 신뢰감을 짙게 풍기는 인상이다. 하지만 그만큼 속을 들여다보기 어려운 인상이기도 했다.

"우리나라는 지금 아주 어려운 상황에 처해 있네. 대통령께서는 신형원자로에 나라의 미래를 걸고 계시는데, 마치 아슬아슬한 외줄타기 같은 형국이 벌어지고 있어. 피땀 흘려 개발한 SNC가 탈취당하는 일도 벌어졌네. 거기에 대해선 알고 있겠지?"

"네."

"내가 오늘 자넬 부른 이유는 NTS에 들어오라는 말을 하기 위해서야."

"하겠습니다."

망설임 없이 단호하게 이야기하는 태도가 마음에 들었다. 권용관은 그녀의 이력철을 이미 보았다. 어려서 사고로 부모님을 잃고, 같은 교포의 집에서 자랐다는 것도 알고 있다. 그리고 백 선배가 추천한 사람답게 이탈리아에서 그녀의 실력을 충분히 확인할 수 있었다.

"자넨 작전실에서 일하게 될 걸세."

"바라던 바입니다."

"좋아. 당장 해야 할 일이 많네. 오후 회의 때 소개할 참이야."

"준비하고 있겠습니다."

권용관은 고개를 끄덕였다. 나가도 좋다는 신호였다. 혜인은 일어나서 고개를 꾸벅 숙이고 밖으로 나갔다.

혜인이 나가자, 권 국장은 호출 벨을 눌렀다. 곧 비서가 들어왔다.

"안 실장 오라고 해."

얼마 후 철환이 들어왔다. 그는 서류파일을 소지하고 있었다.

철환은 아까 혜인이 앉았던 자리에 엉덩이를 싣고, 가져온 서류파일을 국장에게 내밀었다.

권 국장이 서류를 들여다보는 동안 철환이 설명을 했다.

"김 소장이 기거할 최종 후보지입니다. 분부하신 대로 NTS나 국정원의 안가는 모두 배제했습니다."

"호송 준비는 어떻게 됐나?"

"점검 완료했습니다. 극비리에 도상 시뮬레이션도 했고, 현장 체크도 마쳤습니다."

"그래. 수고했네만 이건 파기일세."

"예?"

국장의 느닷없는 말에 철환은 깜짝 놀랐다.

"지금의 NTS 보안 상태로는 김 소장의 안전을 담보할 수 없어. 이송 계획을 전면 수정해야겠네."

"어떻게?"

국장은 자신의 서랍에서 봉투를 꺼내들고 왔다. 그리고 서류를 꺼내 탁자 위에 펼치며 말했다.

"가까이 와보게."

그는 서류 위에 연필로 글자를 쓰기 시작했다.

'적을 속이려거든 나부터 속여라.'

NTS 회의실.

오후 10시.

회의실 안은 아직도 미묘한 분위기가 남아 있었다.

오후 5시 회의 때 윤혜인이 작전실 요원으로 합류한 것이다. 신규 요원이 있을 경우 통상 오전 회의에 소개되는 것과는 달리, 그녀는 오후에 갑자기 등장했다. 이탈리아에서의 경험을 알고 있는 요원들은 이 같은 파격 행보에 대해 놀라기도 하고 궁금해 하기도 했다. 그녀는 어떤 실력과 배경을 갖고 있기에 이렇게 불쑥 나타나는 것일까? 하지만 그들이 하는 일 자체가 통상적이지 않은 까닭에, 드러내놓고 느낌을 표현하는 사람은 없었다.

지금은 비상회의가 소집된 상태였다. 모두 퇴근을 미루거나 포기하고 회의실에 모여 있었다.

이윽고 권 국장 이하 간부들이 들어왔다. 미리 착석해 있던 요원들은 일제히 일어났다가, 간부들이 앉자 그들도 앉았다. 혜인은 정면으로부터 오른쪽 일곱 번째 자리에 앉았다. 왼쪽 세 번째 자리에 앉은 정우가 그녀를 힐끔 쳐다보았다. 그의 눈에는 할 말이 많이 담겨 있었다.

권용관은 좌중을 한 번 돌아보고서 비장한 표정으로 입을 열었다.

"비상회의를 소집한 이유에 대해 간략히 설명하겠다."

모두(冒頭) 설명을 국장이 직접 하는 경우는 극히 이례적이었다. 더구나 그가 평소와 달리 회의석상에서 존대어를 생략하는 모습도 아주 드문 일이다. 요원들은 오늘 회의가 매우 심각한 내용이 될 것임을 예감하고 긴장된 얼굴로 국장을 주시했다.

"SNC가 개발되고 열두 시간도 지나지 않아 우리는 그것을 탈취당했다. 누가 탈취해 갔는지도 아직 모른다. 이게 현재 대한민국의 보안 능력과 정보력의 실상이다. 이번 일로 여러분은 뼈저리게 느꼈을 줄 안다. 우리가 얼마나 허약한가를. 신형원자로가 우리의 미래라는 것은 구구절절 말하지 않겠다. 우리는 어떤 적들이 우리를 노리고 있는지 감도 못 잡고 있다. 그러나 왜 모르겠는가. 단언하건대, 사방이 적이다. 모두가 적이라고 보면 된다. 갈 길은 먼데 수많은 방해꾼들이 우리의 발목을 잡고 있다. 그 모든 것을 극복하지 않으면 안 된다. 그래야 우리가 산다."

국장은 말을 끊고 요원들을 천천히 돌아보았다. 그러고는 다시 말을 이었다.

"SNC는 반드시 찾을 것이다. 못 찾으면 폭파라도 할 것이다. 그리고 우리가 꼭 지켜야 할 대상이 있다. 김명국 소장이다. 지금 핵 강국들은 난리법석을 펴고 있다. 김 소장을 내놓아라, 아니면 뺏어 가겠다고 협박하고 있다. 웃기는 소리다. 여러분이나 나나 자부심도 있고 능력도 있다. 절대로 그렇게 놔두어선 안 되고 놔둘 수도 없다. …… 김 소장을 당분간 극비의 장소에서 보호하기로 했다. 이걸 아는 사람은 대한민국 최고 수뇌부와 여기에 모인 NTS 요원들 여러분밖에 없다. 첫째도 보안, 둘째도 보안, 셋째도 보안이다. 적에게 잡혀서 고

문을 당하거든 차라리 죽어라. 아무리 지옥 같은 형벌을 가하더라도 절대로 발설하지 마라. 알았나?"

"예!"

요원들은 기다리기도 했다는 듯 일제히 음성을 모아 대답했다.

"대한민국, 아니 세계 어디에 가도 꿀릴 것 없는 최고의 요원들인 여러분을 내가 마치 군대 훈련병 대하듯 말한 이유를 잘 새겨보기 바란다. 이상이다."

국장이 말을 마치자 작전실장 안철환이 일어섰다. 그는 상황실 모니터에 지도가 뜨게 했다. 그리고 레이저포인터로 지점들을 찍으며 설명했다.

"목적지점은 이곳이다. 중간지점은 총 8개로 나누며, 그곳을 무사히 통과할 때마다 보고한다. 잘 숙지하도록 하라."

철환은 요원들을 향해 돌아섰다.

"작전명은 블루버드, 그 이니셜 BB로 한다. 지금부터 팀 편성을 발표하겠다. 먼저 전방지원을 담당할 1호 차량 BB원은 팀장 홍진석 이하 8명이 탑승하고, 근접경호를 담당할 2호 차량 BB투는 팀장 한재희 이하 8명, 후방지원을 담당할 BB쓰리는 팀장 유동훈 이하 8명이 탑승한다. 그리고 호송 외 요원들은 중계상황에 유의하면서, 만일의 경우 출동할 수 있도록 대기한다. 알겠나?"

"예!"

일동이 대답했다.

철환은 계속 지시사항을 하달했다.

"출발시각은 오늘 23시 이후 불특정시각이다. 대기하고 있다가 명령이 떨어지면 바로 출발할 수 있도록 준비하라. 이송상황은 국장실로만 중계되며, 상황실 및 기타 구역에 대해서는 정보가 일체 차단된다. 기타 자세한 개인별 임무는 단말기를 통해 전송할 것이다. …… 질문 있나?"

아무도 말이 없었다.

"좋다. 그럼 지금 즉시 개인화기 및 장비 확인 점검하고 비상대기실에서 대기하고 있기 바란다. 자, 모두 움직여!"

서울 광장동.

52인치 대형모니터에 뜬 지도 위를 붉은 점이 이동하고 있다. 고정된 보라색 목표점과 이동하는 붉은 점 사이의 거리가 점점 줄어든다. 그리고 보라색 목표점 가까이에 또 하나의 초록색 점이 대기하고 있다.

손혁은 지도 위에서 실시간으로 전개되고 있는 점들의 이동 상황을 지켜보며 마치 자신이 독수리 같다는 생각이 들었다. 지도는 말하자면 이글 아이의 눈으로 바라보는 땅의 형세도(形勢圖)다.

'스스로 두더지가 되시겠다? 하하하.'

손혁은 웃었다.

'두더지'라는 말을 떠올리면, 왠지 웃음부터 터져 나왔다. 눈이 없는 두더지들. 그들은 땅속을 헤집고 다닌다. 땅 위로 고개를 내미는 순간이 얼마나 위험한지를 알기에, 부지런하게 땅속을 파고, 또 판다. 그들이 살아야 할 곳은 오직 땅속밖에 없다.

지금 자신은 두더지를 잡는 중이었다.

두더지굴 위의 땅을 쿵쿵 밟게 했다. 그러자 예상했던 대로 두더지는 땅을 파고 어딘가로 움직이기 시작했다. 두더지가 지나가는 밭 위의 볼록한 흙더미가 지금 지도 위의 붉은 점으로 표시되고 있었다.

얼마 안 있으면 덫에 다 와간다. 그들이 목표점으로 삼고 있는 안전가옥. 하지만 거기가 바로 그들의 덫이었다. 노련한 농부가 몽둥이를 든 채 두더지가 들어오기만을 기다리고 있는 포획상자.

손혁은 통신망 계기판의 온(ON) 상태를 확인했다.

NTS에서는 출발 시작을 알리는 연락을 보내온 뒤 잠잠하다. 아직 특별한 변동사항 없이 일이 진행되고 있다는 뜻이다.

또 다른 코드의 불빛은 아직 껌벅이지 않는다. 하지만 곧 신호가 올 것이다.

손혁은 이동 지도를 보았다가, 통신망 계기판을 보았다가를 반복했다. 그리고 마침내 붉은 점이 보라색 점에 거의 근접하는 순간, 통신 계기판이 껌벅였다.

— 망원경 상으로 타깃 확보. 세 대의 차량이 들어오고 있다.

노련한 농부 앤디였다.

— SH(Safety House, 안가) 상황. 경호요원들 움직이고 있음. 손님 맞을 준비 중.

22시 30분에 애니로부터 최종 목적지를 전달받은 후, 그곳에 바로 앤디 팀을 파견했다. 하지만 안심할 수 없는 일, 그들이 이동경로를 변경할 것에 대비해 제시카 팀도 예비로 준비해 두었다. 다행히 더 복잡해지지 않게 처음의 방향대로 일이 진행되고 있다. 두더지는 단순하다.

손혁은 보지 않아도 알 수 있었다. 지금 농부 앤디가 어떤 모습으로 있을지. 그들은 최정예요원으로서, 요소(要所)들을 이미 장악하고 있을 것이다.

— 타깃 포착. SH로 기어들었다.

이제는 기다린다. 타깃에 대한 인수인계가 끝나고 호송팀이 NTS로 돌아가기를. 그 후에 바로 작전이 시작될 것이다. 포획상자를 흔들어, 타깃을 끄집어내는 작전이.

— 호송팀 복귀 시작. 차량 세 대 출발 확인. 8분 후 작업 개시하겠다.

8분 후면 호송팀이 10킬로미터 이상 떨어져 있게 된다. 그 정도 거리면 작업 중 발생하는 소음을 그들은 감지할 수 없다.

손혁은 은근히 긴장되는 것을 느꼈다. 제발, 재수 없는 '우연'이 끼어들지 않기만을 바랐다. 그런 일만 없다면 목표는 달성할 수 있다. 이미 SNC를 확보한 이상, 김 소장만 포획한다면 만사 끝이다.

바로 그때 앤디의 무전기에서 이상한 소음이 났다.

빌어먹을! 손혁의 얼굴이 굳어졌다. 또 그 '우연'!

앤디의 다급한 목소리가 새어나왔다.

NTS 상황실.

준호가 상황실로 뛰어 들어왔다. 그는 국장실에서 호송상황을 모니터하고 있는 중이었다.

상황실에서 대기하고 있던 모든 요원들의 눈이 일제히 준호에게로 쏠렸다. 준호의 얼굴이 하얗게 질려 있었다. 준호는 들어오자마자 큰 소리로 외쳤다.

"코드 오렌지 발동! 전원 비상출동 하랍니다!"

"엥? 뭐야? 무슨 일인데 그래?" 성철이 휘둥그레진 눈으로 물었다.

"큰일 났어요. 김 소장에게 테러가 발생했습니다."

"테러라니? 호송팀이 공격을 받았다는 거야?" 정우가 소리쳤다.

혜인도 자리에서 벌떡 일어섰다.

"아니요!" 준호는 숨도 쉬지 않고 말했다. "목표지로 이송 완료 직후, 폭발이 일어났습니다. 안가가 폭발했어요. 자세한 상황은 아직 파악 안 됐고요."

"이게 뭔 일이랴!" 성철의 얼굴도 하얗게 질렸다. 평소에 보지 못하던 얼굴색이었다.

"빨리 빨리 움직여요!" 준호가 재촉했다.

정우와 혜인, 그 밖의 대기요원들은 장비를 들고 후다닥 상황실에서 뛰쳐나갔다.

잠자는 세포, 움직이는 세포

대한민국 서울

대통령 집무실 앞.

새벽 2시 20분. 대통령이 아주 빠른 걸음으로 집무실을 향해 걸어오고 있었다. 집무실 밖 의자에 앉아 있던 권용관과 최진희가 자리에서 일어나 고개를 숙였다. 대통령은 그들을 힐끗 보더니 인사도 받는 둥 마는 둥 하고 바로 집무실로 들어갔다. 그의 뒤를 이어 권용관과 최진희도 안으로 들어갔다.

대통령은 자리에 앉자마자 입을 열었다.

"아닌 밤중에 홍두깨라더니, 뭐요? 김 소장이 폭발 테러를 당했다고?"

대통령의 얼굴은 하얗게 질려 있었다. 그는 금방이라도 앞에 선 두 사람을 잡아먹을 듯 무섭게 노려보았다.

권용관이 말했다.

"1시 20분, 새 안전가옥으로 이송작전을 완료한 직후 원인을 알수 없는 폭발사고가 일어났습니다."

권용관의 얼굴은 매우 침착했다. 찌푸리거나 질려 있거나 하기는 커녕 여유마저 감돌고 있었다.

권용관이 보고를 계속했다.

"가옥이 순식간에 전소된 것으로 보아 폭발물은 다량의 네이팜 성분이 함유된 급조폭발물인 것으로 판단하고 있습니다. 이 사고로 김 소장과 경호요원 한 명이 현장에서 사망하고, 그 외 호송팀 요원들과 경호요원들은 경미한 부상을 당했습니다. 김 소장의 시신은 헬기로 NTS 과학수사실로 이송하여 사망 사실을 최종 확인하였습니다. 이상이 오늘 사고에 대한 공식기록입니다."

권용관이 보고를 시작할 때 경악과 분노에 차 있던 대통령의 얼굴은 보고가 끝날 즈음 멍한 표정으로 바뀌어 있었다.

"방금 뭐라고 했소?" 대통령이 권용관을 향해 물었다. "오늘 사고에 대한 공식기록?"

"그렇습니다. 그건 어디까지나 공식기록입니다."

"공식기록이란 국내외 유관기관에 등재하는 사건기록을 말하는 겁니다." 최진희가 끼어들었다.

"그렇다면?" 대통령의 눈이 반짝였다.

"김명국 소장은 살아 있습니다." 권용관이 말했다.

그는 궁금증이 짙게 서려 있는 대통령의 얼굴을 보면서 높낮이 없는 목소리로 말을 이어갔다.

"김 소장은 현재 일본 오사카의 안가에 은거하고 있습니다. 신형원자로 제1호기가 완성되는 즉시, 중성자제어기를 조립할 준비를 하고 있는 상태입니다.”

“그걸 나도 몰랐다니…….”

“죄송합니다. 의도적으로 그랬던 건 아닙니다. 미국을 비롯한 여러 국가들이 초미의 관심을 갖고 우리를 주시하는 상태에서, 그리고 우리의 보안 상태를 아직 확신할 수 없는 상태에서, 이럴 수밖에 없었습니다. 정말 죄송합니다.”

“됐어요, 이해합니다.” 대통령은 눈을 몇 차례 끔벅였다.

어색한 침묵이 흘렀다. 잠시 후 대통령이 권용관에게 물었다.

“그런데 왜 하필 일본의 안가요? 우리나라에 그렇게 믿을 만한 데가 없나?”

“기존의 안가는 미 정보당국에 이미 노출이 된 것으로 판단했습니다. 그리고 새로운 안가를 확보하는 것도 여의치가 않았고요. 그러려면 시간이 필요한데, 우리에겐 그럴 여유가 없었습니다.”

“믿을 만한 안가 하나 없다니 한심하군. ……일본이라니, 차라리 내 집무실을 비워달라고 하지 그랬소.”

“송구스럽습니다.”

권용관이 머리를 숙였다.

“좋소. 이번 일로 나도 느낀 게 있어요. 우리 정보기관이 그동안 미국에 많이 의존했던 결과로 이렇게 된 것이니 어쩔 수 없다는 걸 알아요. 하지만 언제까지 이러고 있을 순 없는 일, 권 국장이 한번 분위기를 일신해봐요. 내가 밀어주리다.”

“믿고 맡겨주신다면 최선을 다하겠습니다.”

NTS 국장은 다시 한 번 머리를 숙였다.

가리봉동.

"이거 만드느라고 내가 아주 큰 욕 봤다."

성철이 여권을 기수에게 내밀며 말했다.

"도오지에!" 우바이즈가 자기도 모르게 중국어로 말하며 고개를 연방 숙였다.

"도지라니 뭐가 도진다는겨?" 성철이 의아한 얼굴로 물었다.

기수는 무식한 남쪽 형님에게 한 수 가르침을 베풀어야겠다고 생각했다.

"도오지에(多謝)는 광둥어로 고맙다는 뜻이에요. 씨에씨에(謝謝)라는 말과 같죠."

"하오, 메이관시.(아, 괜찮아.)" 그제야 말뜻을 알아들은 성철이 고개를 빠르게 끄덕이며 말했다.

그 모습을 보고 기수가 피식 웃었다.

"그나저나 나 무지 바쁜 몸인디, 아주 힘들게 시간 내서 이리 왔다."

"뭐, 비상이라도 터졌어요?"

"그려. 자세한 건 말 못하고, 요놈의 휴대폰한테서 한시도 눈을 떼지 못하고 있다."

성철이 휴대폰을 꺼내자 '사자개'가 꼬리를 쳤다.

그것을 본 우바이즈가 작은 혀로 입술을 핥았다. 기수는 우바이즈를 힐끗 보았다가 '저 버릇은 주스 마실 때만 나오는 게 아니군' 하는 생각을 했다.

성철의 휴대폰이 부르르 떨렸다. 그러자 우바이즈가 자기 휴대폰이 울리기라도 한 양, 자신의 옆구리에 손을 갖다 댔다. 그 동작도 기수의 눈에 들어왔다. 기수는 '음, 이 여자는 진동에 약하군' 하고 생각했다.

"응……응, ……알았다."

통화를 끝낸 성철은 문을 향해 몇 걸음 걷다가 뒤를 돌아보았다.

"동상. 거시기 번호는 알지잉?"

그 말을 끝으로 바쁜 오리처럼 뛰어 나갔다.

기수는 속으로 한숨을 푹 쉬었다. 요놈의 애먼 여권 때문에 그의 지갑이 또 다시 가벼워지는 순간이었다.

한 시간 후, 우바이즈가 옷을 갖춰 입고 여행용 가방까지 들고서 기수 일동 앞에 나타났다. 기수는 며칠 전 가리봉시장에 그녀를 데려가 옷가지 몇 벌과 바퀴 달린 가방, 그리고 그녀의 가족에게 줄 간단한 선물들까지 사주었다.

우바이즈의 모습을 보고 민구와 아이들의 눈이 휘둥그레졌다. 그동안의 모습과 180도로 달라 보였던 것이다. 170을 넘는 늘씬한 키, 어깨 뒤로 늘어뜨린 긴 생머리, 게다가 옅은 화장까지 하고 나니 완전히 딴사람이었다.

"그동안 고마웠습니다." 우바이즈가 웃으며 인사했다.

"아니. 가시다니 뭔 소리래요?" 민구가 말했다.

"그래. 잘 가요. 베이징이 아니라 광저우 공항으로 바로 갈 거죠?" 기수가 물었다.

"예."

"형님, 그냥 이대로 보내고 마는 거예요?" 민구가 말했다.

"그럼 이대로 보내지, 삼대로 보내냐, 사대로 보내냐?" 기수가 울상을 짓고 있는 민구를 향해 핀잔 투로 말했다.

"정들자마자 이별이네유." 새로 아이들 대열에 합류한 황남이 삼각형의 이마 면적을 최대한 넓히며 말했다. 슬픈 메뚜기의 얼굴이다.

다른 아이들의 얼굴에도 서운한 기색이 역력했다.

그것을 보자 기수는 짜증이 났다. 이런 신파조 이별극은 질색이다. 사나이라면 모름지기 쿨하게 이별할 줄 알아야 한다. 부모님을 떠나올 때도 기수는 쿨, 아니 쿠울했다. 비행기에 오르자마자 잠이 쏟아졌으니까.

"다들 됐어, 인마. 그리고 민구 너, 공항까지 바래다줘."

"당연히 그래야지요." 민구가 불행 중 다행이라는 표정을 지으며 말했다.

"괜찮아요. 나 혼자서도 갈 수 있어요." 우바이즈가 정색하며 손사래를 쳤다.

"사양 마세요. 내가 잘 모실 테니까요." 민구가 우바이즈의 가방을 낚아채듯 하며 말했다.

"혼자 가도 된다니까요."

우바이즈는 어색한 얼굴로 계속 손을 저었다.

그때 황남이 민구의 손으로부터 잽싸게 가방손잡이를 빼앗으며 말했다.

"작은성님이 욕볼 거 뭐 있대유. 요런 사소한 일은 나 같은 아랫것이 해야지유."

"메뚜기 너는 공부나 해, 인마. 마작방에서 일하려면 배워야 할 게 한두 가지가 아니잖아." 민구가 손잡이를 되찾았다.

"지는 주경야독 스타일이구먼유. 낮에는 일허고 공부는 마땅히 밤에 혀야 한다는 사상을 갖고 있구먼유." 황남이 다시 손잡이를 회복했다.

그리하여 가방손잡이가 두 아이의 손에서 망가지려 할 찰나에, 기수가 버럭 소리를 질렀다.

"그만 못 둬? 이 자식들 보자보자 하니까."

그러나 민구와 황남은 가방손잡이에서 미련을 버리지 못하고 여전히 그것을 붙들고 있었다.

"아니, 그래도 이것들이."

기수가 주변을 두리번거렸다. 타작도구를 찾는 중이었다. 민구와 황남은 식겁하며 얼른 손을 놓았다.

"우바이즈, 민구와 같이 가요. 물론 관광가이드를 했으니까 알아서 잘 가겠지만, 공항에 가기 전까진 지리를 잘 모르잖아요." 아이들에게서 눈을 뗀 기수가 말했다.

민구의 얼굴이 환해졌다. 그는, 거봐 인마, 하는 표정으로 황남을 째려보았다.

"그럼, 그렇게 해요." 비로소 웃음을 머금은 우바이즈가 말했다.

그로부터 네 시간이 지나서야, 민구가 돌아왔다. 왠지 시무룩한 표정이다.

"왜 이렇게 늦게 왔어?" 기수가 짜증 섞인 목소리로 물었다.

"도대체 영문을 모르겠네요."

"왜? 도대체 왜?"

그럼, 민구 니가 아는 영문은 뭐냐? 하는 힐난의 눈초리로 기수는 민구를 쳐다보았다.

"내가 표를 끊으러 갔다 온 사이에 없어져 버렸구만요."

"없어지다니?"

"와 보니까 없더라고요. 화장실 갔겠지 하고 기다렸는데 하도 안 오길래, 로비에 있는 모든 여자화장실을 다 다니면서 '미쓰 오!' '우바이즈!' 불렀죠. 아무 데서도 대답이 없었어요. 다른 여자들이 얼마나 흘겨보던지 쪽팔려 죽는 줄 알았다고요."

"그래서?"

"광저우 행 비행기가 뜬 다음에도 한 시간씩이나 기다리다가 못 찾아서 그냥 왔죠."

'샜군. 어쩐지 혼자 가겠다고 난리더라니. 어딘가에 취직하려 들겠지. 그나저나 나중에 걸리면 어떡하지? 에이, 모르겠다. 형님이 알아서 하겠지. 그때도 나 몰라라 하면 진짜 자폭이다!'

기수는 걱정도 되고 배신감도 들고 허전한 마음도 들었지만, 자신이 할 수 있는 일은 없다고 생각했다.

압구정동 그린가든아파트.

김명국 소장이 사망한 지 하루 반, SNC가 탈취 당한 지 닷새가 지났다.

김 소장의 테러 용의자는 아직 찾아내지 못했다. 그리고 SNC도 아직 소재가 밝혀지지 않았지만, 수사에 약간의 진척은 있었다. 김명국이 사망하던 당일, 과학수사요원에 의해 코모의 대형스피커에서 극미량의 방사능 물질이 발견되었던 것이다. 코모 측의 협조를 얻어 스피커를 해부, 13시간 동안 정밀 조사한 끝에 얻은 결과였다.

SNC 회수를 위한 특별 팀이 일본으로 파견될 것은 당연한 수순이었다. 세부 플랜이 마련되는 대로 즉시 팀이 구성되고, 출발하게 될 터였다. 혜인은 그 시간이 이르면 내일, 늦어도 모레가 되리라 예상했다.

문을 열고 들어서는 아파트 안은 늘 그렇듯 컴컴했다. 혜인은 실내등을 켜고, 커튼을 들추어 밖을 내다보았다.

밤 9시 35분.

어둑한 아파트 주차장에서 차량 한 대가 주차할 곳을 찾아 이리저리 헤매고 있었다. 주차장 너머 아직 정체가 풀리지 않은 올림픽대로에서는 꼬리를 문 차들의 빨간 미등이 촘촘한 점선을 그리고 있었고, 그 너머 한강에는 동호대교의 조명이 너울대고 있었으며, 강 건너 옥수동 달맞이공원 아래로 지하철 전동차의 기다란 불빛이 흘러가고 있었다.

혜인은 옷을 벗고 샤워를 할까 하다가 그만두고는 침대에 털썩 주저앉았다.

하루의 시작과 끝이 너무도 불규칙했다. 그러다 보니 언제가 시작이고 언제가 끝인지 분간하기도 어려워졌다. NTS에서 퇴근한 지금도 과연 끝이라고 말할 수 있을지 확신이 가지 않았다. 요즘 들어 뭔가 터질 것 같은 긴박감이 그녀의 가슴을 콩콩 때리고 있었다.

뚜르르르.

전화벨이 울린다.

잘못 걸려온 전화이거나 텔레마케팅을 위한 전화일 수도 있지만, 혜인은 그게 아닐 거라고 생각했다. 그 사람은 어떻게 아는 것일까? 그녀가 집에 있는 동안은 휴대폰으로 걸어오지 않는다. 네가 집에 있는 거 다 알아, 하고 말하듯이 늘 집으로 전화를 걸었다.

뚜르르르.

이럴 때면 그 사람이 자신의 동선을 낱낱이 파악하고 있다는 느낌에 사로잡힌다. 하지만 새삼 노여움이 일거나 거부감이 들지는 않았다. 언제부턴가 그냥 그러려니 여기게 되었다. 그의 앞에서는 무기력하고 무감정한 여자로 서게 된다. 한 번도 저항하지 않았다. 이유는 알 수 없고, 알려고도 하지 않았다. 처음부터 쭉 그래왔다.

뚜르르르.

혜인은 수화기를 들었다.

— 나다. 지금 나와라. 할 말이 있다.

지금은 하루의 끝이 아니었다.

쉐라톤워커힐 호텔.

"이상한 건 없나?"

손혁은 혜인의 너머로 시선을 던지며 말했다. 이쪽 일을 하는 사람의 버릇이랄까? 이 바처럼 절반이 오픈된 공간에서는 특히 그렇다. 상대를 보는 듯하지만, 그 눈은 망원렌즈처럼 멀리 갔다 가까이 왔다, 좌로 갔다 우로 갔다 한다.

혜인은 눈으로 물었다. 뭐가요?

"김 박사가 사망한 후로 이상한 낌새는 없냐고."

"낌새? ……글쎄요."

손혁은 바 안을 탐색한 결과 이상한 점을 발견하지 못했는지, 이제는 그녀의 얼굴에 시선을 박았다.

"김 박사가 죽었다면 일시적이나마 신형원자로 개발에서 손을 놓아야 하는데, 그런 움직임이 포착되었다는 보고가 일절 없어."

혜인은 듣고만 있었다.

"한국 정부의 태도도 그래. 호들갑을 떨고는 있지만, 왠지 겉시늉 같단 말야. 그 정도면 메가톤급 사건인데, 공황 상태에 빠져야 하는 게 아닐까?"

하긴 그랬다. NTS에서도 부산한 움직임이 있는 건 사실이지만, 분위기 자체가 완전히 가라앉은 건 아니었다.

"책임지는 사람도 없고. 누구보다도 권용관 국장이 그 자리에 있다는 건 이해가 안 돼. 그 사람이 존재하는 핵심 이유가 뭐야? 무엇보다 김 박사 보호가 아닌가? 더구나 SNC도 아직 못 찾았고."

"이럴 때 사람을 바꾸면 오히려 혼란이 와서 그렇지 않을까요?"

"글쎄. ……일단 네 말이 맞다 치자. 혼란 때문에 권용관의 생명이 연장되었어. 그렇다면 권용관의 입장에서 생각해보자. 애니 너라면 어떻게 하겠나? 당장 안가 경호문제와 관련하여 특별수사에 들어가지 않겠니? 당연히 슬리퍼 셀(Sleeper Cell, 암약하는 스파이)을 색출하기 위한 내사 작업도 해야 할 테고. 그런 움직임은 없었어?"

없었다! 물론 혜인은 NTS 상부라인의 은밀한 계획까지 파악할 위

치에 있지는 않다. 하지만 손혁이 말한 것과 같은 낌새는 느낄 수가
없었다. 혜인은 고개를 저었다.

"그래서 내린 가설이야. ……김명국은 죽지 않았다."

혜인은 눈을 크게 떴다.

"그럴 리가. ……현장은 아니지만, 당시 상황실에서 긴박한 상황을
지켜봤고, 또 수송된 김 박사 시신도 봤는데……."

"이건 내 가설이야. 하지만 그걸 증명할 사람은 너야."

혜인은 가슴이 또 다시 쿵덕거리기 시작하는 것을 느꼈다.

"찾아봐, 지금 당장! 틀림없이 답은 NTS 안에 있다."

혜인은 NTS 주차장이 아닌, 인근 건물의 주차장에 차를 세웠다.
걸어서 5분 거리에 있는 건물이다.

정문으로 들어서자 데스크에 있던 보안요원이 의아한 눈으로 그녀
를 쳐다보았다. 지금 시간이 몇 신데? 하고 묻는 눈치다. 로비 벽면의
액정에 '00:12'라는 숫자가 표시돼 있었다.

혜인은 그를 향해 웃어 보였다. 보안요원은 출입자 명단을 적는 장
부를 그녀에게 내밀었다.

"휴대폰을 두고 나왔어요. 금방 갔다 올 테니까 적을 필욘 없을 것
같은데."

보안요원이 이해한다는 듯 웃었다. 요원들에게 휴대폰이 얼마나
중요한 의미를 갖는지는 그도 잘 알고 있다. 그런 만큼 휴대폰을 두
고 다닌다는 것은 요원으로서 질책 받을 사유이기도 하다.

혜인은 손혁과 대화를 마친 즉시, 휴대폰의 전원을 꺼두었다. 혹시

라도 그 시간에 누군가 전화해주길 바라면서. 그렇다면 알리바이의 아귀가 더 잘 맞아떨어지니까. 하지만 그것은 희망사항일 뿐이었다. 공무가 아닌 일로, 이 시간에 그녀에게 전화할 사람은 없었다.

"알겠습니다. 그럼 얼른 갔다 오십시오." 보안요원이 말했다.

혜인은 작전실에 들러 일단 자신의 컴퓨터를 켜두었다. 컴퓨터가 구동되자 아무런 의미 없이 파일 하나를 불러냈다. 그리고 한 단어를 지웠다가 다시 그 단어를 입력했다. 만일을 위해 자신의 컴퓨터에 작업의 흔적을 남기려는 시도였다.

그러고는 곧장 서버실을 향했다. 다행히 복도에 보안요원들은 없었다. 서버실에 들어와 단말기를 열고 소형 해킹장비를 연결했다. 먼저 국장과 안철환 작전실장의 라인에 접근했지만 액세스가 거부되었다. 예상한 일이었지만 초조해지는 것은 어쩔 수 없었다. 혜인은 휴대용 키보드를 두드리는 동안에도, 중간 중간 출입구 쪽을 살폈다. 인기척은 느껴지지 않았다.

혜인은 잠시 고민했다. 그렇다면 누구에게 접근해야 할까? 간부들의 리스트를 쭉 훑어 내리다가 과학수사실장 유현경의 이름 앞에 커서를 놓고, 엔터키를 눌렀다. 저항하기라도 하듯 몇 번을 껌벅거리던 커서가 사라졌다. 그리고 현경의 라인이 열렸다.

폴더를 검색하던 혜인의 눈에 김명국의 이름이 띄었다. 그것을 누르자 부검 소견서가 나왔다. 문서를 띄우고 속독으로 읽어 내려갔다. 외부에 밝혀진 사실 그대로였다. DNA 일치, 신체골격 일치……. 그런데 하단 왼편에 'CH Comment'라는 글씨가 있었다. 커서를 대자 다른 문서로 연결되었다. 'TOP SECRET'라는 문자와 함께 패스포드를 요구하는 메시지가 나왔다. 낭패였다. 그렇다고 아무 문자나 칠 수 없는 노릇이다. 세 번의 오타가 들어가면 바로 잠기고, 침입 경보가 울릴 수도 있기 때문이다.

혜인은 출입구에 시선을 둔 채 머리를 굴렸다. CH는 짐작컨대 철환의 이니셜일 것이다. 그가 뭔가 '언급(Comment)'한 문서를 전달했고, 그것을 현경이 극비파일로 저장해놓았을 것이다.

혜인은 먼저 해킹장치가 풀어낸, 현경의 라인에 접근했을 때와 똑같은 암호를 입력했다. 하지만 '재입력'하라는 메시지가 떴다.

앞으로 두 번의 운이 남았다. 무엇일까? 개별문서에 패스포드를 걸어놓았다면 그것은 숫자와 문자가 결합된 복잡한 암호일 것 같지는 않았다. 그랬다간 본인도 나중에 기억해내기 어려울 테니까. 문득 그것은 어떨까 하는 생각이 들었다. 김명국 소장을 이송할 때의 작전명. 혜인은 두 번째 운을 그것에 걸어보기로 했다.

'BLUEBIRD'.

문서가 반응하기까지의 시간이 엄청나게 길게 느껴졌다. 그리고 마침내 떴다!

그것을 읽어 내려가던 혜인의 동공이 크게 확대되었다.

그때, 뺨에 대어진 서늘한 금속의 감촉이 그녀의 동공을 급속히 축소시켰다.

"지금 뭐하는 거요?"

혜인은 황급히 문서를 닫고 고개를 돌렸다. 보안요원이 그녀의 뒤에 서 있었다. 그의 손에 들린 권총이 냉기를 뿜어냈다.

"작업을 하다가 내 컴퓨터 라인이 열리지 않아서 서버실에 온 거예요." 혜인이 배시시 웃으며 말했다.

"처음 보는 얼굴인데? 당신 서버실 요원이 아니지요?"

혜인은 그녀가 보일 수 있는, 가장 순진해 보이는 표정을 지었다.

"작전실에 발령받은 지 이틀밖에 안 됐어요. 이름은 윤혜인이구요."

"아무리 그래도 그렇지 여기가 어디라고 함부로 들어와요?"

"죄송해요. 누구 도와줄 사람도 없고 해서."

"전화로 말씀하시면 우리가 해드립니다. 그리고 여긴 서버실 요원이나 허가받은 사람 외에는 일절 들어올 수가 없고요."

"몰랐어요."

"다음부턴 절대 그러지 마세요. 신입이니까 한 번 봐드리죠. 이리나와 보세요. 내가 할 테니."

보안요원이 단말기 앞으로 다가왔다.

혜인은 경악했다. 해킹장비가 아직 꽂혀 있었던 것이다. 혜인은 모니터로 상체를 구부리는 척하며 보안요원과 해킹장비 사이에 벽을만들고, 뒤로 손을 뻗어 몰래 그것을 빼내어 수습했다.

"그럼 부탁해요. 전 가볼게요."

그녀가 걸어가는 모습을 확인하고, 보안요원은 모니터로 고개를돌렸다. 5초 후, 그는 화면 하단의 창에 최소화 모드로 있는 문서 하나를 발견했다. 그것을 띄운 보안요원은 깜짝 놀랐다. 극비문서였던것이다. 신입요원이 결코 접근할 수 없는 문서다. 잠시 고민하던 그는무전기어 입을 댔다.

"아, 여기 서버실, 확인할……."

그는 더 이상 말을 잇지 못했다. 목이 따끔하다고 느낀 순간, 퓨즈가 나간 것처럼 뇌의 회로가 갑자기 정지했기 때문이다.

혜인은 요원의 목에서 펜을 빼내며 모니터를 보았다. 그 문서가 떠 있다. 치명적인 실수였다. 5초 전, 문을 나서려다가 그녀는 왠지 허전해서 뒤를 보았다. 그리고 보안요원이 그 문서를 띄우는 장면을 보았다. 아까, 자신은 문서를 닫은 것이 아니라 최소화시켰던 것이다.

펜을 든 채로, 혜인은 망연자실 서 있었다.

머릿속에서 삐, 하는 고음이 울렸다.

결국 또 한 번의 살인을 저지르고야 말았다. 그것도 아주 가볍게.

혜인은 펜을 집어넣고, 손가락을 치켜들었다.

괴물 같은 손.

죽음의 손.

그것은 남의 손처럼 이질적으로 보였다.

차가운 손.

냉혈동물의 손.

내 피부 아래로는 차가운 피가 흘러. 내 피는 36.5도가 아냐. 그보다 훨씬 아래지. 혜인은 그렇게 생각했다. 내 심장은 유리로 되어 있으니까. 유리심장으로는 뜨거운 피가 흐르지 못하니까.

누군가 자신의 심장을 쏘는 모습을 상상했다. 그러자 붉은 유리 파편들이 산산이 부서져 공중으로 흩어졌다.

유리심장의 여자.

혜인은 텅 빈 눈으로, 바닥에 쓰러져 있는 요원을 보았다.

머리는 멍하고, 가슴은 콩닥거렸다.

3분쯤 그렇게 서 있었나 보다.

퍼뜩 정신이 들었다.

이미 물체가 되어버린 이것을 치워야 한다. 그리고 저것들도 정리
해야 한다.

혜인은 서버실 한구석에서 이쪽을 내려다보고 있는 CCTV를 보
며 머릿속으로 상황정리를 시작했다.

그녀는 다시 해킹장비를 대고 기록실 CCTV 녹화파일을 지워나
갔다.

광장동.

— 김명국 박사는 살아 있습니다.

손혁은 양미간을 좁히며 애니의 이야기를 듣고 있었다. 내 그럴 줄
알았다. 두더지 놈들이 머리 좀 굴렸군.

"그럼 김박사는 어디에 있나?"

— 헤이븐 인 저팬(HAVEN IN JAPAN)이라는 글자 외에는 없었어요.

"일본의 안식처라. 일본으로 나갔다는 얘기군."

하긴, 한국에 당장 숨길 곳이 마땅치 않았겠지.

"됐다. 그만하면 됐어."

— 곤란한 일이 있었어요.

손혁은 약간 긴장했다. 애니는 '곤란'이라는 표현을 여간해서 쓰지
않기 때문이다.

— 보안요원을 하나 죽였어요.

"들켰었나?"

대답이 없다.

"뭘로 죽였지? 시체 처리는?"

— 폴로늄 펜이요. 눈에 띄지 않는 곳으로 옮겼지만 조만간 발견되 겠죠.

폴로늄은 1조 분의 1그램만 들어가도 인체에 치명상을 가하는 매 우 위험한 방사능 물질이다. 2006년 러시아 푸틴 정권을 비판해 오 던 전직 비밀경찰 알렉산드르 리트비넨코가 영국에서 암살당했을 때도 사용된 것이다.

"알았다. 평소처럼 행동해. 뒤처리는 우리가 할 테니."

전화가 끊겼다. 손혁은 야마모토를 호출했다.

야마모토가 들어오자 손짓으로 그를 가까이 오게 했다.

"애니 상황이 좋지 않다. 손 좀 써둬야겠어."

야마모토는 대꾸 없이 손혁의 다음 말을 기다렸다.

"지금 바로 NTS 쪽으로 가라. 퇴근하는 보안요원을 하나 죽이고, 이용찬처럼 만들어. 다만 그놈 시체는 절대 발견되지 않도록 하고. 그게 애니를 구할 수 있는 유일한 방법이야."

NTS 국장실.

오전 8시. 권용관은 소파 맞은편에 앉은 철환에게 물었다.

"외부인이 침입한 흔적은 없단 말이지?"

"일단은 그렇습니다." 철환이 대답했다.

"일단이라니?" 권용관이 이맛살을 좁혔다.

"사망추정시간에 서버실 CCTV의 기록내용이 전부 지워져 있었습니다. 하지만 정문이나 다른 CCTV를 보면 외부인이 들어온 흔적은 없습니다. 그래서…….”

“폴로늄에 죽었다고 했지?”

“예.”

권용관은 심각한 표정을 짓고 한참을 생각하다가 말했다.

“슬리퍼 셀 색출작업은 시작했나?”

“예. 모든 요원에 대한 면담조사가 시작되었습니다. 거짓말탐지기도 동원되었고요.”

“조사는 누가 진행하지?”

“한재희입니다. 제가 먼저 그녀를 조사했는데, 알리바이도 이상 없고 거짓말탐지기도 통과했습니다. 그리고 과거 전력을 봐도 가장 신뢰가 가는 친구기도 하고요.”

“도대체 놈은 뭘 바라고 서버실에 침투했을까?”

“서버실의 전 요원이 조사에 투입됐으니까 조만간 알아낼 수 있을 것 같습니다.”

“혹시나 하는 말인데…….”

“예?”

“아닐세. 설마 그럴 리는 없지.” 권용관은 머리를 세차게 흔들었다.

“혹시 김 소장을 말씀하시는 겁니까?”

권용관은 눈을 끔벅였다.

“저도 아니길 바라지만, 만일에 대비해 경호를 강화하는 게…….”

“그렇다면 누굴 보내지?”

“이정우는 어떻습니까?”

"아니, 그놈은 안 돼. 정우는 주목받을 우려도 있거니와 따로 시킬 일이 있어. 정우를 중심으로 오늘이라도 SNC 회수작전을 시작할 생각이야. 아, 그리고 그놈은 무사통과했겠지?"

"물론입니다."

권용관은 고개를 끄덕였다.

"김 소장 경호문제는 박성철 팀장에게 직접 지시하도록 하게."

"하지만 박 팀장은 현장보다는 지원에 주력을 하는 친군데……."

"그래서일세. 만일 김 소장이 살아 있다는 걸 누군가 알았다고 쳐 봐. 하지만 장소는 자네와 나, 그리고 청와대의 아주 극소수 인사밖에 몰라. 그런 상황에서 현장요원들이 그쪽으로 움직이면 당연히 눈치를 채지 않겠나?"

"무슨 말씀이신지 알겠습니다."

10분 후, 철환은 성철을 면담했다.

"박 팀장, 일본 출장 좀 가줘야겠어."

"예? 내가요? 무슨 일로다가요?"

"근접경호를 맡아줘."

"누구를 말예요?"

"김 소장."

"예? 김 소장은 사망하지 않았습니까?" 성철이 깜짝 놀라며 되물었다.

철환은 머리를 천천히 저었다.

"그렇다면?"

"그래. 살아계셔. 이건 실장급 이상만 알고 있는 거야. 당신이야 실장대우니까, 당연히 알아도 되는 거고."

"장소는 어딥니까?"

"오사카. '아오키'라는 고택(古宅)이야."

"몇 명이나 데리고 가죠?"

"남의 눈에 띄니까 많이 보낼 순 없어. 두 명만 챙겨. 현재 거기에 베테랑급 경호원들이 여덟 명 있으니까, 당신까지 합하면 축구팀이 되겠군. 오랜만에 실력 발휘 좀 해봐."

재희는 리스트에 검은 줄을 그어가며 하나씩 숫자를 줄여가고 있었다.

잠시 휴식을 취할 생각으로 시계를 보니 오후 6시 5분이다. 벌써 9시간째 이러고 있다. 다행히 이제 네 명만 남았다. 세 명은 보안요원들로, 비번들이다. 하지만 출근을 명했으니 곧 올 것이고, 오는 대로 조사하면 된다. 문제는 다른 한 명이었다.

재희는 그 이름을 앞에 두고 한참을 생각했다. 달갑지 않은 일이다. 방금 전까지도 같이 일하던 사람을 조사자와 피조사자의 관계로 만난다는 것은. 하지만 확실히 조사해두는 게 동료를 위해서도 좋은 일일 거라며 스스로를 달랬다.

윤혜인.

국장이 직접 데려온 여자였다. 사격 솜씨는 물론 협상가로서 탁월한 능력을 보여준 여자. 그러나 묘하게 동화되지 못하는 면이 있었다. 이질적이라고나 할까, 신비하다고나 할까, 아무튼 여느 요원들과는 분위기가 사뭇 달랐다.

재희는 다음 순서로 혜인을 확인할 생각이었다. 앞 순번으로 조사하려고 했지만, 그녀는 부재중이었다. 오늘 출근한 후 곧바로 외부 근무를 나갔다가 30분 전에야 들어온 것이다. 사실, 혜인에게는 결정적으로 의심되는 점이 있었다. 어젯밤 정문 CCTV에 의하면 그녀가 0시 12분에 들어와 0시 38분에 나간 것으로 되어 있다. 즉, 26분간 안에 있었다는 얘기가 된다. 그녀는 그 동안 대체 무슨 일을 한 걸까? 그리고 보안요원의 사망시간도 대략 그 즈음으로 추정되고 있다.

더구나 그 시간은 작전요원들이 NTS에 있어선 안 될 시간이었다. 작전실장은 요원들에게 다음 작전을 위해 휴식을 취하라면서 9시 이전에 모두 사무실을 비울 것을 명령했다. 휴식도 작전의 연장이라는 말을 덧붙이면서. 그것도 일종의 명령이고, 명령은 지켜야 하는 것이 요원의 임무다. 또한 명령이 아니더라도, 요원들에게 잠깐씩 주어지는 휴식은 꿀맛보다 더 달콤한 것이 아니던가. 그런데도 왜 다시 왔을까?

그리고 또 하나, 정문 출입자명단에 그녀의 이름이 기록되어 있지 않은 점도 이상했다. 확인해야 했다.

재희는 수화기를 들었다. 신호가 가자 상대는 바로 전화를 받았다.

— 보안과입니다.

"어제 23시 이후에 정문 근무했던 사람 바꿔줘요."

— 접니다만.

"22시 이후에 출입하는 사람들은 모두 명단에 기록하게 되어 있지요?"

— 그렇습니다.

"혹시 명단에 누락된 사람은 없나요?"

전화 속 상대는 잠시 생각하는 눈치더니 답변을 했다.

― 여. 한 사람이 있긴 합니다.

"누구죠, 그 사람은?"

― 이름은 모릅니다. 여자 분이었는데요.

윤혜인이다. 재희는 계속 물었다.

"왜 기록하지 않았나요? 간부는 당신들도 아니까 당신들이 적으면 되는 거고, 다른 요원들에 대해서는 직접 기재하도록 유도하게 되어 있을 텐데요?"

― 그게, 뭐였더라? ……아, 휴대폰을 놓고 가서 찾으러 간다고 했습니다. 잠깐이면 된다고 해서.

"음. 알았습니다. 수고하세요."

전화를 끊었다. 혜인에 대한 의구심이 더욱 커져갔다. 재희는 다시 수화기를 들었다.

"서버실이죠? 혹시 어제 23시 이후로 요원별 컴퓨터 사용시간대를 확인할 수 있나요?"

― 가능합니다.

"그렇다면 윤혜인 요원의 컴퓨터 사용시간을 확인해줘요."

― 잠깐만요.

시간이 1분쯤 지나고 수화기에서 목소리가 들려왔다.

― 0시 15분에서 0시 35분까지 사용했습니다.

"예, 확인 감사합니다."

그렇다면 컴퓨터 작업을 하고 있었을까? 휴대폰을 찾으러 왔다가

문득 생각나는 일이 있어서 컴퓨터를 켜는 것은 얼마든지 있을 수 있는 일이다.

그때 문을 두드리는 소리가 났다. 정우였다. 정우가 손짓으로 잠깐 나와 보라는 신호를 보냈다.

재희가 나오자 정우가 커피 잔을 내밀었다.

"좀 쉬었다 하라고. 아침부터 내내 그러고 있었잖아?"

"고마워. 역시 너밖에 없다."

재희는 환하게 웃으며 커피를 한 모금 마셨다. 그러자 답답함이 싹 날아가는 기분이 들었다.

"몇 명 남은 거야?" 정우가 물었다.

"네 명."

"이제 다 끝났네?"

"응. 근데 심각한 사실이 있어."

"뭔데?"

"나머지 네 명 다 알리바이가 없다는 거."

"그럼 다 슬리퍼 셀일 가능성이 있다는 거야?"

"아니, 꼭 그런 건 아니고. 세 명은 보안요원이야. 그들은 각자 자기 구역을 순찰 중이었으니까 당연히 알리바이가 없지. 문제는 윤혜인 씨야."

정우는 이맛살을 좁혔다.

"혜인 씨 아직 안 한 거야?"

"외근에서 인제 돌아왔거든."

"알리바이가 없다니 무슨 소리지? 그럼 의심하고 있다는 거야?"

"의심하고 싶어서 하는 게 아니라 정황이 그래."

"지금 너 뭔 말 하는 거냐? 동료를 의심하다니." 정우가 약간 언성을 높였다.

"너 왜 흥분하고 그래? 혜인 씨하고 무슨 관계라도 되는 거야?"

"그건 아니지만……내 말은 일단 믿어주는 게 동료 아니냐 이거지." 정우가 목소리를 가라앉히며 말했다.

"내 말 잘 들어. 너 혹시 오해할까 봐 말해두는데, 이건 사적인 감정하고 아무 상관없는 거야. 첫째, 보안요원이 사망할 시간에 혜인 씨가 NTS에 있었어. 둘째, 휴대폰을 찾으러 왔다면서 기록을 남기지 않았는데 거의 30분씩이나 안에 있었어. 정확히 사망추정시간과 일치하는 그때에 말야. 그러니 휴대폰을 찾으러 왔다는 얘기가 백 프로 신빙성이 있다고 보기는 어려운 거 아냐?"

"휴대폰 찾으러 간 거 맞을 거야."

"니가 어떻게 알아?"

"맞다면 맞는 줄 알아."

"증거 있어?"

"지금은 말할 수 없지만, 암튼 그래."

재희는 정우를 한참 노려보다가 시계를 보고서 말했다.

"어쨌든 나 조사 다시 시작해야 해. 커피 잘 마셨어."

정우는 조사실로 휭 들어가는 재희를 보며 그 자리에 우두커니 서 있었다. 그때 저만치서 혜인이 걸어왔다. 그녀를 보자 정우가 손을 흔들었다. 혜인은 가벼운 웃음으로 인사를 대신하고는 그를 지나쳐 갔다.

"잠깐만요, 혜인 씨." 그녀가 발길을 멈추었다. "어제 왜 휴대폰 두고 갔어요?"

혜인은 눈을 크게 뜨고 정우를 쳐다보았다. 당신이 그걸 어떻게 알아요? 하는 눈이다.

"지금은 전원이 꺼져 있어 전화를 받을 수 없습니다, 그 소리만 한 다섯 번 들었나 보다. 아니, 요원이라는 여자가 전화 배터리도 체크 안 해요?"

"나한테 전화했어요?"

"예. 좀 늦긴 했지만 모처럼 휴식인데 술이나 한잔 할까 하고요."

혜인은 그 소리가 지금처럼 반가운 적이 없었다. 그 시간에 나한테 전화를 거는 사람도 있었구나.

"하루 늦춘 걸로 하고 오늘 봅시다. 조사 끝난 다음에요."

글쎄, 그 이후에 다시 볼 수 있을까? 혜인은 슬며시 불안해지는 마음을 다독이며 억지로 미소를 지었다.

"그러든지요. 그럼 이만."

조사실 안으로 들어가는 혜인의 뒷모습을 한참 동안 보고 있다가, 정우는 발길을 돌렸다.

재희가 말했다.

"지금 밖에서 거짓말탐지기로 모니터할 거예요. 모든 요원들이 거친 거니까 불쾌하게 생각하진 마세요. ……그럼 본론으로 들어가죠. 조사 결과, 혜인 씨한테 몇 가지 의문점이 있어요. 거기에 대해 해명해 줘야겠어요."

"그러죠."

"0시 12분에서 0시 38분까지 NTS에 있었는데, 그 시간에 뭐했죠?"

"휴대폰 찾으러 왔다가, 보고서의 미진한 부분이 생각나서 그걸 마무리했어요."

"꼭 그때 하지 않으면 안 될 정도로 급한 일이었나요?"

"NTS에서 처음 만드는 보고서라 신경이 많이 쓰였죠."

"혜인 씨를 본 사람은 없었나요?"

"정문 보안요원 말고는요."

"서버실에 간 적은 없고요?"

거짓말탐지기 반응을 보기 위한 직설적인 질문이었다.

"전혀." 혜인은 담담하게 대답했다.

"혜인 씨, 폴로늄이 뭔지 알죠?"

"네."

"그걸 써본 적 있나요?"

혜인은 대답하지 않았다.

"다시 묻죠. 폴로늄을 사용한 경험이 있습니까?"

"네."

"언제죠?"

"말할 수 없습니다."

"사망한 보안요원의 몸에서 치사량 이상의 폴로늄이 발견되었어요. 범인은 서서히 죽어가는 독살이 아니라 즉살을 노린 거였죠. 그리고 폴로늄을 사용한 경험이 있는 사람은 내가 아는 범위에서 NTS

에 손가락으로 꼽을 정도밖에 없구요. 어떻게 생각하세요?"

혜인은 또 다시 침묵을 지켰다.

"어떻게 생각하냐니까요?"

"노코멘트입니다."

"노코멘트는 혜인 씨한테 불리할 텐데요?"

"그래도 어쩔 수 없어요."

조사실 안의 공기가 잔뜩 무거워졌다. 재희는 갑갑함에 미칠 것 같았다. 하필 왜 자신이 여기에 앉아 있어야 하는지 마음에 들지 않았고, 누가 좀 끄집어내 줬으면 좋겠다는 생각만 간절했다.

그때 문에서 다급한 노크소리가 났다. 문이 열리고 준호가 얼굴을 내밀었다.

"상황 끝났어요. 범인이 밝혀졌습니다."

재희와 혜인은 놀란 눈으로 동시에 그를 쳐다보았다.

NTS 국장실.

철환의 보고를 받은 국장이 침중한 목소리로 물었다.

"범인은 보안요원이었다?"

"예. 김철중이라고, 2층 담당 요원이었습니다."

"그런데 4층 서버실까지 올라갔다?"

철환은 국장의 표정에서 그가 납득하지 않고 있음을 알 수 있었다. 국장은 여전히 의심하고 있는 것이다.

"저로서도 쉬 이해가 가지 않습니다만, 워낙 증거가 확실해서."

국장은 계속 말해보라는 듯, 턱을 까닥거렸다.

"긴급전화를 수신하지 않아서 요원들을 둘 보냈습니다. 그들이 해 킹장비를 발견해서 본부에 신고했고, 그래서 추가 요원을 급파했는 데 폴로늄 반응이 검출된 작은 케이스를 발견하게 되었습니다."

"그자의 신병은 어떻게 되었나?"

"일을 치른 후 바로 도주한 것 같습니다. 일단 해외 도주 쪽으로 무 게를 두고 출입국 지점에 수배공문을 보냈습니다. 그리고……."

"그리고?"

"해외계좌를 발견했습니다. 몬테카를로와 케이만군도 소재의 은 행 것인데 현재 자금 추적을 요청 중입니다."

"돈을 받고 저지른 소행이라 이 말이군."

"그렇습니다."

"돈 액수는 얼마나 되던가?

"50만 달러였습니다."

"흠! 50만 달러의 가치가 있는 정보라……. 안 실장은 어떻게 생각 하는가? 그 만한 돈이면 어떤 정보를 요구할 수 있을까?"

철환은 대답하지 못했다. 긴 침묵이 흘렀다. 권용관도 철환도 골 똘히 생각에 잠겨 있었다. 잠시 후 권용관이 입을 열었다.

"아무래도 석연치 않아. 오사카 파견 팀은 짰나?"

"예. 박 팀장 외 두 명의 요원을 배치했습니다."

"지금 당장 출발시켜."

"그런데……."

"무슨 문제 있나?" 권용관이 고개를 치켜들며 물었다.

"태풍이 오고 있습니다. 일본 간사이 지역을 관통할 거라는 예보입니다."

"태풍이라니! 며칠 전만 해도 그런 얘기 없었잖나!"

"갑자기 형성된 태풍이라……."

"그럼 항공기가 뜨지 못하는가?"

"그렇습니다."

권용관의 얼굴이 잔뜩 굳었다.

"오사카에 전화해. 경계 단단히 하고 있으라고."

"알겠습니다."

권 국장은 왠지 불길한 마음을 지울 수 없었다.

밤 9시.

기나긴 하루였다.

혜인은 NTS 건물을 걸어 나오는 동안의 시간이 몹시 길게 느껴졌다. 엘리베이터에서 내려 로비로 나오자 어제 보았던 그 경비가 아는 체를 했다. 혜인은 힘없는 미소를 보내고 정문으로 향했다. 다리가 후들거렸다. 온몸의 힘이 빠져나간 듯, 기운이 없었다.

거리로 나서자마자 세찬 바람이 그녀의 몸을 때렸다. 하늘을 올려다보았다. 어두운 밤하늘에 짙은 먹구름이 깔려 있었다. 습기를 잔뜩 실어 무거워질 대로 무거워진 바람이 가로수를 사정없이 흔들어댔다.

30여 미터 앞에서 차량의 상향등이 반짝였다. 눈이 부셨다. 혜인은 손으로 눈썹 위를 가리고 그쪽을 쳐다보았다. 차가 굴러왔다.

"타세요!"

정우가 조수석 창을 내리고 말했다.

혜인은 휘청거렸다. 바람 때문인지 후들거리는 다리 때문인지는 몰라도, 그녀는 가만히 서 있을 수가 없었다.

정우가 내렸다. 그는 말없이 혜인의 어깨를 안고는 조수석 문을 열어 그녀가 들어가게 했다. 그리고 운전석에 올라타 액셀러레이터를 밟았다.

정우는 창백한 혜인의 얼굴을 근심스러운 눈으로 힐끗 쳐다보았다.

"힘든 하루였죠?"

나직한 목소리로 정우가 물었다.

혜인은 전방에 시선을 둔 채 아무런 말도 하지 않았다.

비가 쏟아지기 시작했다. 와이퍼가 돌아가고, 마주 오는 차량들의 불빛이 어른어른 나타났다가 사라졌다. 창에 쏟아지는 비 때문인지 혜인의 눈에 물기가 어린 것 같다고 정우는 생각했다.

"집으로 갈까요?" 정우가 물었다.

혜인은 천천히 고개를 가로저었다.

"취하고 싶어요."

중얼거리듯 그녀가 말했다. 정우는 그녀의 뺨을 어루만지고 싶은 충동을 애써 억눌렀다. 그녀의 차가워진 피부를 조금이라도 데워주고 싶은 마음이었다.

"가고 싶은 데 있어요?"

혜인은 다시 고개를 저었다.

정우는 옆 눈으로 그녀를 한참 보다가, 결심했다는 듯 핸들을 꺾었다. 한남동 방향이었다.

이태원, 재즈바 스팅.

주황색의 희미한 조명 아래서 위스키 잔 속에 든 연한 황갈색 액체가 부드럽게 출렁였다.

연거푸 세 잔을 마시자 뱃속이 찌릿찌릿했다. 정우는 주황색 음영으로 표현되는 혜인의 얼굴을 뚫어져라 바라보았다. 그녀의 큰 눈동자가 가늘게 떨렸다.

말없이 그들은 잔만 비우고 있었다.

유성기에서 흘러나오듯, 아련한 옛날 재즈가 흐느끼고 있었다. 빌리 홀리데이의 'Why Was I Born'이었다.

Why was I born

Why am I livin'

What do I get

What am I givin'

나는 왜 태어났을까요?

왜 살고 있는 건가요?

무엇을 받고

무엇을 주고 있나요?

Why do I want for things

I dare not hope for

What can I hope for

I wish I knew

바라선 안 되는 것들을

왜 나는 원하고 있나요?

내가 무얼 바랄 수 있는지

알면 좋을 텐데요.

Why do I try

To draw you near me

Why do I cry

You never hear me

왜 나는 그대를 붙잡기 위해

애를 쓰고 있나요?

그대가 몰라준다고

왜 나는 울고 있나요?

I'm a poor fool

But what can I do

Oh baby why was I born

To love you

난 가련한 바보예요

하지만 어쩔 수가 없네요

내가 태어난 이유는

당신을 사랑하기 위함인걸요

"난 왜 태어났을까요?" 혜인이 불쑥 말했다.

"왜 태어나긴요. 사랑하기 위함이라잖아요."

혜인은 피식 웃었다. 그리고 다시 입을 다물었다.

"혜인 씨, 힘든 거 알아요. 기운 내요. 자, 한 잔."

정우가 잔을 내밀었다. 혜인은 자신의 잔을 들어 가볍게 부딪친 다음 입에 털어 넣었다.

"그러다가 취하겠는걸요?" 정우가 말했다.

"취하고 싶다고 했잖아요."

"그래도 슬로우리, 느긋하게 취하세요. 난 취한 여자 거드는 일에 젬병이니까."

"어젠 왜 전화했어요?" 혜인이 물었다.

정우는 손으로 입을 가볍게 문지르다가 조용히 말했다.

"사실은 안 했어요."

혜인은 눈을 크게 떴다. 그럼 왜? 하는 물음이 그녀의 표정에 담겨 있었다.

"모처럼 휴식인데 전화해서 귀찮게 하면 누가 좋다고 하겠어요? 안 그래도 형편없는 점수 까먹을 일 있나."

"그럼 왜 거짓말 한 거예요?"

"그럴 필요가 있을 것 같아서요."

무슨? 혜인은 다시 눈으로 물었다.

"혜인 씨가 궁지에 몰릴 수도 있단 생각을 했죠. 정황상으로요. 사람은 그런 처지에 놓이면 흔들리게 마련이죠. 그러다 보면 심장이 제

멋대로 뛰게 되고, 멍청한 거짓말탐지기는 거짓말 잡아냈다고 삐삐
거릴 테고. 그래서 조금이라도 기운 내게 하려고 한 거예요."

혜인은 정색을 했다.

"단지 그런 이유였어요?"

"믿으니까요."

"나를?" 혜인이 자신의 가슴을 손으로 가리키며 물었다.

"예."

"날 어떻게 믿을 수 있어요? 나도 날 못 믿는데." 혜인의 목소리가
줄어들었다.

"전에 말했죠? 혜인 씨는 수요일의 아이 같다고. ……근데 알아는
봤어요? 언제 태어났는지?"

"아뇨." 혜인은 고개를 저었다.

"슬픔이 많은 사람은 거짓말을 안 하거든요. 슬픔이 뭔지 알기 때
문이죠."

정우는 희미한 미소를 띠며 말을 이었다.

"태어난 요일이 사람의 운명을 정한다면 차라리 좋을 거예요. 산
모더러 좀 참아라, 아님 더 힘줘라 하면 될 테니까. 하지만 운명이란
게 어디 그렇게 간단한가요? ……내가 보기에 일곱 요일의 아이들은
뉘앙스가 약간 다를 뿐 크게 두 부류로 나눌 수 있을 거 같아요. 좀
힘들게 살아갈 사람, 좀 편하게 살 사람."

"어떻게요? 좀 더 자세히 말해줘요."

"음, 그러니까 월, 화, 금, 일요일의 아이들은 좀 편하게 산다는 얘
기고, 수, 목, 토요일의 아이들은 좀 힘들게 살아간다는 거겠죠."

"정우 씨는 어디에 속해요?"

"둘 다죠."

"피! 얼렁뚱땅 넘어가지 말고 말해 봐요."

"편하게 태어났지만 힘들게 살지 못해 아등바등하는 사람."

"그럼 나는요?"

"글쎄요, 혜인 씨도 둘 다가 아닐까요?"

그렇게 말하고 정우는 입을 다물었다. 혜인이 조르듯이 말했다.

"얼른 이야기해 줘요."

"듣고 싶어요?"

혜인이 머리를 크게 끄덕였다.

"편하게 태어났지만 힘든 삶을 살아가고 있는 사람. 그렇지만 언젠가 편하게 살아갈 사람."

"정우 씨가 용한 점쟁이였음 좋겠네요. 나도 한 번 편하게 살아보게."

혜인이 웃었다.

그녀의 얼굴이 조금씩 펴지기 시작했다. 사람 관계에서 역시 잡담만한 윤활유가 없다고 정우는 생각했다. 그런 점에서 타고난 두 사람의 얼굴이 떠올랐다. 박성철과 김기수. 그들을 생각하자 슬며시 입가에 미소가 배었다.

"뭘 생각하는데, 그렇게 웃어요?" 혜인이 물었다.

"아, 그런 사람이 있어요."

"좋아하는 여자?"

정우는 혜인을 부드러운 눈으로 바라보았다.

"아뇨. 난 방이 하나밖에 없는 사람입니다."

"뜬금없이 그게 무슨 소리? 방이 하나밖에 없다니, 원룸에 살고 있단 걸 얘기하는 거예요?"

"그게 아니라," 정우는 자신의 가슴을 툭툭 치며 말을 이었다. "내 맘 속에 방이 하나밖에 없단 거죠. 입주자는 이미 들어와 있고요."

혜인은 정우를 보다가 눈을 내리깔았다. 한동안 그렇게 있더니 위스키를 한 잔 들이켰다.

"그 입주자가……내가 아니길 바래요."

"이미 들어와 있습니다." 조용하지만 단호한 목소리로 정우가 말했다.

"난 정우 씨를 불행하게 만들 뿐이에요. 그러니까……."

"쉿!" 정우는 손가락을 입에 댔다. "더 이상 말하지 말아요. 이런 일을 하고 있다는 자체로 우린 충분히 불행한 사람들입니다. 앞으로 어떻게 될지 미리 말하지 않기로 해요. 지나간 일도 생각 말고요. 그냥 지금 이 순간만 살아갑시다. 지금을 살아가는 것만 해도 벅찬데 어제와 내일까지 어떻게 한꺼번에 살 수 있겠어요? 난 혜인 씨와 함께 있는 이 순간만 느끼고 싶습니다."

혜인은 말없이 큰 눈만 끔벅였다.

그때 문이 열리고 손님 하나가 들어왔다. 그는 들어오자마자 흠뻑 젖은 몸을 진저리치듯 털어냈다.

"태풍이 온다더니 비바람이 장난이 아닌 모양이네요." 출입구 쪽을 바라보던 정우가 말했다.

혜인도 출입구 쪽으로 시선을 던졌다가 고개를 돌리고 말했다.

"난 태풍이 좋아요. 이런 날 작은 오두막에 들어앉아 있음 얼마나 좋을까, 혼자 상상하곤 해요. 바깥에서는 천둥번개가 치고 비바람이 몰아치지만, 안은 아주 따뜻하고 아늑하죠."

"거기에 하나만 더 보태면 안 될까요?"

뭐요? 혜인이 눈으로 물었다.

"허드렛일 맘대로 시킬 수 있는 머슴 하나 추가요." 정우가 손가락으로 자신을 가리키며 말했다.

하하하, 혜인이 큰 소리로 웃었다.

"또 여자가 저렇게 웃는다!" 정우가 핀잔을 주었다.

일본 오사카.

잠시만 방심해도 몸이 날아갈 것처럼 바람이 거셌다.

태풍 '잠자리'의 한복판에 놓인 오사카는 인적 하나 없는 거리에 떨어진 간판이며 부러진 나뭇가지들만 정신없이 나뒹굴고 있었다.

고택 '아오키'의 수령(樹齡) 많은 정원수들도 몸서리를 쳤다. 나이테를 하나 더 추가하기란 역시 만만찮은 일이었다. 자꾸만 떨어져가려는 옛 가지를 붙들기 위해 큰 줄기도 가지가 가는 방향으로 몸을 크게 기우뚱했다.

조규행은 쏟아지는 빗발 속에서 시선을 어디에 두어야 할지 난감했다. 전방 좌우 180도로 조망을 해야 하건만 바늘처럼 꽂히는 빗발을 피하다 보니 몸이 자꾸 한쪽으로만 쏠렸다. 이런 상태에서 고택의 외곽을 경비한다는 것 자체가 무의미하다고 규행은 생각했다. 한시라도 빨리 김규찬 팀장으로부터 실내로 이동하라는 철수 명령이 떨어지기만 바랄 뿐이었다.

한쪽으로 쏠린 몸을 간신히 돌리자 다시 비의 바늘들이 눈을 쑤셔댔다. 손으로 눈썹 위를 가리고 어떻게든 전방을 주시하려고 눈에 힘을 주었을 때, 잔뜩 움츠린 두 남녀가 갈지자로 휘청거리며 달려오고 있는 모습이 보였다. 이런 날 외출이 얼마나 무모한지 모르고 나왔다가 낭패를 당한 것이리라.

규행은 그들을 좇아 몸을 바람 부는 반대 방향으로 조금씩 돌려 갔다. 이제 남녀는 막 규행의 옆을 지나치려 하고 있었다. 제대로 분간은 되지 않았지만 젊은 아베크족인 게 분명했다. 좋을 때다. 태풍의 한복판에서 데이트 아닌 데이트를 하는 것도 먼 훗날엔 추억이 되겠지.

바람은 리듬을 타고 있었다. 그에 따라 빗줄기의 각도도 달라졌다. 30도로 휘었다가 돌풍이 몰아칠 때는 거의 90도 각도로 날아들었다. 규행이 또 한 번 90도 각도의 빗줄기를 보았다고 생각하는 순간, 두 남녀의 몸이 바람에 퉁겨 이쪽으로 날아왔다.

어어!

규행은 엉겁결에 그들의 몸을 받을 생각을 했다. 벽에 몸을 기대고 자기도 모르게 팔을 벌렸다. 남자와 여자가 그의 양팔에 걸린 꼴이 되었다. 순간적으로 목에 화끈한 느낌이 왔다. 남자 또는 여자의 비 젖은 옷에 스쳤을 것이다. 그리고 따끔한 통증이 왔다. 규행은 목에 손을 댔다가 떼어서 바라보았다. 언뜻 붉은 기가 비치는 듯했다. 갑자기 온몸에서 힘이 빠져나갔다.

규행은 털썩 몸을 꿇었다. 남자와 여자가 그를 부축하기라도 하듯 몸을 굽혔다. 규행은 길바닥에 머리를 처박았다. 갈라진 목에 세찬 빗줄기가 내리꽂혔다.

김명국은 요란하게 덜컹거리는 창문을 쳐다보다가 시선을 책상 위로 내렸다. 책장을 넘겼다. 그러나 좀처럼 집중이 되지 않았다. 쭉 읽어 내려가다가 다시 윗줄로 가기를 수차례 반복했다.

볼펜을 꺼내어 심을 집어넣고 문장 밑에 줄을 그었다. 정신이 시끄러워질 때 하는 그만의 독서법이다. 강제로라도 눈을 그 볼펜 끝에 붙박아두면 어느 순간엔가 집중이 된다.

얼마간 그렇게 했다. 하지만 자신이 집중을 위한 집중에 몰두하고 있다는 사실을 의식하자, 문장들이 달아나기 시작했다. 독서는 틀렸다. 다른 일을 하자.

김명국은 책을 덮고 자리에서 일어나 창가로 다가갔다. 문을 열 엄두는 나지 않았다.

덜컹! 덜컹!

그의 눈앞에서 창문이 미친 듯이 흔들렸다. 휘이잉! 하는 바람 소리가 귀청을 울렸다.

슝! 슝! 슝!

김명국은 날씨가 미쳤나 보다고 생각했다. 창문이 덜컹거리는 소리와 귀성(鬼聲) 같은 바람 소리 사이로 낯선 소리도 섞여 들려왔다.

드르륵.

미닫이 여는 소리가 너무도 조용해서 문이 열리는지도 몰랐다.

김명국은 비의 냄새가 확 풍겨오는 것을 느끼고 뒤로 돌아섰다.

그의 눈이 함지박만하게 벌어졌다.

비에 흠뻑 젖은 여자가 서 있었다.

그녀는 설국(雪國)에서의 그때처럼 환하게 웃고 있었다.

양 옆으로 치켜 올라간 눈이 빗방울에 젖어 반짝였다.

2년 전의 그 여자였다.

그 여자가 손을 내밀었다.

"박사님! 이젠 정말 저희가 모시지요."

그녀가 어서 오라는 듯 손짓을 했다.

가리봉동.

기수는 눈살을 찌푸렸다.

이렇게 태풍이 오는 날은 마작방 영업도 꽝이다. 홀에는 손님 하나 없었다.

아이들의 얼굴에도 심심함이 그득하게 차올라 있다. 뭐, 재미있는 일이라드 없을까? 하는 표정으로 그들은 서로의 얼굴을 탐색하는 중이었다.

"요럴 때 미쓰 오가 있으면 얼마나 좋을꼬?" 민구가 말했다.

녀석은 그날 밤의 황홀했던 잔 받기 놀이를 추억하고 있는 듯했다. 멍하니 형광등을 올려다보는 그의 얼굴에는 공항에서 "씨 유 투마로우!"로 방점을 찍지 못한 것에 대한 회한이 진하게 묻어 있었다.

"아, 즈소라도 받아놨어야 하는 건데. 나는 좡족이 좋아. 조선족과 좡족의 결합은 영원한 축복일 것이련만."

쓰헐 놈! 기수는 민구를 째려보며 속으로 욕을 했다.

"내가 볼 때 그건 아니지유. 좡족의 입장으로다가 보면 작은성님의 면상은 쪼끔 거시기허구먼유. 뭐라고 헐까, 체력은 차고 넘치는디 지성의 면으로다가 판단혀볼 것 같으면 영 아니구먼유."

황남이 말했다. 그 말을 들은 민구가 추억 모드에서 빠져나와 인상을 있는 대로 긁었다.

"그때 니가 끼어들지만 않았어도 미쓰 오하고 뷰리풀한 이별 데이트를 했을 것이다. 하여간 니 놈은 내 전생의 웬수다, 웬수."

"내가 볼 때 그건 아니지유. 그때 나의 예리한 감각으로다가 보면 분명히 미쓰 오는 거부하고 있었구먼유. 난 지성 없는 남자는 싫구먼, 허는 눈초리가 역력했구먼유."

저놈도 더하면 더했지 절대로 못지않은 쓰헐 놈이로다! 기수는 황남을 꼬나보았다.

"다들 모여."

기수가 그리 크지 않은 소리로 말했다.

그러자 여기저기서 멀뚱하게 앉아 있던 아이들이 뉘 집 개가 떠드냐 하는 식으로 기수를 쳐다보았다. 기수는 정수리가 뜨뜻해지는 것을 느꼈다.

"안 들려?" 버럭 소리를 질렀다.

우당탕 하고 달려온 아이들이 그의 앞에 기립했다.

기수는 아이들을 쓰윽 훑어본 다음, 주머니에서 지갑을 꺼냈다. 아이들의 눈이 기대감에 반짝였다.

"문 닫아라. 괜히 기다려봐야 헛수고일 거 같다." 그러면서 기수는 지갑에서 수표 한 장을 꺼냈다. "민구 너는 이 돈으로 애들 삼겹살 좀 먹이고."

"아이고 형님! 날씨의 힘이란 게 참으로 대단하긴 하구만요. 사람을 요렇게 휙 돌아가게 만드는 걸 보면 말입니다."

기수는 수표를 다시 지갑에 집어넣었다.

"내가 볼 때는 미쓰 오가 작은성님의 지성의 결핍만 파악헌 것이 아니라 느치의 부재도 알아챈 거 겉구먼유."

민구는 황남을 째려보다가, 자신의 실수를 깨달았는지 기수를 향해 손을 싹싹 빌었다.

"형님, 저는 괜찮지만 애들 영양실조를 좀 감안해서……."

"알았어, 인마."

기수는 민구에게 수표를 던져주고 자신의 방으로 갔다.

그동안 미뤄뒀던 일을 할 생각이었다.

캐비닛에 넣어둔 컴퓨터 하드를 꺼냈다. 밀라노에서 가져온 후배들의 하드였다.

컴퓨터에 잭을 연결하고 하드를 구동시켰다.

수십 개의 폴더들이 떴다.

기수는 폴더들을 훑어 내려가다가 한 곳에 커서를 멈추었다.

'S 동향'이라는 폴더였다.

마우스를 클릭했다. 한글 파일과 jpg 파일들이 섞여 있었다.

먼저 jpg 파일을 열었다. 대체로 한 건물을 찍은 사진들이었다. 몇 장을 쭉 보던 기수의 눈이 점점 커져갔다. jpg 파일을 다 본 다음 이번에는 한글 파일을 열었다.

그로투터 한 시간가량을 기수는 컴퓨터 앞에 앉아 있었다.

그리고 일어섰다.

그의 얼굴이 이글이글 타오르고 있었다.

기수는 휴대폰 버튼을 눌렀다.

치르치르와 미치르의 전설

가리봉동

성철은 몰랐다.

술 한잔 하자는 기수의 말투가 의외로 진지하긴 했으나, 늘 그렇듯 심각한 건 아닐 거라고 생각했다.

"야, 야. 나 안 그래도 바빠 죽겠는데 꼭 지금 해야겠냐? 나중에 하면 안 될까?"

— 다시 안 보려면 그러든지요.

"오메. 인자 술도 협박 땜에 마셔야겠구만."

성철은 투덜거렸지만 이미 마음은 정해놓았다. 기수가 저러는 데는 뭔가 사연이 있을 거라고 여겼던 것이다. 마침 일본 출장도 연기되었다. 태풍 '잠자리' 때문이다. 무슨 일이 있느냐고 물어 보려는데, 전화가 끊겼다.

이번에는 옆에 있던 정우의 휴대폰이 울렸다. 성철의 통화 내용을

엿들었던 정우는 송신자 이름을 확인하자마자 소리 지르듯 말했다.

"야 인마, 난 정말 바빠. 그리고 어제 먹은 술도 아직 뱃속에 남아 있단 말야."

— 나도 눈썹 휘날리게 바쁜 사람이로다만, 부족한 너에게 한 수 가르침을 베풀지 않을 수 없구나.

하여간 이 자식은 어디까지가 농담이고 어디부터 진담인지 종잡을 수가 없다. 진짜 바쁜데, 뭐, 가르침? 정우는 그렇게 생각하면서도 귀를 기울이지 않을 수 없었다. 기수가 헛방만 놓는 건 아니란 것을 잘 알고 있었기 때문이다.

— 잘 듣고 새기도록 하거라. '장강후랑추전랑'이요, '일대신인환구인'이니라. 뭔 말인고 하니 어젯밤 먹은 술은 새 술로 몰아내지 않으면 너 같은 구닥다리는 신삥한테 밀릴 것이로다, 하는 가르침이니라.

두보의 시 '장강의 뒤 물결이 앞 물결을 밀어내듯, 새로운 사람이 옛 사람을 몰아내는구나'를 빗댄 말이었다.

"좋아. 근데 무슨 일이야?"

— 술 먹자니까?

"언제?"

— 지금 당장.

"한 시간 있다 가면 안 될까?

— 10분.

"알았어. 30분 후에 갈게."

전화를 끊었다.

한 시간 후 사납게 달려드는 비바람을 물리치고 가리봉동 마작방에 도착했을 때, 지하실 입구로 들어가는 층계참에 종이 플래카드가 걸려 있었다.

'침묵이 금이다!'

"요건 또 뭔 소리래?" 성철이 고개를 갸웃하며 말했다.

몇 걸음 내려간 계단 바닥에도 종이가 청테이프로 붙어 있었다.

'말하면 샌다!'

그리고 지하실 철문에는 전지 크기의 '대자보'가 눈앞을 가로막고 있었다.

'형님, 그리고 친구.

장난 아니니까 시키는 대로 하세요.

내가 말하라고 할 때까지 말하지 마세요.

내가 주라는 것은 군말 없이 주세요.

설명은 나중에 할 테니까 그냥 시키는 대로 하세요.

깨달은 자, 기수 白(백).'

"야, 요놈 진짜 장난 아닌가 보⋯⋯."

"쉿!" 정우가 성철의 말을 가로막았다.

정우는 철문을 열고 안으로 들어섰다. 그의 뒤를 따라 들어선 성철은 아이들이 줄지어 있는 것을 보았다. 그들은 마치 개장 직후의 백화점 직원들처럼 일렬로 서 있다가 인사를 꾸벅했다.

"어허, 다들 왜 이랴?"

성철이 또 말하자 정우가 그를 꼬나보았다. 성철은 얼른 입을 다물었다.

기수가 손짓으로 자기 방으로 들어오라는 신호를 보냈다. 정우와 성철이 들어가니, 기수가 의자를 가리켰다. 앉으라는 뜻이었다.

기수 앞에 하얀 백지가 몇 장 놓여 있었다.

기수가 펜을 들어 기수와 성철에게 하나씩 나누어주었다.

그것을 본 성철의 얼굴이 심각해졌다. 아, 이놈이 드디어 결단을 내렸구나. 각서를 요구할 거고, 안 들으면 자폭하겠다는 폭탄선언을 하려는구나……하고 생각했는데 그것이 아니었다.

기수가 들어 보이는 종이에 이렇게 씌어 있었다.

'도청되고 있음. 절대로 말하지 말 것. 의사표시는 글로 적어서 할 것.'

정우는 무슨 눈치를 챘는지 고개를 끄덕였다. 성철도 따라서 끄덕였다.

'어떻게 된 일인데?' 정우가 먼저 적었다.

'형님, 휴대폰 주세요. 말하고 싶으면요.' 기수는 정우의 말을 무시하고 성철에게 요구했다.

'내 휴대폰을 뭐 하려고?' 성철이 마땅치 않은 표정으로 적었다.

'아까 철문 앞 대자보 안 읽었어요?' 기수가 힐난의 눈초리로 성철을 보았다.

성철은 휴대폰을 꺼내 기수에게 주었다. '사자개'가 반갑다고 꼬리를 쳤다. 기수는 무자비하게 '사자개'를 떼어냈다.

"너, 지금 뭔……?"

"쉿!"

기수와 정우가 동시에 손을 입에 갖다 댔다.

성철이 입을 다물자, 기수는 '사자개'를 집어서 수납장에 올려놓고 그 앞을 기계들(포커, 마작)로 가렸다. 그러고 나서 의자에 돌아온 기수가, "푸아!" 하고 숨을 몰아쉬었다.

"아이고! 10분 동안 아무 말 안하려니까 미쳐 죽는 줄 알았네. 나한테 고문은 따로 없어. 너, 아무 말도 하지 말고 있어! 그러면 아는 사실, 모르는 사실 다 불고 말 거야."

'인제 말해도 되는 거야?' 성철이 적었다.

"예. 말하세요." 기수가 몰랐냐는 듯 말했다.

"야, 너!" 입을 열게 된 성철은 다짜고짜 기수에게 따졌다. "왜 내 휴대폰 갖고 니 맘대로……?"

"잠깐만요. 아무리 그래도 언성은 높이지 마세요. 혹시 '사자개'가 들을지 모르니까."

"저게 도청장치야?" 정우가 물었다.

"아마도."

"어떻게 된 건지 설명해봐." 정우가 말했다.

기수는 자리에서 일어나 서랍을 열고 프린터로 인쇄한 사진들을 책상 위에 올려놓았다. 그것을 본 성철이 요리조리 고개를 돌려보다가 말했다.

"암만 봐도 우바이즈네? 근데 이렇게 옷을 차려입으니까 이 아가씨 괜찮다, 야."

"밀라노에서 찍은 거예요." 기수가 대답했다.

"뭐? 딜라노?" 정우가 깜짝 놀라며 물었다. "그 여자가 어떻게?"

"지난번 내가 유럽 여행 갔다 온 이야기 안 했지? 그럴 만한 이유가 있었어."

기수는 비첸차를 떠난 이후 자신이 겪었던 일에 대해 자세하게 이야기했다. 밀라노의 후배를 찾아 아파트에 갔던 일, 아파트 문을 따고 들어가 보니 후배들이 이미 죽어 있었다는 것, 그곳에서 우바이즈를 만났던 일, 그리고 우바이즈를 이곳에 데려오기까지의 일을 쭉 이야기했다.

"그래서 그 아가씨는 지금 어디 있는데?" 성철이 물었다.

"샜어요. 민구가 공항까지 바래다줬는데, 민구를 따돌리고 어디론가 가버린 거죠."

"어디 가서 취업하려고 그러는구만? 그러다가 걸리면 동생이나 나나 골치 아픈데."

"취업할 목적이 아니에요. 뭔가 노리는 게 있을 거예요." 기수가 침중한 얼굴로 말을 이었다. "그 여자는 킬러예요."

"뭐? 킬러?" 성철이 놀라서 소리쳤다.

"목소리 낮추라니까요? '사자개'도 그렇지만 밖에서 애들이 듣잖아요."

"그 여자가 킬러인 건 어떻게 알았지?" 정우가 물었다.

"이것도 봐."

기수가 한글파일로 작성된 문서를 내밀었다. 인쇄된 A4 용지들이 제법 많는데, 기수는 중요한 대목에 밑줄을 그어놓았다.

그것을 빠르게 읽어 내려가던 정우의 얼굴이 딱딱하게 굳어갔다.

정우가 용지에서 눈을 떼는 것을 보고, 기수가 설명했다.

"아까 말했던 내 후배 만복이하고 세훈이가 작성한 거야. 이 친구들은 그동안 유럽에 머물면서 정보를 수집하고 있었지. 그런데 자기

네 아파트 근처에 수상한 중국인 집단을 발견하고 계속 동향을 관찰했던가 봐. 만복이 그들을 삼합회라고 불렀다고 우바이즈는 말했지만, 웃기는 소리지. 사실 그년이 대빵이거든."

성철도 읽기를 마쳤다. 기수는 계속 말을 이어갔다.

"본명은 쑨잉, 중국 정보국 소속이면서도 별도의 조직을 위해 일하는 것 같다고 했어. 후배들이 죽은 건 그걸 알아냈기 때문일 거야."

"동생이 들어갔을 때 보니까 죽은 지 얼마 안 됐다며? 근데 골목길을 들어설 때 사람 그림자 하나 못 봤어?"

"살인자가 그 안에 있었으니까요."

"그렇다면!" 정우는 기수의 말뜻을 알아챘다.

"그래. 바로 우바이즈, 아니지 쑨잉 그 여자가 죽인 거였어. 동향보고서를 코니까 그때 내가 목격했던 것들이 일목요연해지더군."

기수는 말을 끊고, 탁자 위에 있던 물을 따라 한 컵 들이켰다. 그것을 보고 성철도 물을 따라 마셨다. 이야기를 듣는 동안 그도 침이 말랐던 모양이다.

"단순히 여자를 찾아온 거라면 서재를 엉망으로 만들 이유가 없겠지. 여자가 책꽂이에 숨을 리는 없잖아? 게다가 키도 만만찮은데. 지금 생각하니 그땐 그걸 왜 몰랐을까 후회가 되더군."

"아니지. 모르길 잘했지. 암만 잘했고말고."

성철은 고개를 끄덕끄덕하더니 말을 이었다.

"안 그랬으면 동생도 그 자리에서 피웅!" 성철은 집게손가락을 자신의 관자놀이에 댔다. "아이고, 끔찍해라. 하마터면 동생을 못 볼 뻔

241

했구만. 다행이여, 다행."

"으이그! 그렇다고 꼭 그 말을 이 순간에 해야 돼요?" 정우가 성철을 타박했다.

"사실은 사실 아녀?" 성철이 눈을 치뜨며 항변했다.

"그때 컴퓨터가 켜 있었는데, 그 여자도 비밀번호를 몰라서 찾고 있던 동안에 내가 벨을 누른 거야. 그래서 잽싸게 옷장으로 숨었던 거고. 그 여자가 입고 있는 옷 외에 여권이며 지갑 따위를 갖고 있지 않았던 이유는 당연했지. 관광 안내를 위해서가 아니라, 누굴 죽이려 왔던 거니까."

"참말로 독한 년이구만." 성철이 말했다.

그 뒤로 긴 침묵이 흘렀다.

한참 후에 정우가 입을 열었다.

"도청한다는 건 어떻게 알았어? 저 '사자개' 말야."

"형님, 그 여자에게 여권을 주던 날 생각나세요?"

"나다마다. 아주 넙죽하고 잘도 받더만."

성철이 눈을 끔뻑이며 대답했다. 기수는 정우를 향해 고개를 돌리고 말했다.

"그 여자에게 묘한 버릇이 있다는 걸 비행기 타고 올 때부터 알았어. 고양이 혀로 입술을 핥는 버릇이야. 묘하게 인상에 남더군. 지금에 와서 생각해 보니까, 그 여자가 혀로 핥을 때는 뭔가 원하는 바를 얻었을 때였어. 내가 속아 넘어갈 때 그랬고, '사자개' 고리를 형님이 달았을 때 그랬고, 여권을 얻어서 이곳을 나가게 될 때 그랬어. 그리고 결정적인 건, 형님 휴대폰이 진동했을 때 자기 옆구리에 손을 댔던 거야. 그게 뭐겠어? 제 몸 어딘가에 도청수신기가 붙어 있다는 표시 아니겠어?"

정우와 성철이 동의한다는 뜻으로 고개를 끄덕였다.

"쉿! 다시 종이로 말하자."

정우는 그렇게 말하며 '사자개' 고리를 들고 왔다. 그가 북슬북슬한 털을 헤치고 배 가운데를 살짝 벌리자 칩이 보였다. 셋은 서로를 마주보며 고개를 주억거렸다. 정우는 다시 '사자개'를 아까 그 자리에 갖다놓았다.

"부자가 아니라 하마터면 망조로 가는 지름길이 될 뻔했구만." 성철이 말했다.

"부탁이 있어." 기수가 말했다.

둘의 눈길이 자신을 향하자 기수가 말을 이었다.

"저 도청장치를 역수신할 수 있게 해줘. 난 그년에게 빚을 받아낼게 있으니까."

"역수신은 얼마든지 가능해. 하지만 니가 빚을 받아낸다는 건 무리가 아닐까?" 정우가 말했다.

"아니, 반드시 내 힘으로 받아낼 거야. 내가 후배들한테 해줄 수 있는 건 그것밖에 없으니까."

정우는, 기수의 모습이 이렇게도 달라질 있구나, 하는 것을 느끼며 내심 놀랐다.

"그려. 역수신은 내가 알아볼게. 하지만 동생도 조심해."

성철이 말하자, 기수는 고개를 끄덕였다. 이럴 때 보면 성철이 진짜 형님인 것처럼 느껴지기도 했다.

"잠깐," 갑자기 정우가 인상을 쓰며 성철에게 말했다. "팀장님, 혹시 이 '사자개'를 단 후로 뭔가 중요한 이야기를 한 적은 없어요?"

"글쎄."

성철은 기억을 떠올리려는 듯 눈을 가늘게 뜨고 생각에 잠겼다. 그러다가 돌연 얼굴이 하얗게 질리며 벌떡 일어섰다.

"헉! 난리 났다!"

"뭐가요?" 기수와 정우가 동시에 물었다.

"그년이 김 박사 위치를 알아냈을지도 몰라!"

성철이 비명을 지르듯 말했다.

일본 돗토리현.

김명국이 실종되었다.

초비상상태에 돌입한 NTS는 항공기가 뜰 수 있게 되자마자 지원부서를 제외하고 작전요원과 SRT 팀을 대거 오사카에 급파했다. 김 소장이 오사카에서 실종된 이상, 코모의 공연장 스피커에서 빼낸 SNC도 오사카 어딘가로 향할 것이 분명했다. 범인들의 속셈은 명백했다. 김 소장으로 하여금 SNC를 중성자제어기에 결합시키게 하려는 것이다.

NTS가 가장 먼저 한 일은 실종사건 당일 고택 '아오키' 주변도로의 CCTV를 체크하는 것이었다. 그러기 위해서는 일본 내각조사실의 협조가 필요했다. 산업스파이를 추적하기 위한 협조공문을 보내자, 일본 측은 한국 수사단의 규모를 보고 짙은 의구심을 표명했다. 하지만 산업스파이에 관한 한 오히려 자신들이 더 많은 도움을 필요로 하는 입장이라 어쩔 수 없이 한국 측의 요구에 따랐다.

김 소장이 실종되던 날, 태풍으로 인해 차량의 통행량은 극히 적었다. 많지 않은 차량을 일일이 조사한 결과, 용의차량이 돗토리현으로 향했다는 것이 밝혀졌다.

그 용의차량이 발견되었다. 폐허로 변한 창고 앞에 세워진 승합차였다. 하지만 그것은 덫이었다. 차량에 접근하던 SRT 요원들은 부비트랩의 폭발로 1명 사망, 3명 부상이라는 참담한 결과만 얻었을 뿐이었다.

"우리의 모든 정보역량을 총가동하라! 여기서 한 발이라도 물러서면 그날로 NTS의 요원들은 하나도 남김없이 무덤 속으로 집어넣을 것이다!"

권용관 국장은 그렇게 사자후를 토해냈다. 그는 실제로 사망선고를 내릴 것처럼 요원들을 가차 없이 내몰았다.

탐색작업은 더욱 열띠게 진행되었다. 용의차량이 있던 지점을 중심으로 모든 CCTV를 빠짐없이 조사하고, 정보원들의 인적 네트워크를 총동원하여 수색망을 좁혀갔다. 그리고 마침내 돗토리 시에서 차로 2시간 못 미치는 거리에 있는 구라요시 시의 한 지점이 유력한 적의 아지트로 파악되었다.

……지금부터 파랑새 이야기를 해야겠다.

치르치르와 미치르의 이야기를 하려고 해.

사랑하는 우리의 딸.

너를 꽃제비라고 부르더라.

'꽃'과 '제비'. 아무것도 모르는 사람들은 예쁜 이름이라고 할지도 모르겠구나. 혹은, 더러운 몰골에 먹을거리를 찾아 들판을 헤매는 아이를 비웃기 위해 오히려 그런 이름을 붙였다고 생각할지도 모르겠다.

하지만 아니란 걸 나는 안다. 외세의 힘으로 일제 강점기를 벗어나 혼란만이 팽배했던 해방공간의 시대부터, 먹을 것 없고 잘 곳 없어 떠돌아야 했던 유랑자를 꽃제비라고 불렀지.

코체브니크, 코체브이, 코체비예.

옛날 소련 사람들은 유랑자들이나 유랑자의 거처를 그렇게 불렀어. 그것이 우리말로 변화한 게 꽃제비란다.

지긋지긋하게 가난하게 살던 시대에 나온, 이상야릇한 말이지.

내가 나고 자란 땅은 꽃제비의 땅이었어.

세월이 흘러 숨을 좀 돌리나 싶었는데, 다시 옛날로 돌아가고 만 천형의 땅이었지. 사방이 가로막혀 나가려야 나갈 데가 없는 숨 막히는 곳이었다.

그래서 60년이 지나고 70년이 지나도, 우리 땅은 여전히 꽃제비였단다.

그런 꽃제비의 땅에서 나는 파랑새의 꿈을 꾸었어.

치르치르와 미치르는 가난한 나무꾼의 아이들이었지. 좋은 옷과 맛있는 음식을 마음껏 먹고 즐기는 부잣집 애들이 부러웠어.

치르치르와 미치르는 어느 날 행복이라는 파랑새를 찾아 여행을 떠나. 하지만 그들은 혼자가 아니었어. 손을 꼭 붙잡고 다녔지.

나도 여행을 떠났어. 하지만 여정(旅程)은 정반대였단다. 파랑새는 이미 내 안에 있었거든. 나는 파랑새와 함께 여동생을 아니면 오빠를 찾아 여행을 떠난 거야. 둘이 아닌 혼자는 파랑새를 영원히 붙잡아둘 수가 없었거든.

우리는 서로를 만나려고 먼 길을 돌아야 했단다.

처음에 우리가 마주친 곳은 블라디보스토크였어. 눈보라가 몰아치던 북국(北國)의 밤에 우리는 처음으로 손을 잡았지. 그때 나는 죽음이라는 공포를 처음으로 맛보았단다.

집으로 돌아가기 위해 바다를 건너 니가타로 갔지. 그러나 마녀가 우리의 손을 떼어놓았어. 그곳에서 나는 실제로 죽음을 보았어. 공포가 아닌 실제의 죽음을.

하지만 우리는 서로를 향한 의지가 강했지. 결국 다시 만난 곳이 돗토리였다. 우리는 다시 손을 잡고 바다를 건너 집으로 돌아왔어. 곧 파랑새가 예쁜 소리를 들려줄 참이었단다.

하지만 우리 집은 순전히 우리 집이 아니었어. 우리는 마녀의 저주를 피해 이곳저곳을 돌아다녀야 했단다. 그러다가 또 다시 바다를 건넜지.

벌써 세 번째 건너는 바다였어.

꽃제비야.

우리가 만나야 하는 이유는 바로 너에게 있단다. 네 얼굴을 씻어주고 너에게 맛있는 것을 먹여주고 싶어서란다. 너에게 파랑새를 안겨주고 싶은 거란다.

그러나 너에게 파랑새를 안겨주기가 정말로 어렵구나.

지금 나는 또 다시 치르치르 아니면 미치르와 떨어져 혼자 있단다.

죽음의 공포 앞에 떨고 있지.

지금 내 앞에 사내들이 있어. 나에게서 파랑새를 빼앗아가려고 하는 마녀들의 후손이지.

그들은 피 묻은 손으로 나에게 파랑새를 내놓으라고 하는구나. 내 안에 있는 파랑새를 끄집어내라고 하는구나.

그러나 꽃제비야.

다시 한 번 말하지만, 파랑새는 너를 위한 것이란다.

네가 아닌 어느 누구도 파랑새의 주인이 될 수 없어.

마녀의 후손들은 나에게 죽음의 공포로 위협하지만, 나는 기꺼이 그 공포를 껴안으련다.

꽃제비야.

하지만 잊지 마라.

내가 아니더라도 치르치르와 미치르는 만나게 될 거야.

그들이 너에게 꼭 파랑새를 안겨줄 거야.

난 이미 준비가 돼 있단다.

잊지 마라, 우리의 딸 꽃제비야.

곧 치르치르와 미치르가 널 찾아갈 테니까.

저들이 나를 결코 위협하지 못한다는 것을 보여주는 것으로, 우리의 딸 꽃제비가 파랑새의 주인임을 똑똑히 보여주련다.

우리의 사랑하는 꽃제비야…….

"폭발이 일어났습니다! 김 박사가 작업하는 공장에 엄청난 불길이 치솟고 있어요!"

앤디가 황급히 뛰어 들어오며 소리쳤다.

"뭐야?" 손혁이 벌떡 일어섰다. "김명국은? 그리고 SNC는?"

"생존 가능성 제로입니다. 저런 폭발 규모에서 사람이 살아날 수는 절대로 없습니다. 물론 SNC도 온전할 턱이 없고요."

"가 봐! 현장에 가서 어떻게든 찾아내!"

"늦었습니다. NTS에서 들어오고 있습니다."

"누구야? 누가 일으킨 거야?"

앤디는 손혁이 이성을 잃고 발광하는 모습은 처음 보았다.

"안에 우리 요원들이 있었기 때문에 외부인이 할 수는 없습니다. 어쩌면……."

"어쩌면, 뭐?"

"김 보사가 자폭한 것 같습니다."

손혁은 망연자실했다. 또 다시 '우연'이라는 놈에게 패배를 당하는 순간이었다.

오사카의 밤.

시계는 9시 46분을 가리키고 있다.

기수는 야경을 감상하는 여느 관광객들처럼 사방을 두리번거리며 걸었다. 그러면서도 허리춤에 매달린 '진돗개'의 발신음을 놓치지 않기 위해 주의를 집중했다.

NTS의 과학기술팀은 '사자개'에서 빼낸 칩을 조작하여 역수신이 가능하게 만들어 놓고, 그것을 '진돗개' 인형 속에 집어넣었다. 검고 북슬북슬한 털의 '사자개'와 달리, 하얀 아기 '진돗개'는 빨간 혀를 내밀며 방긋 웃고 있었다.

허리춤이 부르르 떨렸다. 소리가 오고 있다는 신호였다.

기수는 이어피스에서 흘러나오는 소리에 신경을 곤두세웠다.

— 뭐라고? 또 실패했다고?

여자의 새된 목소리가 들려왔다.

가증스런 우바이즈, 아니 독한 년 쑨잉의 목소리였다.

기수는 이를 지그시 깨물었다.

기수는 품에서 아이폰 크기의 위치추적장치를 꺼내들었다. 그것 역시 성철이 과학수사팀으로부터 빼내온(?) 것이었다.

얄미운 기생형(兄)이었다가 고마운 형님이었다가. ……성철을 떠올릴 때면 어떤 표정을 지어야 할지 늘 고민해야 하는 기수였다. 울어야 할지, 웃어야 할지, 아니면 애매모호한 표정을 지어야 할지.

— 타깃이 죽었어?

누가 죽었다고? 기수는 토끼처럼 귀를 쫑긋 세웠다. 타깃? 타깃이라면 김명국 박사가 죽었단 말인가?

기수는 경악했다. NTS에서 노심초사 보호해 오던 김 박사가 죽었다면 큰일도 보통 큰일이 아니었다. 성철과 정우가 어떤 모습으로 있을지는 안 봐도 비디오였다.

— 그래서 해프닝으로 여기기로 했다? 상황 끝이니 귀국해라? 날 그렇게 고생시켜놓고 이제 와서 그런 소리를 해? 못난 자식들!

상대의 목소리가 들리지 않는 것으로 보아 쑨잉은 지금 누군가와 통화를 하는 것 같았다. 그리고 대화 내용으로 보건대, 상대는 아마 그녀의 부하일 것이다.

― 그딴 식으로 할 거면 다신 날 부르지 말라고 해!

그러나 쑨잉. 내가 널 부를 것이다. 아니, 내가 널 찾아가고야 말 것이다.

기수는 위치추적장치의 액정을 확대시켰다. 그녀의 위치를 표시하는 점이 그만큼 가까워져 있었다.

야구 모자를 깊게 눌러쓰고 고개를 숙인 채 계속 추적장치를 따라 움직였다.

한참을 가다 보니 어느 새 오사카 북쪽 우메다 지역에 이르러 있었다. 호텔과 백화점들이 모여 있는 번화가다. 일이 끝난 기념으로 쇼핑을 하며 즐거운 시간을 보내고 있을 게 틀림없었다.

다시 한 번 기수는 속으로 욕을 했다. 가증스런 우바이즈, 독한 년 쑨잉.

이제 추적장치에 따르면 쑨잉은 바로 근처에 있었다. 기수는 티 나지 않게 눈을 사방으로 돌리며 사람들의 모습을 살폈다.

그리고 마침내 그녀의 모습을 발견했다. 그녀는 몇 명의 사내들과 함께 길을 걸어가고 있었다. 기수는 남자들의 수를 헤아렸다. 셋이다. 혹시나 거리를 두고 따라가는 사람은 없는가 싶어 그녀의 뒤쪽을 살폈다. 역시 그의 짐작대로 10미터 뒤에서 남자 둘이 그녀가 가는 방향으로 움직이고 있었다.

기수는 쑨잉이 여왕으로 군림하고 싶어 하는 성정(性情)의 소유자임을 이미 파악하고 있었다. 그녀가 마작방에서 아이들을 대하는 모습에서 기수는 그 점을 예민하게 감지할 수 있었다. 기수가 구로서에서 유치장 투쟁을 벌이던 그날, 아이들을 빙 둘러앉고 술잔을 돌리게 한 것은 다름 아닌 여왕 노릇이었다. 그 후로도 여러 번 그런 모습을 볼 수 있었다. 아이들로 하여금 충성 경쟁을 벌이게 해놓고 기분 나면 손을 내밀어 그 손에 키스의 영광을 주는, 비록 꼭 그처럼 한 것은 아니지만, 그런 비슷한 느낌을 기수는 자주 받았다.

지금도 그랬다. 세 남자를 호위무사처럼 자신의 주위에 걷게 하고, 또 그 뒤에 두 명을 시종처럼 따르게 한다.

기수는 35호실 요원이었을 때의 본능을 한껏 끌어냈다.

대기하라! 그러면 답이 나온다.

본능이 그렇게 말하고 있었다.

이제 시간은 10시 정각이 되었다. 기수는 여왕의 밤을 짐작하고 있었다. 이제 슬슬 그녀는 호위무사와 시종들을 물릴 것이다. 그녀만의 쾌락을 위한 시간이 다가왔으니까.

이윽고 기수는 기다린 보람이 있음을 확인할 수 있었다. 남자들이 그녀에게 꾸벅 고개를 숙이고는 뒤돌아서서 걸어가기 시작했다. 기수는 쏜잉을 놓치지 않는 동시에, 사라져가는 남자들의 모습이 보이지 않을 때까지 끈기 있게 기다렸다.

눈앞에는 우메다 스카이빌딩이 있었다. 그곳의 유명한 공중정원으로 올라가 늘씬한 키에 긴 머리카락을 휘날리고 있으면 수많은 남자들이 그녀를 찬미하기 위해 몰려들 것이다. 그 남자들 중 한 명이 되기로 기수는 결정했다.

아찔하게 급경사진, 푸르스름한 형광조명이 양옆으로 길게 뻗은 에스컬레이터를 타고 올라갔다. 10여 미터 위로 그녀의 꽉 조인 청바지가 보였다. 공중정원에 올라 그녀를 계속 관찰했다. 과연 몇 명의 남자가 그녀의 곁을 맴돌고 있었다.

기수는 앞으로 나아갔다. 쑨잉은 오사카의 화려한 야경에 눈을 두고 있다. 하지만 그녀가 어디에 진짜 눈을 두고 있는지 기수는 잘 알고 있었다. 물론 그녀의 기대를 충족시켜 줄 생각은 털끝만큼도 없었다. 깽판 놓는 촌놈이 되어 여왕을 망가뜨릴 작정이었다.

그녀의 등을 두드렸다. 양옆으로 치켜 올라간 눈이 뒤를 돌아보았다. 그녀의 눈이 놀라움으로 크게 벌어졌다. 기수는 일본어와 중국어와 한국어를 동시에 섞어가며 말했다.

"여어, 우바이즈. 여긴 웬일이래요?"

그녀는 당황한 듯 주변부터 살폈다.

"중국에 갔다가 여기 온 거요?"

쑨잉은 대답해야 할지 말아야 할지를 결정하기 위해 고심하는 듯했다. 그러거나 말거나 기수의 깽판은 조금씩 도를 더해가고 있었다.

기수는 그녀의 위아래를 쓱 훑어보며 큰 소리로 말했다.

"와, 멋지게 변했네요. 아니, 여권도 없고 돈도 없는 사람이 어디서 이런 옷을 다 샀데?"

그러면서 그녀의 옷을 슬슬 만지기도 했다.

쑨잉의 얼굴이 심하게 일그러졌다. 그녀는 기수를 밀치며 에스컬레이터 쪽을 향해 빠른 걸음으로 가기 시작했다. 기수는 그녀를 놓치지 않았다. 좀 더 빠른 걸음으로 그녀의 뒤에 바짝 달라붙어 연신 떠들어댔다.

"쫭족 자치구에 어머니 아버지는 평안히 계시던가요?"

쑨잉은 이제 달려가기 시작했다. 기수는 달리기에 영 자신이 없었지만 어쨌든 힘을 내서 그녀의 옆에서 마주 달렸다.

"중국에 가서는 감방에 안 갔어요?"

마침내 여왕의 껍질은 깨어지고 고양이의 본능이 드러났다.

그녀는 옆을 달리는 기수의 발을 걸었다. 하지만 기수는 펄쩍 점프하여 그녀의 시도를 무산시키고 어깨를 짚었다. 쑨잉은 멈추는 동시에 돌려차기를 했다. 기수는 고개를 숙여 피했다. 정우와 같은 파괴력은 없지만 기수에겐 순발력이 있었다. 기수는 연속적으로 들어오는 그녀의 공격을 피하기만 했다.

몇 차례의 공격이 무위로 돌아가자, 쑨잉은 자신이 상대를 과소평가했음을 깨달았다. 앞에 선 남자는 마작방 주인에 불과한 남자가 아니었다. 쑨잉은 킬러가 되기로 했다.

그녀의 손에서 날카로운 빛이 번쩍였다. 구경하던 사람들 사이에서 비명이 터져 나왔다. 기수는 바짝 긴장하며 오직 피하는 일에만 온 신경을 집중했다.

기수는 에스컬레이터 쪽을 향해 슬슬 뒤로 물러났다.

뒤를 힐끔 돌아보았다. 상향 에스컬레이터를 일본경찰들이 뛰어오르고 있었다.

쑨잉은 더욱 예리하게 칼을 휘둘러 왔다.

경찰이 에스컬레이터 끝에 이르렀다.

기수는 몸을 홱 돌려 경찰의 뒤에 숨었다. 기수를 향해 덮쳐오던 쑨잉은 뻗었던 칼을 접으려 했지만 늦었다. 그녀의 칼이 경찰의 가슴에 꽂혔다.

또 다른 경찰이 권총을 뽑아 그녀를 향해 쏘았다. 쑨잉의 복부에

구멍이 뚫렸다. 그녀는 달려오는 속도를 이기지 못하고, 60도 각도의 급경사진 상향 에스컬레이터의 끝에 발끝이 걸린 채, 앞으로 넘어지지 않기 위해 안간힘을 다하고 있었다.

기수는 양팔로 날갯짓을 해대는 쑨잉의 등을 살짝 밀었다.

으아아!

아래로 곤두박질치는 쑨잉의 몸이 계단에 부딪혀 이리저리 튕기고 있었다.

침울한 얼굴로, 정우는 잿더미로 변한 공장 내부를 돌아보고 있었다. SNC와 그 밖의 각종 기계며 도구들의 파편은 모두 NTS가 수거해간 상태였다.

정우는 자신이 왜 이곳을 어정거리는지 스스로도 까닭을 몰랐다.

김명두 소장의 사망과 함께 신형원자로를 향한 대한민국의 꿈은 물거품이 되어 버렸다.

훗날 SNC를 중성자제어기에 결합시켜줄 과학자가 나타난다 하더라도, 그가 꼭 한국 사람이라는 보장은 없었다. 더구나 얼마나 긴 세월이 흘러야 그런 사람이 나올지도 예측할 수 없었다.

허망했다.

그래서 이렇게 어정거리는지도 몰랐다.

정우는 텅 빈 눈으로, 부서지고 그을린 공장 내부를 바라보았다.

NTS는 김 소장이 자폭했을 거라고 결론지었다. 북한에서 블라디보스토크로, 니가타로, 돗토리로, 대전으로, 오사카로, 다시 돗토리로 수없이 죽음의 공포를 맛보며 끌려 다녀야 했던 그가 마지막으로 죽음을 선택했을 거라고.

하지만 꼭 그래야 했을까?

어느 누구보다 애족심이 강하고 일에 대한 신념이 투철했던 사람이 그렇게 허무하게 죽음을 선택해야 했을까?

정우는 가슴이 아팠다. 그러나 한편으로는 김 소장에 대한 원망도 컸다. 그럴 거면 뭐 하러 우리에게 꿈을 주었느냐고 큰 소리로 따지고 싶었다.

자기도 모르게 콧잔등이 시큰해졌다. 불쌍한 김 박사, 불쌍한 대한민국. 끌려 다니는 김 소장, 휘둘리는 대한민국. 생각할수록 분하고 억울했다. 엉엉 울고 싶은 심정이었다.

정우는 눈앞에 뒹구는 시커멓게 탄 깡통을 냅다 걷어찼다. 공중을 날아오른 깡통은 벽에 튕겨 멀리 굴러갔다.

깡통이 부딪치고 간 그을린 벽에 회색의 콘크리트 맨살이 드러났다. 온통 잿빛인 벽에서 그 회색의 콘크리트는 기묘하게 반짝거려 보였다.

정우는 그곳을 한참 동안 쳐다보았다.

천천히 걸어 그쪽으로 갔다.

손가락 반 마디 크기의 알파벳들이 몇 개 보였다. 그 알파벳은 못이나 아니면 다른 날카로운 무엇인가로 판 것들이었다.

정우는 호주머니에서 주머니칼을 꺼냈다. 그리고 그을린 벽을 긁기 시작했다. 알파벳들이 완전히 모습을 드러냈다.

골뱅이(@)를 가운데 둔 영문의 배열. 그리고 'PARANGSE'라는 영문자가 그 옆에 있었다.

이건 이메일 어드레스다!

정우는 직감했다.

그것을 수첩에 적은 후, 칼로 벽을 문질렀다.

알파벳이 사라졌다.

아테나, 전쟁의 여신

미국 버지니아 주

"그리하여 한국의 돌출행동이 진압, 종식되었습니다. 아테나는 이를 환영하며, 그동안 세계 질서의 수호자로서 그 역할을 영웅적으로 수행해온 우르사 마요르의 노고에 대해 치하하는 바입니다. 원로 여러분, 우르사 마요르의 제7성 알카이드, 데이비드 콜맨입니다."

의장이 소개하자, 49인의 원로들이 일제히 박수를 쳤다.

아테나의 원로들은 세계 유수의 무기·우주공학산업체와 에너지산업체의 수장들로 구성되어 있다. 아테나는 '지구의 미래'를 책임지는 비밀결사로서, 원로회의는 그 진로를 결정하는 최고 의결기구였다. 원로회의의 상시 의장은 존재하지 않는다. 회의 때마다 참가 회원들의 다수결 투표를 통해 정하는 수순을 밟았다.

오늘 원로회의의 의장은 맥커먼 마트라 사의 회장 헨리 주커만이 맡았다. 그는 아테나 사무국의 사업결과보고서 발표가 끝나자, 오늘

258

회의의 하이라이트인 우르사 마요르에 대한 안건을 상정했다.

우르사 마요르는 아테나의 주요 사업을 관장하는 막강한 권력 집단으로, 아테나를 움직이는 핵심이라 할 수 있다. 상시 의장이 존재하지 않는 아테나의 구조상, 우르사 마요르의 수장은 사실상 아테나를 대표했다.

현재 우르사 마요르를 지휘하는 사람은 '알카이드'인 데이비드 콜맨이었다.

단상에 오른 콜맨은 49인의 원로들을 쭉 돌아본 다음 천천히 입을 뗐다. 은발에 호리호리한 키, 안경을 쓴 이 60대의 남자는 침중한 목소리르 우르사 마요르의 현황에 대해 간략히 설명했다.

"오늘 우리는 기존 우르사 마요르의 활동에 마침표를 찍고자 합니다. 한국의 신형원자로 개발이라는 변수를 맞아 우르사 마요르는 열과 성을 다했고, 그 결과 무모한 도발을 진압할 수 있었습니다. 하지만 이 과정에서 제2성 메라크와 제3성 페크다, 제4성 메그레즈를 잃었고, 제1성 두베와 제5성 알리오스는 유명무실한 존재가 되었습니다. 이에 현재의 우르사 마요르는 제 기능을 다할 수 없는 실정에 놓이게 되었습니다. 따라서 저 알카이드는 새로운 우르사 마요르를 구성, 출범시켜야 한다는 판단 아래, 물밑작업을 진행해 왔습니다. 오늘 존경하는 원로 여러분 앞에 우르사 마요르 제2기의 출범을 정식 제안하는 바입니다. ……원로 여러분의 현명한 판단을 기대하겠습니다."

콜맨이 정중하게 허리를 숙이고 단상을 내려가자 의장이 다시 올라섰다.

"원로 여러분, 방금 알카이드는 우르사 마요르 제2기의 출범안을 제안하였습니다. 이에 대해 보충질문이나 이견을 제기하실 분 계시면 손을 들어주십시오."

제로미닉 사의 회장 마이클 골든스타인버그가 손을 들었다. 좌중의 시선이 그에게로 쏠렸다.

"말씀하십시오." 의장이 발언권을 주었다.

"제2기 우르사 마요르의 구성 주체는 누구입니까?" 골든스타인버그가 물었다.

"우르사의 마요르는," 단상 아래로 내려와 자신의 자리에 앉아 있던 콜맨이 대신 대답했다. "사업의 성격상 연속성을 갖지 않으면 안 됩니다. 따라서 외람되지만, 원로 여러분께서 동의해주신다면 제가 다시 한 번 구성 작업을 맡도록 하겠습니다."

원로들은 대부분 고개를 끄덕였다.

다시 의장이 나섰다.

"골든스타인버그 회장, 답변에 만족하셨습니까?"

골든스타인버그도 머리를 주억거렸다.

"또 다른 질문 하실 분 안 계십니까?"

아무도 손을 들지 않았다.

"알겠습니다. 그러면 제2기 출범안에 대해 찬반투표를 실시하도록 하겠습니다. 원로들께서는 좌석 앞에 있는 두 개의 버튼 중 하나를 눌러주시기 바랍니다."

가리봉동.

기수의 이야기를 들은 성철이 입을 헤 벌렸다.

"와, 그러니까 땅꾼이 독사 잡듯이 했구만? 사람들이 보는 앞에서 슬슬 약올려놓고는 물기를 기다렸다가 확 낚아채 버리는, 아니지 휙 밀어버리는 식으로다 말이지."

성철은 마치 자신이 급경사 아래로 떨어지기 직전인 것처럼 두 팔로 날갯짓하는 시늉을 해 보였다.

"머리 좀 썼네? 그런 다음엔 어떻게 했어?" 정우가 물었다.

"경찰들이 동료를 수습하랴, 그 여자를 확인하랴, 정신없는 사이에 슬그머니 엘리베이터 타고 내려왔지, 뭐."

"듣다 보니 속이 다 시원하네 그랴. 묵은 체증이 쑥 내려간 것 같어." 성철이 말했다.

"근데 말야," 정우가 수첩에 적은 메모를 보이며 기수에게 말했다. "이런 이메일 형식 본 적 있나?"

그것을 본 기수의 눈이 동그래졌다.

"어? 이건 북조선 간부들 중에서 특별 용도를 가진 사람들만이 비밀리에 쓰는 웹 메일 방식인데?"

"음!"

정우는 이제 확신할 수 있었다. 이것이, 김 소장이 자폭을 결심하기 전 남긴 마지막 메시지라는 것을.

그러나 문제는 아이디와 비밀번호였다. 정우는 귀국한 이후로 계속 그 문제에 매달려왔다.

"이런 웹 메일에 접근하려면 어떻게 해야 되는 거지?" 다시 정우가 물었다.

"북에서 직접 코드를 부여받은 하드가 없으면 안 돼."

"그럼, 코드가 부여된 하드를 제공받은 사람만이 이 웹 메일을 사용할 수 있다는 얘긴가?"

"그렇지."

정우는 난감했다. 이런 하드를 지금 어디서 구할 수 있다는 말인가? 그렇다고 하드를 구하기 위해 북으로 갈 수도 없는 노릇이다.

"가만 있자. 그게 되지 않을지 몰라?"

기수는 자리에서 일어나 금고를 열고 공기방울포장지에 감싸인 물건을 꺼내 들고 왔다.

"후배들이 쓰던 하드야. 혹시나 해서……."

"얼른 해보자." 정우가 눈을 반짝이며 말했다.

기수는 일단 문부터 잠갔다. 그리고 컴퓨터에 잭을 연결한 다음 하드를 구동시키기 시작했다. 하드가 작동 준비를 갖추자, 기수는 프로그램 찾기를 시작했다. 영문과 숫자로 된 파일들이 핑핑 돌아갔다. 그리고 검색 결과에 파일 하나가 떴다.

"있다!" 기수가 말했다.

기수는 파일을 클릭하고 설치 프로그램을 다운받았다. 다운로드가 진행되기 시작했다.

"동향보고서 같은 걸 전송하려면 이 프로그램이 필요했을 거야."

기수가 말하자 정우는 고개를 끄덕였다. 옆에 있던 성철도 호기심 어린 눈으로 그 과정을 지켜보고 있었다.

마침내 프로그램이 설치되자, 인터넷을 열고 주소를 입력했다. 웹 메일이 뜨고, 아이디와 패스워드를 요구하는 메시지가 껌벅였다.

정우는 눈을 감고 그 동안 생각해왔던 것들을 다시 한 번 정리해 보았다.

생각의 실마리는 'PARANGSE'다. 정우는 확신했다. 그렇다면 아이디와 패스워드는?

정우는 일단 아이디에 'PARANGSE'를 그대로 입력하고 패스워드에는 아무 숫자나 넣은 다음 엔터키를 쳤다. 혹시나 했지만 역시나 예상했던 메시지가 떴다. '존재하지 않는 아이디입니다.'

"자, 내기 퀴즈 하나 낼 게 맞춰 봐. 실장님도 맞춰 보세요. 맞추면 한턱 크게 쏠 테니까."

"그려? 어디 내 봐. 한번 해보지 뭐." 성철이 말했다.

"김 소장이 이 웹 메일과 '파랑새'라는 단어를 남겼어요. 내가 보기엔 '파랑새' 속에 아이디와 패스워드의 실마리가 숨어 있을 것 같은데, 뭐 떠오르는 게 없어요?"

"파랑새? 파랑새 하면 딱 떠오르는 건 그거 아녀? 삐릿삐릿삐릿 파랑새는 갔어도, 삐릿삐릿삐릿 지저귐이 들리네. 이문세 노래 말여. ……정답! 삐릿삐릿삐릿!"

정우는 일단 한심한 표정을 지었지만, 그래도 혹시 모른다는 생각을 했다.

"그럼 스펠링은요?"

"PIRITPIRITPIRIT 아닐까?"

"패스워드는요?"

"그것까지는 나도 모르지. 함 쳐봐. PIRITPIRITPIRIT."

역시나였다. '존재하지 않는 아이디입니다.'

"넌 생각나는 거 없어?" 이번에는 기수에게 물었다.

"그거 동화에서 나온 거 아니니?" 기수가 자신 없는 투로 말했다.

"맞어. 나도 우리 애들한테 읽어준 기억이 난다. 나무꾼 집안의 남매가 나오지. '치르치르, 미치르'라고." 성철이 말했다.

정우는 '남매'라는 말에 귀가 번쩍 뜨였다. '남과 북'. '남남북녀'. 한쪽이 아이디고 다른 한쪽은 패스워드가 아닐까?

"스펠링 알아요?"

"몰라. 하지만 대충 때려 맞히면 되겠지, 뭐. 그니까 뭣이냐, 치르치르는 CHIRCHIR, 미치르는 MICHIR, 아닐까?"

역시나였다. '존재하지 않는 아이디입니다.'

"아니죠. 그거야 옛날에 일본식으로 굳어버린 발음이니까 그렇고," 기수는 성철을 향했던 고개를 정우에게로 돌렸다. "한번 인터넷 뒤져봐. 틀림없이 스펠링이 다를걸?"

정우는 치르치르, 미치르를 쳤다. 그리고 찾아냈다. 'TYLTYL' 그리고 'MYTYL'. 틸틸과 미틸.

그 알파벳을 입력했다. 그러자 '김명국'의 웹 메일 화면이 떴다.

화면을 살피던 정우가 메일보관함을 클릭했다. 보관된 메일은 몇 개 되지 않았다. 먼저 하나를 열었다. '2010년 2월 10일 행사'라는 타이틀 아래 식순이 적힌 문서였다. 다음 메일을 클릭했다. 거기에는 주소가 하나 적혀 있었다.

'함경북도 청진시 청진포항구역 인곡동 23-4'.

정우는 그 주소를 수첩에 받아 적었다.

"기수야, 나랑 같이 갔다 오자."

"어딜?" 기수가 슬그머니 불안해지는 얼굴로 물었다.

"여기." 정우는 수첩에 적힌 주소를 가리키며 말했다.

"뭐어? 너 미쳤어? 갔다가 걸리면 나 죽는 거 몰라서 그래?"

"넌 황해도 살았잖아. 함경북도는 정반대 방향 아냐? 거기서도 널 알아본다?"

"그건 아니지만."

"니가 지리도 밝고 문화어에도 능숙하잖아. 그러니까 나랑 같이 좀 가자. 김 소장이 뭘 남기려 했다면, 틀림없이 거기에 힌트가 있을 거야."

성철은 식겁한 눈으로 둘을 쳐다보았다. 국가보안법 예비 위반자들이 눈앞에 서 있었다.

광장동.

"우르사 마요르를 개편하신단 말입니까?"

손혁이 가라앉은 목소리로 물었다.

— 그렇네. 지금 것은 이미 힘을 발휘할 수가 없어.

"선발은 어떻게 하실 겁니까?"

— 그건 내가 알아서 할 것이네.

"이번 선발 작업 때는 나도 참여시켜 주십시오. 지난번 구성은 너무 비효율적이었습니다."

— 비효율적이었다? ……자네, 선을 넘어섰다고 생각하지 않나? 자네에겐 그럴 권한도 없거니와, 1기가 붕괴된 것에 책임을 져야 할 사람 아니던가?

"책임을 제대로 지기 위해서 하는 말입니다. 엉터리들을 데리고 일하고 싶지 않으니까요."

— 엉터리? 자네의 지금 말이 어떤 의미를 갖는지 알고는 하는 소리야? ……건방진 놈!

전화가 뚝 끊겼다.

무능한 자식! 책상에 앉아 지시만 하면 다 된다고 생각하는 놈이다. 언젠가 당신의 무능함을 똑똑히 확인시켜 줄 날이 올 것이다. 손혁은 입술을 깨물었다.

함경북도 청진시.

별빛 하나 없는 밤이다.

블라디보스토크에서 러시아 화물선을 타고 청진항에 도착했다. 선원으로 위장한 정우와 기수는 배에서 내렸다. 그리고 곧장 목표지인 주소지를 향해 출발했다.

전등불이라고 해봐야 몇 집 건너 하나 있는 꼴이라, 사위는 칠흑처럼 어두웠다. 기수는 작은 손전등을 들고 길을 안내했다. 그는 북한의 주소지 배열을 아는 까닭에 크게 헤매지는 않았다. 한참을 걷자, 마침내 집 하나가 모습을 드러냈다. 주변의 집들에 비해 제법 큰 가옥이었다. 기수는 손전등을 껐다.

불은 꺼져 있었다. 누군가 살고 있다면 이미 취침했거나, 아니면 비어 있을 것이다.

담벼락에 몸을 붙이고 안의 동정을 살폈다. 정우는 고개를 끄덕였다. 아무도 없는 것 같다는 신호였다.

그래도 모른다. 기수는 문을 노크했다. 두 차례 노크했지만, 반응이 없다. 기수는 문손잡이를 돌렸다. 돌아가지 않자, 만능열쇠를 찌르고 몇 번 딸깍딸깍했다. 문이 열렸다.

희미한 손전등으로 비춰본다. 거실이 휑했다. 방은 하나밖에 없었다. 일인용 철제 침대 하나와 책꽂이 하나가 동그마니 놓여 있는 방이다. 정우가 속삭이듯 말했다.

"이건 김 소장이 쓰던 개인 별장 같아."

"그렇지?" 기수가 동의했다.

"넌 망을 봐. 혹시나 누가 올 수도 있잖아. 방은 내가 뒤져볼게."

기수는 고개를 끄덕이며 창가로 갔다.

정우는 손전등으로 서재를 하나하나 살피기 시작했다. 다 책들뿐이다. 러시아어, 영어, 중국어, 일본어, 그리고 한국말로 된 책들이 빼곡히 꽂혀 있었다. 정우는 손전등의 조명이 너무 약해서 답답했지만, 그렇다고 전등을 켤 수도 없는 노릇이었다.

5분가량을 그렇게 뒤지고 있을 때, 기수가 약간은 다급한 소리로 말했다.

"멈춰! 누가 온다!"

정우는 동작을 멈추고 창가로 가서 보았다. 100여 미터쯤 떨어진 도로에 자동차가 서고, 운전석에서 누군가 내리고 있었다. 남자였다. 그는 차문을 닫더니 곧장 이쪽으로 향했다.

"혼자야." 기수가 말했다.

"어디에 숨어 있지?"

난감했다. 그리 넓지 않은 방에 몸을 숨길 만한 공간이 마땅치 않았기 때문이다. 침대 밑밖에 없었다. 그러나 거기에 들어가려면 둘이 바짝 붙어 있어야 한다.

기수가 먼저 인상을 잔뜩 구겼다. 정우도 못지않게 찌푸렸다.

둘은 서로를 노려보다가 후다닥 침대 밑으로 기어들었다.

손잡이가 딸각거리는 소리가 나더니 문이 열렸다. 남자는 거실에 들어서자마자 불을 켜고 곧장 방으로 왔다.

그는 방안을 휘휘 둘러본 다음 서재를 훑었다. 그리고 책들을 하나둘 빼내 살피기 시작했다.

기수와 정우는 숨을 죽이고, 남자의 동작을 지켜보고 있었다.

다시 5분쯤 지났을까? 책 한 권을 빼낸 사내가 꽤 오랜 시간을 보고 있더니 책장을 탁 덮었다. 그리고 휴대폰을 꺼냈다.

"찾았습니다. 김명국이 남긴 게 있었습니다."

남자는 영어로 말했다. 수화기 건너편에서 무슨 소린가 새어나왔지만, 잘 들리지가 않았다.

"자필 메모입니다."

그는 다시 듣기만 하고 있었다.

"김명국이 비밀 메일에 이 주소를 담아뒀습니다. 방금에서야 알아냈습니다."

휴, 한 발 늦을 뻔했다.

정우는 기수의 숨결을 바로 옆에서 느끼며 그렇게 생각했다. 저 놈도 이제야 김명국의 비밀 메일을 파악한 것이다.

"언뜻 보니 자필 노트입니다. 아마 우리가 원하는 정보가 들어 있을 것으로 판단됩니다. 알겠습니다. 바로 보내도록 하겠습니다."

그는 휴대폰을 끄고 방을 나가려 했다.

정우는 침대 밑에서 잽싸게 빠져나와 달렸다. 그리고 주먹으로 그의 뒤통수를 가격했다. 남자가 쓰러졌다.

그의 옆에 떨어진 책을 펼쳤다. 과연 그것은 단순한 책이 아니라, 책처럼 제본된 자필 노트였다. 이것이다, 우리가 바라던 것이! 정우는 안도의 한숨을 내쉬었다.

"이 자는 어떻게 하지?" 기수가 물었다.

"그냥 두고 가자."

"잠깐만 있어 봐."

그러면서 기수는 그의 품을 뒤지기 시작했다. 지갑과 펜이 하나 나왔다. 기수는 지갑을 열어 그의 신분을 확인했다.

"조선 원자력총국 이용호래. ……그리고 이건 무슨 펜이야? 특이하게 생긴 물건이네?"

기수는 펜을 들어 요리조리 살폈다.

뚜껑을 열자, 가느다란 침이 나왔다. 정우는 그것을 바로 알아볼 수 있었다. 보안요원의 살해에 쓰였던 폴로늄.

"이거 뭔지 알겠어?" 기수가 물었다.

"폴로늄 독침. 극독 중에서도 아주 고약한 놈이야."

"원자력총국 사람이 이런 걸 들고 다닌다? 이놈도 그렇고 그런 놈이군. 어떻게 하지? 가볍게 찔러줄까?"

"아니. 냅둬. 시간 없어. 빨리 가자."

정우가 나가자 기수도 주춤주춤 일어서서 그의 뒤를 따랐다. 그러다가 갑자기 몸을 돌리더니 쓰러져 있는 사내에게 다가가 펜을 목에 찔러 넣었다.

"무슨 짓이야?"

정우가 경악의 눈초리로 보며 말했다.

기수가 달려 나갔다. 정우도 그의 옆을 달리며 말했다.

"그냥 둬도 되잖아? 우린 어차피 목적을 달성했는데."

"그년하고 한 패야. 아까 전화 통화하는 거 들었지? 후배들에 대한 복수였어."

기수가 굳은 얼굴로 말했다.

광장동.

손혁은 머리를 숙이고 생각했다.

김명국은 죽고 SNC는 파괴되었다. 결과적으로 한국의 시도를 좌절시켰다는 점에서는 성공한 것이나 진배없다. 하지만 손혁은 수치심을 참을 수가 없었다. 고작 결과가 그런 것이었다니. 모든 걸 치밀하게 계산하고 노렸던 목표를 반드시 달성해온 그였다. 그런데 이게 무슨 망신이란 말인가.

더구나 알카이드 그 노인네. 뭐, 선을 넘었다? 건방지다?

화가 나서 견딜 수가 없었다.

김명국이 자폭한 이후로 손혁은 걷잡을 수 없는 분노에 불쑥불쑥 사로잡히곤 했다. 부하들은 그런 모습을 보고 깜짝 놀라는 눈치였다. 어떤 일에도 지나칠 만큼 차가운 손혁이 아닌가. 하지만 요즘 들어 그는 뜨거워져 있었다. 아니, 벌겋게 달구어져 있었다. 알카이드의 말은 그런 그에게 기름을 끼얹은 것이나 마찬가지였다.

문에서 작은 노크소리가 들렸다.

하지만 손혁은 들어오라는 말을 하지 않았다. 지금 그는 하나의 시나리오를 완성시켜 가고 있는 중이었다. 알카이드 그놈을 몰아내고 자신이 우르사 마요르의 총지휘자가 되는 시나리오를.

문이 스르르 열렸다.

손혁은 의자에 머리를 기댄 채 여전히 생각에 빠져 있었다.

알카이드의 소재는 자신도 잘 모른다. 하지만 분명히 버지니아 아테나본부 인근의 어딘가에 있을 것이다. 그곳은 말하자면 아테나의 두뇌 격인 곳이다. 세계 구석구석에서 날아오는 정보를 취합하고 분석하여 다시 세계 구석구석으로 메시지를 전달하는 두뇌.

일단은 알카이드를 만나야 한다. 약속을 정하든 아니면 수소문해서 찾아가든 그를 만나야 한다. 그리고 계산을 해야 한다.

문득 손혁은 낯선 느낌에 고개를 들었다.

앤디가 서 있었다.

"무슨 일이야?" 손혁은 인상을 쓰며 물었다.

들어오라는 말도 없었는데 앤디가 서 있는 것은 거의 없던 일이었다. 앤디는 고개를 한 번 숙이더니 품에서 뭔가를 꺼내 앞으로 내밀었다.

소음기가 달린 총이었다.

"너?"

손혁은 본능적으로 몸을 숙였다. 이유를 불문하고, 그리고 적이든 아군이든, 일단 자신에게 겨누어진 총은 무조건 위험하다고 보면 틀림없다.

푸슝! 푸슝! 두 발의 총성이 연속으로 울렸다. 손혁의 뒤쪽 강화유리가 산산조각 났다. 손혁은 자신이 아직도 살아 있다는 사실이 믿어지지 않았다. 그는 잔뜩 몸을 움츠렸다.

털썩! 하는 소리가 났다. 살덩이가 딱딱한 물체에 부딪힐 때 나는 소리다.

손혁은 천천히 몸을 일으켜 세웠다.

애니가 서 있었다.

손혁은 그의 책상 위로 상체를 실은 채 무릎을 꿇고 있는 앤디를 보았다. 노련한 사냥꾼의 뒤통수에 작은 구멍이 나 있고, 책상 위는 뇌수와 피로 범벅이 되어 있었다.

이걸 어떻게 설명해야 할까? 망연자실해진 손혁은 애니에게 눈으로 물었다. 어떻게 된 거야?

"여느 때와 다른 느낌.⋯⋯복도에서 그를 보았죠. 살기가 느껴져 조심조심 따라온 거예요."

손혁은 이 상황을 스스로 납득하기 위해 머리를 쥐고 생각했다. 핏덩이가 뿜어내는 비릿한 냄새를 맡으며 10분 가까이 앉아 있었다.

이윽고 고개를 들었다.

"애니, 나랑 지금 같이 가자."

어디로요? 애니가 눈으로 물었다.

"버지니아. 할 일이 있어. 앤디 이놈이 이 정도라면 제시카 년은 말할 것도 없다. 지금 제시카도 그곳에 있어."

이제 뜨거움은 식었다. 차가운 분노가 머리에서 등골을 타고 흘러내렸다.

버지니아.

제시카의 뒤를 밟았다. 호텔의 긴 복도를 그녀의 하이힐이 또각또각 소리를 내고 있었다. 복도 끝에 이르자 그녀는 검은 양복을 입은 사내들에게 눈짓을 하고 방 안으로 들어갔다.

손혁은 애니에게 눈짓을 했다.

방 하나에서 애니가 복도로 나왔다. 침대 시트와 타월 등을 잔뜩 실은 카드를 밀며 그녀는 복도 끝을 향해 다가갔다. 종업원 옷을 입은 그녀의 뒷모습을 보며, 손혁은 두 개의 총을 장전했다. 베레타 M92F 한 정을 손에 쥐고, 데저트이글 한 정은 주머니에 집어넣었다.

복도를 보니 이제 애니는 사내들에게 거의 다가가 있었다. 사내들이 뭐라고 하는 장면과, 애니가 가볍게 고개를 끄덕이더니 한 사내의 목을 칼로 베고 바로 돌아서서 다른 사내의 이마에 총알을 박아 넣는 장면이 슬로비디오처럼 전개되었다. 이 호텔은 방음장치가 정말 잘돼 있다는 생각을 하며, 벨 보이 복장을 한 손혁은 그 방을 향해 후다닥 뛰어갔다.

벨을 눌렀다.

"누구야?"

"벨 보이입니다. 가방 배달 왔습니다."

문이 열렸다.

사내가 말했다. "우린 가방 배달 받을 게 없는데?"

그는 말을 마치지 못하고 쓰러졌다. 손혁은 안으로 치고 들어가 베레타를 난사했다. 대여섯 명의 사내들이 줄지어 있다가, 이리저리 몸을 날렸다. 애니도 뛰어 들어왔다.

두 사람의 총에서 연달아 총알이 쏟아져 나오고 호텔 방 안은 순식간에 난장판이 되었다. 구석에 데이비드 콜맨이 주저앉아 있었고, 그 옆에 무릎을 꿇은 제시카가 있었다.

손혁은 권총을 데저트 이글로 바꿔 들고 콜맨에게 다가갔다.

죽음을 예감한 60대의 신사가 말했다.

"이래서 자네가 얻을 게 뭐지?"

손혁은 그를 향해 씩 웃더니, 옆으로 손을 뻗어 제시카의 머리를 쏘았다. 그녀의 머리가 깨어지며 몸뚱어리가 뒤로 날아갔다.

"정화(淨化). 당신 같은 버러지들을 쓸어버리는 거. 그래야 우르사 마요르가 바로 서거든."

손혁은 총을 들어 콜맨의 양미간을 겨누었다.

콜맨이 피식 웃었다.

"아테나가 너 같은 노란 놈들한테 우르사 마요르를 맡길 거 같나?"

순간, 손혁의 몸이 확 달아올랐다. 다시 차가운 냉기는 사라지고 걷잡을 수 없는 분노가 치솟았다.

노란 원숭이. 노란 피부. 까만 눈. 까만 머리.

콜맨이 허허 웃었다. 그러나 웃음소리는 나지 않았다. 구멍 뚫린 머리가 벽에 세게 부딪혔다.

NTS 국장실

권용관은 정우가 내미는 책처럼 제본된 노트를 긴장된 눈으로 보았다. 노트를 하나하나 넘기던 그의 눈이 조금씩 반짝이기 시작했다. 권용관은 노트를 덮고 앞을 보았다.

정우의 옆에 기수도 서 있었다.

"내 허락도 없이 북엘 갔다?" 권용관이 물었다.

"죄송합니다."

정우는 고개를 숙였다. 기수도 열중쉬어 자세로 고개를 숙이고 있었다.

"아무리 요원이라도 용서할 수 없다. 당장 옷 벗어."

예? 하고 정우가 항변하는 눈초리로 국장을 쳐다보았다.

"옷 벗으라는 말 못 들었나? 그리고 당신." 국장은 기수를 보며 말했다. "북으로 가는 게 무슨 죄인지나 알아요?"

으, 이럴 줄 알았다. 기수는 똥 씹은 표정을 지은 채 고개를 치켜들었다.

"이정우, 그리고 김기수 씨. 당신들은 엄연히 실정법을 위반했어. 각오해야 할 거요."

"이런 경우 콩밥은 얼마나 먹는 겁니까?" 기수가 기어들어가는 목소리로 물었다.

정우는 기수를 옆 눈으로 째려보다가 옆구리를 푹푹 찔렀다.

"야, 인마, 너 돈 많잖아. 콩밥을 왜 먹어? 사식 넣어서 먹으면 되지."

"나 돈 없어."

기수가 도리질을 했다.

"돈 없어요?" 국장이 물었다.

"예. 솔직히 국장님한테도 불만 있습니다. 지난번에 이탈리아에서 경비 챙겨 준다면서 고작 3백이 뭡니까? 비행기 값도 제대로 안 되는데."

"나도 돈 없어서 그랬소. 내가 무슨 갑부인 줄 알아요?"

"예?"

기수가 황당하다는 듯 권용관을 쳐다보았다.

"민간인한테 나랏돈을 퍽퍽 집어주게 되어 있는 줄 알아요?"

"그럼?"

"그래요. 내 주머니 털었습니다. 그래서 하는 얘긴데……."

기수가 권용관의 입을 열심히 쳐다보았다. 도무지 의중을 알 수 없는 남자의 입에서 무슨 얘기가 나올지 궁금하기 짝이 없었다.

"김기수 씨, 나랏돈 정식으로 받고 싶지 않아요?"

"예?"

이놈의 '예?'를 몇 번씩 해야 하는지 모르겠다고 생각하며 기수가 되물었다.

"나랏일 하면서 나랏돈 받지 않겠느냐 이 말이지요."

"나한테 또 그런 일 하라는 겁니까?"

"그래요. NTS에서 같이 일합시다. 이정우 놈은 옷 벗기고 당신이 들어와서 일해요."

기수는 고개를 절레절레 저었다.

"아 나, 싫습니다. 다신 이런 데 발 안 붙입니다."

"아, 그래요? 구로서에서 자꾸만 찾아갈 텐데."

혹시 박성철이가 이 인간한테 협박 노하우를 배운 거 아냐? 하고 기수는 생각했다.

"어때요? 만날 구로서 형사 만나면서 마작방 계속할래요? 아님 이정우 이놈 콩밥 먹는 동안 NTS에서 일할래요?"

기수는 옆의 정우를 옆 눈으로 힐끔 보았다. 정우는 고개를 숙인 채 발끝으로 뭔가를 그리고 있었다. 이 자식, 지 죽는 줄 모르고 완전 여유구만? 기수는 고개를 들었다.

"거래합시다, 국장님."

"거래요?"

"예. 나 여기서 일할 테니까, 대신에 이정우 이놈도 옷 벗기지 마세요. 난, 얘 없으면 심심해서 일 못 합니다."

권용관은 머리를 숙이고 잠시 생각하다가 정우에게 물었다.

"이정우, 너도 그럴래?"

"그러죠, 뭐."

여전히 고개를 들지 않은 채 발끝으로 그림을 그리면서 정우가 말했다.

"김기수 씨, 약속한 겁니다. 만약 이 약속 어기면 진짜 콩밥 먹입니다."

"예? 아, 예." 기수가 대답했다.

기수는 국장과 정우의 얼굴을 번갈아보며 아무래도 자신이 짜고 치기 고스톱 판에 걸려든 것 같다고 생각했다.

정우는 작심을 했다. 더 이상 넘기면 안 된다고 생각했다. 그녀가 위험해진다. 심각하고 딱딱한 고리는 여기서 끊어야 한다.

"혜인 씨! 혜인 씨!"

어두컴컴한 밤길을 그녀가 걸어가고 있었다.

그녀가 돌아보았다. 희미한 미소가 걸려 있다.

정우는 그녀의 곁에 다가가, 어깨를 툭 쳤다.

"깍쟁이! 어디 갔었어?"

혜인이 크게 놀란 눈으로 정우를 쳐다보았다.

"방금 나한테 말한 거예요?"

"응!"

"응? 방금 응이라고 했어요?"

"그렇다니까."

"정우 씨, 지금 돌았어요?"

"돌았지. 한 바퀴 뱅 돌았지. 두고두고 보자니까, 도저히 안 되겠어서 뱅 돌았어."

혜인은 정우의 눈을 노려보며, 눈치 채지 못하게 코를 킁킁거려 보았다. 하지만 술 냄새는 나지 않았다.

"윤혜인, 내 말 똑똑히 기억하지? 내가 비첸차에서 했던 말. 다신 짝사랑 같은 걸로다 가슴앓이 안 하겠다고. 그래서 지금 너한테 사고치는 거야."

혜인의 노려보던 눈이 조금 풀어졌다.

"그 동안 조금씩 니 맘을 열려고 했는데 도저히 안 되겠더라. 이건 내 스타일 아냐. 그러니까 내 사고 받아줄 것을 정식으로 요청한다. 안 그러면 너 죽고 나 죽는다."

"하지만 난……."

"알아, 알아. 과거가 많다는 거."

그렇게 말하고 나서 정우는 갑자기 '과거'라는 말에 대해 해명해야 할 것 같다는 생각이 들었다.

"그러니까 나랑 비슷한 과거 말야."

"내가 뭐하는 사람인지 알기나 해요?"

"짐작해. 하지만 그건 네가 원해서 선택한 게 아니란 것도 알아."

"난 죄가 많은 사람이에요."

"그것도 알아. 내가 재즈바에서 했던 말은 네가 한 일을 몰라서 한 말이 아냐."

그 순간 갑자기 오클리의 얼굴이 떠올랐다.

정우는 혜인의 얼굴을 그윽한 눈으로 들여다보며 말했다.

"혜인아, 넌 올가미에 걸려 있어. 네 과거의 올가미에. 난 그걸 벗겨 주려는 거야."

오클리의 얼굴이 정우의 얼굴로 바뀌어가고 있었다.

"이젠 그만할 때도 됐어. 네 요일을 되찾아."

"난 수요일의 아이잖아요."

"아니." 정우가 고개를 저었다. "넌 원래 월요일의 아이였어. 잠시 수요일을 살았을 뿐이야."

"하지만……."

"가자. 걸으면서 이야기해."

정우는 그녀의 어깨를 잡아 돌리고, 걸어가기 시작했다.

스무 걸음쯤 걷다가 그녀의 어깨에 손을 얹었다. 그녀는 약간 움찔 했을 뿐, 뿌리치지는 않았다.

시간은 지나간다.

그녀의 시간도 가고 내 시간도 간다.

시간이 약이라는 말을 정우는 굳게 믿고 있었다.

버지니아.

손혁은 아테나 비상회의를 열어줄 것을 요청했다.

알카이드가 사망한 것이다.

즉시 비밀통문이 돌려지고 회의 날짜가 잡혔다.

사막 한가운데 있는 거대한 벙커를 향해, 모래바람을 일으키며 수십 대의 차량들이 달려오고 있었다.

오늘의 임시 의장은 휴테뮨 사의 애덤 슈타인이 맡았다.

그는 모두 발언을 통해 알카이드의 피격사건에 대해 보고했다.

"이상과 같은 사고로 인하여 현재 우르사 마요르의 지휘자 자리가 공석이 되었습니다. 따라서 알카이드를 대신하여 우르사 마요르를 이끌 신임 지휘자를 신속히 선출할 필요가 있습니다. 그것을 지금 미스터 손이 요구하여 비상회의가 소집된 것이고, 여러 원로 분들께서 와주신 것입니다."

좌중은 물을 끼얹은 것처럼 조용했다. 우르사 마요르의 공백은 그들로서도 결코 바람직한 일이 아니었다.

한 남자가 손을 들었다.

"말씀하십시오." 의장이 발언권을 주었다.

"알카이드는 누가 살해한 것입니까?"

"지금으로선 아직 모릅니다. 하지만 아테나의 특별조사팀이 투입

되었으니 조만간 밝혀지겠지요."

또 다른 남자가 발언권을 신청했다.

의장이 손짓으로 발언하라는 신호를 보냈다.

"그래서 신임 우르사 마요르의 지휘자 후보는 누구입니까?"

손혁이 자리에서 일어나 허리를 꾸벅 굽혔다. 그리고 의장을 쳐다보았다.

의장이 말했다.

"오늘 비상회의 소집을 요구한 미스터 손이 후보를 자청했습니다. 여러분 좌석 앞에 놓인 복사본이 그가 자청하게 된 경위서이자 출사표입니다."

그때 한 남자가 일어났다. 발언권을 무시한 행동이었다.

그는 좌중을 돌아보며 말했다.

"나는 아테나의 창립 멤버로서 여러분에게 한 말씀 드립니다. 물론 지구의 미래를 위해 피부색을 가리지 않고 많은 요원들이 일해왔습니다만, 지금의 경우는 결코 있을 수 없는 일이라고 판단됩니다. 로마 교황청의 경우에도 순혈을 유지하는 이유가 있습니다. 그 까닭을 여러분은 잘 아실 것입니다. 지금 갑자기 아테나의 전통을 무시하는 것에 대하여 저는 반대합니다. 조금 더디더라도 신중한 고려를 하여 후보자를 물색할 것을 요구합니다."

"제청합니다." 구석에 앉은 여자가 손을 들었다.

그러자 하나둘 손을 드는 사람들이 생겨났다. 그러다가 마침내 49인 중 몇 명을 제외하고 거의 전부가 손을 들었다.

그것을 보던 손혁의 얼굴이 심하게 일그러졌다.

캐서린의 얼굴이 갑자기 떠올랐다.

그녀의 얼굴이 원로들의 얼굴에 하나둘씩 겹치기 시작했다.

손혁은 깨달았다. 자신이 백일몽을 꾸었음을.

냉철한 승부욕과 빈틈없는 계산으로 오늘 이 자리까지 올라올 수 있었다. 그러나 도저히 넘을 수 없는 벽!

그는 결코 이들의 에이전트가 될 수 있을지언정 이들 자체는 될 수 없다는 것을 절감했다.

의장은 선고를 내렸다.

"아, 아. 좋습니다. 여러분의 뜻은 명백한 것 같습니다. 미스터 손의 신임 지휘자 건은 기각하기로 하겠습니다. 기각의 결과는 우리의 관례에 따라 집행될 것입니다."

그때 뒤쪽에서 세 남자가 걸어 나왔다. 아테나 제복을 입을 사람들이 작은 케이스가 담긴 쟁반을 들고 걸어오고 있었다.

손혁은 그것이 무엇을 의미하는지 알고 있었다.

손혁의 눈이 텅 비어갔다.

손혁은 일어섰다.

그리고 그들을 향해 걸어갔다.

그의 뒤에서 의장의 목소리가 이어지고 있었다.

"아테나에서 기각은 곧 영원한 배제를 의미한다는 것을 원로 여러분께서는 잘 알고 계실 것입니다. 따라서……."

목소리가 점점 작아지고 있었다.(*)